부산남자
남기묵

이윤길 해양장편소설

저자의 말

날씨가 나빠졌다. 혼곶을 돌아나온 바람은 굶주렸고 이미 뱃머리 앞 수평선은 휨을 잃고 무너졌다. 아직까지 신들이 내게 준 신탁의 힘이 유효하다면 기도하겠다. 귀에 익은 높은음자리의 노래처럼 부드럽게, 이를테면 내가 달콤한 잠 속으로 빠져드는 것처럼 두려움이 사라지길 기도하겠다. 맹렬하게 기도하겠다. 시커먼 하늘 높이, 낮게 콱콱대거나 컥컥대며 바람을 구슬리던 갈매기도 머리를 깊게 날갯죽지 안으로 넣고 적멸에 든다. 나는 겁쟁이가 아니지만 수없이 울음을 묻어둔 선배 항해자들을 떠올린다. 저렇게 파도가 쌓이고 쌓이다보면 울기도 하겠다. 아! 폭풍이 다가오고 있다. 선원들 몰래 내쉬던 한숨에 가려져 등댓불도 아물거리는 해원. 부서지는 수평선을 향해 그래도 가야지, 나는 점점 파리해지는 뱃전에서 중얼거린다. 나의 이야기가 그대 가슴에 닿길 나는 죽을 힘을 다해 기도하겠다.

파타고니아해역 드레이크해협에서

차례

저자의 말 __003

부산항 __009

천마산 오막 __029

505행복호 __047

첫항해 __067

마우스 투 마우스 __087

싱가포르 __107

말라카해협 __127

인도양, 하이 씨! __147

수장된 뱃사람 __167

마다카스카르 __187

케이프타운 __207

미나미 참다랑어 __227

재계약 __247

그린란드 그리고 피격 __267

혼란의 벼랑 __287

부산항

"부산 VTS[1], 여기는 허니 플로렌스호, 감도 있습니까?"

기묵이 부산항 VTS를 호출하는 동안에도 허니 플로렌스호는 관성에 의해서 부산항 씨부이[2] 쪽으로 서서히 다가갔다. 땅거미가 거멓게 내려앉고 있었다. 등화관제가 된 브리지의 알파 레이더 화면에는 입출항하는 벌크선[3]이라든가 대형 컨테이너선이 입출항 항로를 따라 꼬리에 꼬리를 물고 있었다.

"부산 VTS, 여기는 허니 플로렌스호, 감도 있습니까?"

"부산항 VTS, 여기는 허니 플로렌스호, 감도 있습니까?"

기묵이 VTS를 다시 호출했다. 그러자 부산항 입항항로의 해양사고 예방과 효율적인 항만 운영 지원을 하고 있던 해상교통관제실인 부산항 VTS에서 응답이 왔다.

"허니 플로렌스호, 여기는 부산 VTS, 고 어 헤드."

미국 선적의 허니 플로렌스호에서 뜬금없는 한국말이 흘러나오자 해상교통관제관이 의아해하는 듯 한국말이 뒤범벅된 영어로 응답했다.

허니 플로렌스호는 국제항로에 취항하는 미국 선적의 초호화 유람선이었다. 그런 까닭에 유람선 브리지에서 흘러나온 한

---

1) 해상교통의 안전 및 효율성을 증진하고 해양환경과 해양시설을 보호하기 위하여 선박의 위치를 탐지하고 선박의 동정을 관찰하며 선박 안전에 관한 정보를 제공하는 곳.

2) 부산 북항을 출입하기 위해서는 조도방파제를 통과해야 하는데 좁은 수로를 통과하기 쉽도록 항로의 중간에 고정해 우측통행을 하도록 유도하는 부이.

3) 포장하지 않은 화물을 그대로 적재할 수 있는 화물 전용선을 말한다. 석탄, 광석, 시멘트, 곡물 전용선들이 있다.

국말은 해상교통관제관을 순간적이나마 당황하게 하기에 충분했다.

침착함을 찾기 위해 해상교통관제관이 말문을 잠시 닫고 있는 동안 이번엔 기묵이 도선사가 승선할 예정 시간을 또다시 한국말로 물었다. 그러자 해상교통관제관이 이번에는 제대로 한국말로 응답했다.

"20시 30분입니다. 수석 도선사를 포함하여 두 명의 도선사가 승선 예정입니다." 그러면서 해상교통관제관은 허니 플로렌스호가 어디서 출항했는가를 물어왔다.

"죄송하지만 허니 플로렌스호가 마지막으로 출항한 항구는 어디였습니까?"

"허니 플로렌스의 라스트 포트는 요코하마입니다."

"알겠습니다. 지금부터는 채널 12에서 대기해 주십시오."

"라저."

도선사 승선 위치에서 표박하고 있는 허니 플로렌스호는 총톤수 17만 톤, 길이 316미터, 폭 30미터, 최고 운항 속도 25노트, 승객 2,500명, 승무원 1,500명이 승선한 초호화 유람선이었다.

허니 플로렌스호 브리지에서 바라보는 부산항 야경은 그야말로 절경이었다. 더욱이 펄펄 내리는 함박눈이 부산항 불빛과 어울려 뱃머리 앞에서 몽환적인 분위기를 자아냈다.

기묵은 자신도 식사를 해야 하는 조리장을 위해서라도 빨리 식사를 마쳐야 했다. 그러나 휘날리는 눈송이가 자꾸만 마음을 붙잡았다. 대책 없는 낭만이었다. 눈송이들은 기묵의 가슴 속 기억의 꽃밭에 뿌려진 꽃씨였다. 꽃씨들은 고요하고 평화로운 풍경 속에서 지난날에 대한 그리움으로 부산항 씨부이처럼 반짝거리며 피어나기 시작했다.

기묵은 부산을 떠나 미국에서 생활하면서 한국에 대해서는 잊어버린 것이 많았다. 그러다가 가끔은 머릿속에 새겨 놓은 듯 오래된 기억들이 떠오르곤 했는데 지금이 그랬다. 섬광이 번쩍이는 것처럼 기묵은 언젠가 읽었던 이영광 시인의 시가 떠올랐다. 「사라진다」라는 제목의 시였다. "지워지기 위해 잠깐 나타나는 것들// 눈보라가 사람 마을과 시내와 방풍림을 쓸어안고/ 고요히 눈보라 속으로 사라진다(…)"

알래스카로 날아가는 비행기 안에서 기묵은 이제부터 완전하게 사라지겠다고 결심했었다. 몸이 기억하는 흔적을 지우고 사라진다는 것은 얼마나 어려운 일인가? 사라진다는 것은 자신이 걸어온 모든 발자국을 지우는 일이고 자신의 체취를 산산히 흩어버리는 일이며 다시는 세상으로 돌아오지 않겠다는 뜻이다. 그런데도 기묵은 부산항으로 돌아온 것이다.

부산항의 야경은 높고 낮은 빌딩의 실루엣 사이에서 명멸하고 있었는데 그동안 허니 플로렌스호를 타고 입항했던 싱가포르, 마카오, 상하이 풍광과 견주어도 모자람이 없었다. 부산항 외항의 허니 플로렌스 브리지에서 바라보는 도시 전경에 기묵은 설레임과 슬픔, 기쁨이 뒤섞이며 마음이 복잡해졌다.

폭풍 속 파도에 흔들리며 실낱같은 목숨줄을 부여잡고 발버둥쳐온 기묵이었다. 그의 삶은 쓸쓸함과 외로움, 허무와 고독으로 점철되어 웬만해서는 세상일에 놀라거나 감탄하지 않았다. 그런데도 부산항의 야경만큼은 이곳이 정말로 부산항이냐는 의심마저 들게 했다.

–모르겠군. 너무나 변해버렸네. 저쯤이 부산탑이 있는 용두산 같은데, 아닌 것도 같고.

실습통신사로 다랑어연승선[4]을 타고 인도양으로 떠나던 30년 전 밤과는 부산은 스카이라인부터 달라져 있었다. 세월이 흘러가면서 도시는 어떤 형태로든 변화가 오고 발전이란 말로 모습이 달라졌겠지만 기묵에게는 그것이 놀랍다는 감탄의 마음으로 다가왔다.

남포동이라고 짐작되는 곳에는 여러 고층빌딩이 휘황한 불빛을 쏟아내고 있었다. 그 불빛은 건물마다 따뜻한 에너지로 가득 채우고 있어 생동감을 느끼게 했다. 그러나 그곳이 남포동인지 광복동인지는 정확하게 알 수 없었다. 부산은 상전벽해라는 말이 어울릴 정도로 그야말로 모든 게 변해 있었다. 게다가 오늘 밤은 눈까지 펑펑 내리지 않는가. 대다수 사람은 눈 내리는 밤이면 감상적으로 변하게 마련이다. 하물며 그리움과 회

---

4) 흔히 참치라고 부르는 다랑어를 잡는 배. 긴 낚싯줄에 여러 개의 낚시를 달아 물속에 늘어뜨리는 주낙을 사용한다.

한으로 다져지고 곰삭은 기묵의 경우는 말할 것도 없었다.

기묵은 흥분된 마음을 가라앉히려 윙브리지로 통하는 문을 조금 열었다. 차가운 공기가 흘러들어왔다. 기묵은 눈을 감은 채 깊은 심호흡으로 공기 중에 배여있는 냄새를 맡았다. 가슴 깊이 감춰두고 있었던 고향의 냄새들이었다. 천마산 등줄기를 뛰어다니던 어릴 적 그 바람의 냄새가 느껴졌다. 곰의 얼굴이 불현듯 떠올랐다.

멈추면 보이는 것들이 있다. 그런 것들은 마음속 깊은 곳에 숨겨져 있다가 삶의 속도가 느슨해질 때면 기다렸다는 듯 부표처럼 떠올라 사람의 감정을 건드렸다. 그렇게 떠오른 감정들 중에는 세상의 거센 바람 속에 휘말렸던 곰의 피격도 있었다. 기묵의 눈 주위가 붉어지며 눈물이 맺혔고 참으려 했지만, 그렁그렁했던 눈물이 뺨을 타고 흘러내렸다.

"부산항이 무척이나 아름답습니다. 칩메이트[5)]."

마스터 리차드였다. 브리지 우현, 마스터체어[6)]를 젖히고 등받이에 깊숙이 몸을 파묻고 있던 리차드는 쿠바산 시가에서 나오는 푸른 연기를 훅하고 뿜어냈다. 그러면서 기묵을 바라보며 말을 이었다.

"한국을 떠난 지 얼마나 됐습니까?"

---

5) 영국식 항해 직제에서 1등항해사 호칭.

6) 배의 브리지에는 전방을 관찰할 수 있는 제일 좋은 자리에 의자가 있는데 그 의자를 캡틴체어라고 하며 사주라도 그 배의 선장이 아니면 앉을 수 없는 관습이 있다.

부산항 야경이 근엄한 마스터 리차드의 마음조차 즐겁게 만든 듯했다. 리차드는 버뮤다에 있는 한적한 리조트에서 휴가를 보내고 승선한 까닭에 카리브해[7]의 강렬한 태양빛에 단련된 얼굴이 코코넛빛으로 빛났다. 갈색 시가를 문 입술도 햇볕에 태운 얼굴과 잘 어울린다는 생각이 들었다.

"잠시 돌아가긴 했었지만, 어느새 30년이란 시간이 흘러갔습니다."

"무척이나 여러 감정들이 마음에 깊게 파고 들었군요."

애써 웃는 기묵을 마스터 리차드는 그렇게 위로했다.

"안타깝게도 가장 그리운 것이 가장 멀리에 있었던 거죠. 저기 보이는 섬이 영도고 그 건너편 육지가 제가 태어난 곳입니다."

기묵의 손끝을 따라 마스터 리차드는 시선을 옮겼다. 가난의 서러움을 아슬리안 주먹도끼처럼 들고 뛰어다녔던 송도의 구불구불한 골목길은 영도에 가려서 보이지 않았다.

"야경을 보신 소감이 어떻습니까?"

기묵이 마스터 리차드에게 물었다. 리차드는 "원더풀!"을 연발했다.

"동양과 유럽의 여러 항구에 기항하였으나 이렇게 시각적으로 황홀한 경험은 처음입니다. 뭐랄까, 한마디로 말해서 절대

7) 1492년 콜럼버스가 제1차 항해 때 상륙한 산살바도르섬 주변 일대를 인도의 일부라 오인한 데서 생긴 서인도제도 주변의 바다.

적 아름다움입니다, 어둠과 지형이 도시 불빛과 잘 어울려 동양적 여백의 미가 고스란히 느껴지는 도시입니다."

그러면서 마스터 리처드는 아네사에게도 의견을 물었다.

"예술가적인 눈으로 보기에는 어때?"

기묵의 곁으로 다가온 아네사도 마스터 리차드처럼 부산항 야경에 빠져 있었다.

3등항해사인 아네사는 사진작가였다. 허니 플로렌스호에서는 3등항해사라는 직책으로 불리기보다 예술가로 불리는 아네사였다. 그녀는 성격도 쾌활했다. 아마도 그런 성격이 뱃사람이지만 일상을 벗어나면 예술의 길을 걷게 하는지도 몰랐다.

그녀는 미국 해양사진가협회에 소속되어 휴가를 얻으면 해양 다큐멘터리 사진을 찍으러 지구촌을 누볐다. 그런 아네사가 생애 처음으로 방문하는 부산항 야경을, 그것도 부산에서 기상관측을 시작한 이후 백 년만이라는 눈 내리는 진경을 놓칠 까닭이 없었다.

"작품 많이 건졌습니까? 아네사."

아네사는 당직을 시작하기 전까지 갑판 이곳저곳에서 부산항 풍경을 하나라도 놓칠새라 부지런히 셔터를 눌렀다. 그러면서 감탄사를 연신 내질렀다. 그녀의 얼굴은 놀라움으로 가득했고 목소리는 흥분에 들떠 격앙되어 있었다.

기묵은 그녀의 부산항 첫인상이 매우 궁금했다.

"물론이죠, 아름답기로 이름난 유럽의 어느 항구보다 더 특색이 있군요. 마치 어둠이 베어 먹다 흘려놓은 수평선 위 노을 조각 같군요. 무엇보다 도시 야경이 압권이에요. 여러 나라를 여행하며 많은 곳을 카메라에 담았지만, 부산항처럼 불빛과 산과 바다의 음영이 한 프레임 안에 들어오는 풍경이 있으리라고는 상상조차 못 했어요. 한국은 부산항의 밤 풍경부터 동양의 다른 나라들과는 많이 다른 것 같습니다."

입항 한 시간 전까지 대한민국이란 나라에 대하여 전혀 궁금해하지 않던 아네사는 엄지손가락까지 우뚝 치켜세웠다.

마스터 리차드나 아네사는 미국으로 돌아가도 이 순간을 여러 해 동안 기억할 것이다. 만일 어떠한 기회로 부산항이 화제에 오른다면 그때 블루의 표정이 어땠으며 무엇을 이야기했고, 블루가 이야기한 충무동 새벽시장과 젓가락 장단으로 술상을 두드리던 골목길 곳곳의 술집에 대해서도 회상할 것이다. 그러면서 허니 플로렌스호 브리지에서 보았던 기막힌 야경도 빼놓지 않고 자랑할 아네사의 표정이 예측되어 기묵은 자신도 모르게 웃음이 나왔다.

"날이 밝으면 아시겠지만 저렇게 아름다운 풍광을 연출하고 있는 불빛들은 빌딩 조명이 아니라 저 천마산 산허리와 영주동 산복도로를 따라 오밀조밀하게 붙어있는 주택에서 새어 나오는 불빛들입니다. 거주지가 산의 경사를 따라 높고 낮게 바다와 이어져 다른 외국 항구의 야경과는 달리 감성을 풍성하게 하지 않습니까? 그래서 부드럽고 편안하게 보이는 것입니다."

기묵은 6.25 전쟁 당시 전쟁 물품을 싣고 한밤중 부산항에 입항하던 배들이 부산항 야경에 놀라고, 날이 밝아 산복도로 판잣집을 보고 다시 한번 놀랐다는 아버지 이야기와 더불어 자신이 자라오면서 겪은 이웃들과의 경험담을 들려주었다.

"집들이 얽혀있는 골목길에서 미래에 대한 불안감으로 서성이며 바다로 떠날 때까지 생활했습니다. 행복해지길 소망하던 어릴 적의 생활은 남루했지만, 뒤돌아보면 그리워지는 시간입니다. 아프리카 흰개미 굴같이 다닥다닥 붙은 집들은 옆집의 숨소리까지 들려올 정도였지요. 밥숟가락이 몇 개인지 서로를 속속들이 알고 있는, 아무것도 가진 것은 없지만 인정 많은 사람들이었습니다. 그런 집들을 우리는 판잣집이라 했는데 그 속에서 서로 살을 비비며 살아가던 처음과 끝이 같은 사람들, 가난했으나 예의를 아는 사람들, 자식을 굶기지 않으려고 이리 뛰고 저리 뛰면서도 약속과 원칙을 지키며 살아가는 사람들이 살았습니다. 나는 그 사람들이 그리워서 울기도 많이 울었습니다."

"아니, 칩메이트와 같은 사내도 어린아이처럼 울었단 말입니까?"

아네사는 가슴 앞으로 팔짱을 끼며 어이없다는 눈빛으로 기묵을 바라봤다. 기묵은 그녀의 질문을 무시했다. 자신의 마음을 감춘다고 감출 수 있는 것도, 아네사를 속인다고 속일 수 있는 상황도 아니었다. 기묵의 지금 기분은 아네사가 자신을 진짜로 놀린다고 하여도 아무렇지 않았다.

"그렇습니다. 많이 울었습니다."

"에이, 진짜 울었어요?"

아네사는 혀까지 쯧쯧거리며 집요하게 물었다.

"대상에 대한 그리움을 풀어내지 못해 그것이 스트레스로 작용하는 것을 한국에서는 한이라고 하죠. 한이 깊어지면 울음뿐만이 아니라 죽음에 이르게 될 수도 있습니다. 고향으로 돌아가지 못하는 것도 한이라고 볼 수 있습니다."

아네사는 기묵의 설명에 한이라는 단어를 입술을 모아서 반복했다.

사실 기묵은 알래스카로 떠난 이후 부산으로 돌아올 수 없었다. 곰에 대한 마음의 짐을 도저히 지울 수 없었기 때문이었다. 기회가 있었지만, 그래서 더더욱 부산으로 돌아올 수 없었다. 경계가 그어져 있던 것은 아니었지만 그토록 자신을 믿고 따르던 곰을 죽게 했는데, 곰이 죽고 없는데, 혼자 살아남아 부산에서 숨을 쉬고 살아가는 자신에 대한 혐오감을 이겨낼 수 없어서였다. 그처럼 기묵을 무기력하게 하는, 지울 수 없는 커다란 트라우마가 부산으로 돌아올 생각조차 품지 못하게 했다. 어쩌면 기묵에게는 그것이 한이었다.

거세게 흩날리던 눈보라가 점점 약해졌다. 그러나 미처 물러가지 못한 북풍 탓인지 마스트에 걸린 도선사 요청 깃발이 힘차게 흔들렸다. 그때 숙연해진 분위기를 깨려는 듯 부산항 씨부이를 통과한 벌크선이 목적지로 항로를 잡으며 에어 혼[8)]뱃고동을 길게 울렸다.

관습적으로 선박 입출항 때 1등항해사의 위치는 폭설[9)]이라 불리는 선수 갑판이었다. 그러나 마스터 리차드의 특별한 배려로 기묵은 브리지에 상주하며 부산항 입항 절차를 보조하고 있었다.

허니 플로렌스호가 요코하마를 출항하고 나서였다. 마스터 리차드로부터 호출이 있었다.

"블루의 고향이 부산이라고 했지요?"

마스터 리차드의 말소리는 투박했지만 경박한 느낌이 조금도 들지 않을 만큼 온건하고 다정했다.

"예, 부산 송도란 곳이 고향입니다."

기묵의 눈이 무슨 일이냐는 듯 빛났다.

"블루의 이번 부산항 입항부서는 브리지입니다. 폭설은 갑판장에게 맡기고 부산 VTS하고 교신도 원활하게 하시고, 도선사 지시도 받아주세요."

그러며 마스터 리차드는 다음과 같은 말도 덧붙였다.

"오랫동안 그리던 고향으로 돌아와서 기쁘겠고 게다가 영어보다는 한국어가 부산항에서는 편하지 않겠습니까? 우리는 블

8) 뱃고동으로 에어를 사용하는 것은 에어 혼, 전기 모터를 사용하면 사이렌이라고 한다.

9) 배의 선수 갑판을 관습적으로 부르는 호칭.

루의 기쁨을 통해서 즐거워질 것이니 우리 모두가 행복해지는 시간을 만드는 겁니다."

그것은 마스터 리차드가 부산항 도선사 영어 실력을 못 미더워해서가 아니라, 오랜 세월 동안 이국을 떠돌다 귀향하는 허니 플로렌스호 십메이트에 대한 깊은 배려의 마음이었다.

도선사는 선박 운항 분야에 있어서 최고 전문가로 항만에 입출항하는 대형선박의 안전한 접안과 출항을 책임지고 있었다. 그러면서 자기 나라에 입항하는 외국 선박을 최초로 맞이하는 민간외교관 역할도 수행했다. 이를테면 긴 항해 끝에 쌓인 선원들의 외로운 마음을 녹여내는 따뜻한 환대라든가 가족처럼 정다운 영접 같은 것을 담당하곤 했다.

부산항 도선사는 한국인이며 총톤수 6,000톤 이상 선박의 선장으로 5년 이상 승선하고 금치산자 등 결격사유에 해당하지 않아야 했다. 도선 수습생 시험은 법규, 운용술 및 항로표지, 영어로 치러지는 필기시험과 면접시험, 그리고 실기시험인 현장 도선으로 치러진다. 이론과 실무에 완벽하지 않고서는 통과하기 어려운 시험이었다.

도선 수습시험에 합격하고 나서도 책임 도선사 지휘 아래 6개월 동안 200회 이상 도선 실무 수습과정을 마치고 최종으로 시행하는 시험에 합격해야만 한다. 실질적인 자격 이외에도 추상적 의미의 유머 능력이 있어야 하고 그 능력을 실용적으로 발휘할 수 있어야 한다. 짧은 도선의 시간이지만 시간을 쪼개어 관광명소라든가 여러 가지 정보까지 재미있게 전할 수 있다면 도선사로서는 최고였다.

허니 플로렌스호 브리지 최상부에서는 레이더스캐너[10]가 쉼 없이 빙빙 돌아가고 있었다. 도선 시간이 가까워진 탓으로 3등항해사 아네사가 레이더 화면의 레인지를 조작하며 도선사 보트를 점검했다.

부산항은 밤이 깊어가고 있었지만 많은 물동량 탓인지 레이더 화면에는 수많은 배가 벡터를 삐죽이 내밀고 빠르게 움직였다. 부산항을 벗어나 목적지로 가는 배들, 부산항에 입항하기 위해 근접하는 배들로 항만경계는 북새통을 이루고 있었다.

외항도 외항이지만 내항도 마찬가지였다. 입출항선 계류와 이선을 위해 움직이는 타그보트들과 크고 작은 부선들을 이리저리 끌고 다니는 예인선들, 묘박지에 닻을 내린 선박으로부터 외출과 귀선하는 선원을 실어나르는 통선들도 알파레이더 추적기능 100개를 사용해도 전체를 파악하기엔 모자랄 정도였다. 그야말로 불야성을 이루고 있다는 표현이 정확한 표현이었다.

드디어 오륙도 방파제를 통과하자, 허니 플로렌스호 쪽으로 빠르게 다가오는 작은 반점이 확인됐다. 도선사 보트였다.

때맞추어 청취 중인 VHF 채널 12번에서 허니 플로렌스호

---

10) 선박의 통달에 장착하고, 레이더 펄스를 사용하며 선박과 물체 간의 거리를 측정하는 장비.

를 호출했다.

"허니 플로렌스호, 여기는 부산 파이롯트,[11] 감도 있습니까?"

기묵은 들고 있던 핸드 VHF로 응답을 했다.

"허니 플로렌스호, 부산 파이롯트 말씀하십시오."

"여기는 부산 파이롯트, 귀선 리 사이드LEE SIDE[12]로 접근하여 승선한 후 부산항 여객부두로 도선할 계획입니다. 도선사 사다리를 해수면 1미터 위까지 내려주시길 바랍니다."

"라저."

도선사 보트가 다가와 풍하 현으로 접선을 했다. 곧이어 두 명의 도선사가 3등항해사인 아네사의 안내를 받아 천천히 브리지로 들어섰다. 머리가 희끗희끗하고 눈빛이 맑고 예리하게 빛나는 사람은 수석 도선사이고 또 다른 한 명은 차석 도선사였다. 도선사의 승선은 의외였지만 그도 그럴만했다. 부산은 북항을 재개발하고 있었고, 그곳에 국제여객선 터미널이 있었다. 그러나 부산항으로 입항하는 월드 와이드 초호화 유람선은 드물었다. 허니 플로렌스호가 입항한 것은 기회였다. 도선사들의 심화교육을 위하여 탑승한 것이리라.

"어서 오십시오. 허니 플로렌스호 승선을 환영합니다. 마스터 리차드입니다."

---

11) 도선사의 영어 호칭.

12) 선박에 의해 바람이 가려지는 방향을 말하는 선박 용어.

수석 도선사가 마스터 리차드와 인사를 주고받는 동안 도선의 행정적인 일을 마친 차석 도선사가 기묵을 뚫어지게 바라봤다. 차석 도선사의 시선은 집요함이 지나쳐 무례하기까지 했다.

차석 도선사는 궁금함을 못 참겠다는 듯 기묵을 향해 입을 열었다. 그도 그럴 것이다. 허니 플로렌스호 칩메이트는 소금기가 전혀 느껴지지 않는 얼굴의 1미터 80센티 체격에 단정한 제복으로 깔끔하게 차려입은 동양인이었던 까닭이다.

"동양인입니까?"

선박이 외국 항에 입항하게 되면 입항하는 항구의 에이전트를 통하여 승무원 명부와 승객 명부를 제출했다. 하지만 승무원 명부에는 한국 이름을 가진 승무원은 없었다. 승무원 명부에 있는 칩메이트 이름은 블루였다. 그런데도 미국 국적 초호화 유람선 허니 플로렌스호가 부산 VTS와 교신할 때는 한국어를 사용했다.

입출항 시 브리지에 상주하는 사람은 마스터, 3등항해사, 또는 선박과 관계되는 고급 인력이 상주하는데 한국어를 유창하게 구사하는 동양인이 있었으니 허니 플로렌스호 브리지에서 근무하는 사내의 직책이 무엇인가를 놓고 궁금증이 증폭되는 것은 당연했다. 한국해양대학 수송 학부 출신인 차석 도선사가 아무리 기억을 되새겨도 선배와 후배 중에 초호화 유람선에서 근무한다는 동문은 없었다.

"혹시, 한국인입니까?"

"흠!"

기묵은 연거푸 던지는 차석 도선사의 질문에 곤혹스러워졌다. 슬쩍 화가 나려고도 했다. 하지만 차석 도선사의 궁금증은 그가 가지고 있는 일종의 강박증이나 편집증의 문제일지도 몰랐다. 기묵은 애써 화를 가라앉혔다. 기묵의 눈은 웃고 있었으나 주의를 시켜야 할지 화를 내야 할지를 몰라 헛기침하는 것으로 대답을 대신했다.

"교포입니까?"

"…."

차석 도선사는 기묵의 눈치를 살폈지만, 자신의 행동이 실례라는 생각은 하지 않았다. 부러움으로 가득한 채 은근히 너스레를 떨고 있는 차석 도선사였다. 기묵은 자신의 얼굴이 점점 일그러지고 있다는 것을 알았으나 자신이 누구라고 말해 줄 생각은 전혀 없었다. 차석 도선사의 무례에 점점 짜증이 몰려왔다. 기묵은 차석 도선사의 시선에서 벗어나기 위해 의도적으로 걸음을 윙브리지에 가까운 곳으로 옮겼다.

차석 도선사가 혼자 추측하기에 칩메이트라 불리는 동양인이 한국말로 항무보고를 한 것은 그가 한국인임이 틀림이 없었으므로 기묵에게 한국 사람이냐고 물었지만 묵묵부답이었고 교포냐고 물어도 그는 대답하지 않았다. 한국인을 닮은 체형의 동양인 사내는 심드렁한 표정으로 미소만 지을 뿐이었다.

기묵은 차석 도선사의 집요함에 어떤 말로든 경고를 해야만 할 것 같다는 생각이 들었지만, 입출항 상황에서 브리지 지휘권은 마스터에게 있었고 마스터의 지휘명령 이외에 사담을 나누는 것은 마스터에 대한 예의에 벗어난 행동이었다. 기묵은 자신의 시선을 브리지 천정에 붙어있는 라다 지시기로 옮겼다. 이럴 때 시선을 허공에다 두는 건 기묵이 다랑어연승선 실습통신사로 승선했을 때부터의 습관이었다. 무차별로 쏟아지던 언어폭력에서 자신의 날선 감정을 지킬 수 있었던 최상의 방법이었다.

기묵의 눈이 또다시 차석 도선사의 눈과 마주쳤다. 그러자 이번에는 차석 도선사가 재빨리 시선을 옮겨 자신의 발끝을 바라보았다. 상황을 눈치챈 수석 도선사가 예의를 지키라고 옆구리를 찔렀기 때문이었다.

차석 도선사가 수석 도선사에게 서류 업무가 끝났다는 것을 알리자, 수석 도선사가 마스터 리차드에게 말했다

"숙지하고 계시겠지만 부산항 입출항은 10노트[13] 입니다. 속력을 지켜주십시오. 그럼 이제부터 도선을 시작하겠습니다."

수석 도선사의 말에 마스터 리차드는 고개를 끄떡였고 기묵은 빠른 걸음으로 차석 도선사를 지나쳐 포트[14] 윙브리지[15]로 향했다. 선수 갑판을 감시하기 위해서였다. 기묵은 브리지 밖

---

13) 바다에서 1노트는 1,852미터로 1시간에 10노트를 넘지 않는 속력.
14) 선박에서 전통적으로 왼쪽을 이르는 용어.
15) 브리지 밖 실외로 달아낸 노천 브리지.

윙브리지로 나와서 숨을 깊게 들이마셨다. 눈송이가 섞인 차갑고 서늘한 공기가 가슴으로 밀려들었다. 등 뒤에서 차석 도선사의 시선이 느껴졌지만 신경 쓰지 않았다.

"슬로우 어 헤드, 마스터."

수석 도선사가 엔진 사용을 지시했다. 그리고는 연거푸 조타 명령도 내렸다.

"헤딩 코스 358도."

"헤딩 358도. 써."

조타기 앞에서 조타수 존은 힘차게 복창했다.

곧이어 허니 플로렌스호는 앞으로 나아가기 시작했고 조도 방파제를 향하여 선수방위를 고정했다. 육중한 선체가 움직이기 시작하자 볼바우[16) 물결이 부드럽게 갈라졌다.

16) 구상선수라고 하는데, 배의 수면 아래에 혹 모양의 구상 돌기를 만든 선수로 전진할 때 선수에 일어나는 파도를 해소하는 작용을 한다.

천마산 오막

천마산의 봄은 해송들과 키를 다투는 벚나무에서부터 시작이 되었다. 어쩌다 동남풍이라도 불어오는 날이면 흩날리는 벚꽃잎으로 산비탈 풍광은 충무동 사거리나 암남공원에서 보아도 장관을 이루었다. 때맞추어 영도의 봉래산도 화답이나 하듯 산벚꽃나무에서 꽃비를 쏟아내었다.

그럴 때 천마산에서 내려다보면 강해진 오야시오 한류의 영향으로 송도 바다가 밑바닥까지 훤히 보였고 이송도 앞 묘박지에 닻을 던져 놓은 배들과 긴 항해를 끝내고 부산항으로 돌아오는 배의 현등[17]이 모지포 언덕 다람쥐 눈망울처럼 흔들렸다.

기묵은 그런 낭만적인 상황에서도 터무니없이 그곳을 떠날 날만을 꿈꾸었다. 어떤 날은 구름이 되거나 아니면 바람이 되어 출항선들이 길게 그어놓은 항적선을 따라 수평선을 넘어가고 싶다는 생각을 했다.

기묵의 할아버지는 일제강점기 시절 신의주에서 산판업을 크게 하였는데, 당시는 친일을 하지 않고서는 큰돈이 오가는 벌채사업을 하지 못했다. 일본 제국주의로부터 조선을 해방시켜 주겠다며 러시아군대가 밀려왔고 할아버지는 일제에 부역한 친일파로 몰렸다. 민족의 고통을 못 본 채 개인의 영달을 위해 일제에 협조했던 당연한 결과였다.

---

17) 선박이 항해 시 왼편과 오른편을 알려주기 위해서 켜두는 등.

급변하는 시대적 상황과 세월의 흐름으로 가세가 기울기 시작했다. 그리고 6.25 전쟁이 일어났다. 이번엔 공산주의 체제에서 악질 자본주의자로 몰렸다. 살기 위해서는 어쩌거나 방법을 찾아야 했는데 당황스러운 변화 속에서 기묵의 집안 어른들은 남쪽으로 가기로 했고 그야말로 대책 없이 나선 피난길에서 폭발의 굉음과 함께 모두 죽음을 맞았다.

일가가 멸족하는 북새통에서 구사일생으로 목숨을 건진 사람이 기묵의 아버지와 어머니, 그리고 큰누님과 둘째인 명자누나였는데 남쪽으로 향한 긴 피난민 행렬 끝에 정착한 곳이 부산이었다. 그곳에서 어머니는 기묵을 임신했다.

모든 재산을 북쪽에 두고 온 부모님이었다. 부산에는 물질적인 기반이 아무것도 없었다. 그땐 너무 어린 나이어서 뭘 알지는 못했지만, 가난이 무엇인지는 몸으로 체득한 시절이었다. 어쩌면 기묵을 지금까지 버티게 해 준 밑바닥 힘은 그때의 가난일지도 몰랐다. 온 가족이 미국이 전쟁 구호양곡으로 보내준 옥수수가루로 하루하루를 연명하는 처지에 입이 하나 더 늘어나는 것은 어머니에겐 무엇보다 큰 문제였다.

어머니는 기묵의 임신 사실을 아버지에게 알리지도 않았다. 태중의 아이를 지우려 비누를 갈아 마시거나, 익모초를 진하게 다려 마시기도 하였지만 떨어지지 않았다고 했다. 하지만 기묵이 태어나자 전쟁 통에 부모와 형제를 잃은 아버지는 늦둥이를 끔찍이 생각했다. 아버지는 적지 않은 돈까지 치르면서 철학관에서 이름을 받아왔다.

“초년과 청년 시절 고통과 고난을 많이 겪는 사주지만 중년 이후는 운이 꽉 찬 아이야. 중년이 되어서야 운이 터질 거야. 그때까지 열심히 살라고 해.”

그렇게 얻은 이름이 기묵이다. 기묵은 어려운 살림살이에 아들이라고 특별한 대우는 받지는 못했지만 큰누님과 둘째 명자 누나의 사랑을 듬뿍 받으며 자랐다.

기묵이 천마산 기슭에 있는 남부민초등학교에 다니던 어느 봄날이었다.

그날따라 집으로 향하는 마음이 이상하게 무거웠는데, 어머니가 애지중지 가꾼 백장미 넝쿨이 보이는 대문 앞에 막 다다랐을 때였다. 슬픔에 가득 찬 어머니의 목소리가 담장 밖으로 흘러나왔다. 짧은 순간이었지만 기묵은 그때 들은 어머니의 목소리를 지금도 또렷하게 기억할 수 있었다.

기묵이 어머니의 목소리를 들었다고 하여 그 내용을 모두 이해했다는 것은 아니다. 단지 슬픔으로 가득한 어머니의 목소리를 들었던 그 순간이 기묵의 가슴에 깊이 각인된 것은 사실이었다. 아무튼, 그때 순간적으로 시간이 멈추어진 듯 기묵은 옴짝달싹할 수 없었다. 기묵의 몸은 한겨울 강바닥처럼 얼어붙었고 굳어버린 발걸음은 그 자리에서 한 걸음도 뗄 수 없었다.

“그럴 수는 없다. 어떻게 그럴 수가 있단 말이냐?”

다시 어머니의 한숨 섞인 목소리가 얼어버린 강바닥이 쩡쩡

거리며 비명을 질러대는 것처럼 기묵의 가슴으로 파고들었다. 그와 동시에 노여움에 찬 아버지의 목소리도 들렸다. 귀에 익은 허스키하고 나직한 목소리였다. 기묵은 어린 나이였지만 무엇인가 크게 잘못되고 있다는 생각이 들었다.

기묵이 자신도 모르게 고개를 숙이고 곁눈으로 보니 함께 웃고 떠들며 하교하던 친구들이 부모님의 목소리에 집안을 기웃거리고 있었다. 기묵은 재빨리 손을 휘저어 친구들을 쫓아 보냈다.

"그래, 네가 미국으로 간다는 것이냐?"

방문 밖에서 이야기를 듣고 있던 기묵의 눈이 놀람으로 휘둥그레졌다.

"미국이라니?"

아버지는 참지 못하고 목소리를 높였다. 평상시에는 누구보다 과묵한 성격의 아버지였다. 기분이 보통 언짢지 않고서는 목소리가 저리 높아질 수 없었다. 더군다나 술에 취해 있는 목소리였다. 주점 곁으로만 지나가도 얼굴이 붉어지던 아버지였다. 태생적으로 술을 전혀 못 하셨다. 그런 아버지의 술 취한 목소리만 들어도 상황이 얼마나 심각한지 알 수 있었다.

—아버지가 술을 마시다니.

기묵은 괜스레 목이 움츠러드는 느낌에 마른침을 꿀꺽 삼켰다.

"나중에 후회하게 될 거다."

그러면서 아버지는 연거푸 헛기침을 흘렸다.

"그럼 뼛속까지 가난으로 가득 채우며 살란 말입니까? 이 가난에서 벗어날 수 없다고 생각하면, 저는 더는 살 수 없어요. 아버지, 제 인생은 제가 알아서 살아보겠습니다. 언제까지 이렇게 살 수는 없잖아요. 제가 살아가려는 방법도 인정해 주세요."

아버지의 말에 대꾸하는 큰누님의 말소리에는 가느다란 울음소리가 섞여 나왔다.

부모님이 죽으라고 하면 죽는 시늉이라도 하던 큰누님이었다. 지금까지 자신의 감정과 고집 따윈 한 마디도 주장하지 않았던, 그렇게 얌전하던 큰누님이 옹골차게 아버지에게 대들고 있었다.

"아버지도 짐작하셨겠지만, 저는 지금 주점에서 일하고 있어요. 살아있다는 게 너무 힘들다고 생각하며 살고 있어요. 솔직히 술잔이나 나르고 살 바에 차라리 죽는 편이 낫지 않을까요? 아버지, 제가 살아가야 하는 이유가 뭘까요? 산다는 것은 무슨 의미가 있을까요? 온갖 생각들이 하루도 쉬지 않고 머릿속에서 떠돌았어요. 아버지, 돈도 배경도 없는 제가 현실을 벗어나는 방법은 한 가지밖에 없어요. 제 몸을 파는 일이예요. 그래서 택한 길이예요. 아버지, 저는 가난을 끊기 위해서라면 목숨도 끊을 수 있어요. 더는 참을 수 없어요. 저는 죽었으면 죽었지, 이렇게는 못 살겠습니다."

"…."

어린 기묵이 생각해도 큰누님의 주장은 모두 맞는 말이었다. 아버지는 목숨도 끊을 수 있다는 큰누님의 말에 충격을 받았는지 말이 없었다. 어쩌면 아버지의 귀에는 큰누님의 목소리가 들리지 않았을 것이다. 그저 큰딸이 자신에게 반항하게 만든 본인의 무능함을 한탄하고 있는지도 몰랐다.

부산항 부두에서 일용직 품을 팔고 있던 아버지였다. 그런 아버지는 건강이 나빠지자 쉬는 날이 많아졌다. 봉제 공장에서 공원으로 일하며 집안을 돕던 큰누님이 졸지에 가장이 되었다. 그러나 큰누님의 수입으로는 네 가족이 살기에 빠듯했다.

어느 날부터였을까, 큰누님이 직장을 옮겼다며 밤늦게 다니기 시작했다. 눈치로 보아서는 술집 같은 곳인 듯 했다. 큰누님은 새벽이 되어서야 돌아왔다. 그런 일이 반복되기 시작했다. 가끔 맨정신으로 귀가할 때도 있었지만 술에 취해 있는 날이 많아졌다.

그즈음 큰누님은 하루하루 사는 것을 지겨워했다. 기묵이 곁에서 보기에도 감정의 기복이 심했고 어머니의 지청구도 힘들어했다. 그러더니 큰누님의 밤 외출이 잦아졌고 아예 들어오지 않는 날도 많아지기 시작했다. 하지만 그 누구에게도, 어머니에게도 자신이 무엇을 하고 있는지 말하지 않았다.

아버지는 큰누님이 뒷덜미를 꽉 움켜쥐고 있는 것처럼 한동안 아무런 말도 하지 못했다.

"저는 지금 아버지께 통보하는 거예요. 이제 떠나면 다시는 이 나라로 돌아오지 않을지도 몰라요. 듣고 계세요? 제발 마음 편하게 웃으며 보내주세요, 아버지."

그 말을 끝으로 갑자기 방문이 열리며 큰누님이 마루 아래로 내려섰다. 침통한 표정의 큰누님은 마당에서 쭈뼛거리며 서 있는 기묵을 보자 얼른 표정을 바꾸어 환하게 미소를 지었다.

"기묵이 와 있었나 보네."

기묵은 어깨를 토닥이는 큰누님의 목소리에 서러움이 올라오며 눈물까지 핑 돌았다. 기묵을 대하는 큰누님의 자상한 표정에는 아버지에게 대들던 옹골찬 모습은 어느 틈에 사라지고 보이지도 않았다.

아름답다는 것에 일정한 기준은 없지만 짙고 커다란 검은 눈을 지닌 큰누님은 한 번 마주치면 쉽사리 눈을 뗄 수 없는 미모를 지녔었다. 게다가 바닷바람 탓에 거친 피부를 가진 부산 사람들과는 다르게 투명하고 뽀얀 피부에 선이 고운 얼굴이었다. 그에 더해 몸맵시마저도 유연했다. 그런 이유로 큰누님을 좋아하는 청년들이 많았다. 하지만 큰누님은 도통 연애에는 관심이 없었다. 그랬던 큰누님이 뜬금없이, 그것도 미국 군인 신분의 매튜를 사랑한다며 복무기간이 끝나서 돌아가는 매튜를 따라 미국으로 가겠다는 것이었다.

아버지의 반대가 아무리 강경해도 큰누님의 결심은 확고했다. 외국인하고 같이만 있어도 '양갈보'라고 손가락질 받던 시대였다. 아버지가 쉽게 허락할 리 없었다. 결국, 큰누님은 매튜의 아이를 가졌다. 큰누님이 선택할 수 있는 길은 그것밖에 없었다. 큰누님의 임신은 부모님에게 마른하늘에서 떨어진 날벼락이나 마찬가지였다.

"그래, 네가 똑똑하다. 너만 옳고 네 말이 모두 옳다. 그래, 맞다 치자. 너는 네가 인생을 모두 안다고 생각하겠지. 네 눈에는 네 아비가 한참 덜떨어져 보이는지 몰라도, 지금 네가 생각하는 방법이 맞는 것은 아니다. 마음이 괴롭지만, 아무튼 안 된다."

아버지의 목소리는 험악했지만 한풀 톤이 꺾인 목소리였다. 곁에서 큰누님의 하소연을 듣기만 하던 어머니가 결정적으로 큰누님을 거들었다.

"제 하고 싶은 대로 하게 해줍시다…."

어머니는 애초부터 큰누님을 말릴 생각이 없었다. 어머니는 자신이 살아온 세월에서 무엇이 중요한지 알고 있었다. 어머니는 미국으로 가서 큰누님 팔자가 변할 수 있다면 오히려 자신이 나서서 등을 떠밀고 싶었다.

큰누님은 그렇게 가난의 굴레를 끊어버리듯 미국으로 날아갔다. 큰누님이 떠난 빈자리는 명자 누나가 메웠다.

기묵은 큰누님의 환한 얼굴을 생각만 해도 그리웠다. 비라도 오는 날이면, 하굣길의 기묵에게 우산을 받쳐주던 큰누님의 얼굴이 선연하게 그려졌고 밤이 되면 자다가도 벌떡벌떡 일어날 정도로 그리웠다. 자신이 큰누님으로부터 버려졌다는 생각까지 들었다. 그러나 기묵이 할 수 있는 일은 아무것도 없었다. 기묵은 초등학생에 불과했고 너무 어렸다.

미국으로 떠난 큰누님은 매튜와 함께 샌프란시스코에 정착했고 몇 번 편지 왕래가 있었지만, 시나브로 연락이 끊어졌다. 외국에서 적응하며 사는 일이 쉽지 않은 탓이었을 것이다. 그래도 어머니는 새벽마다 큰누님이 잘되기를 정화수까지 떠놓고 빌었다. 하지만 아버지는 큰누님을 버린 자식으로 치부하며 돌아가실 때까지 한 번도 찾지 않았다.

천마산 벚나무에서 벚꽃이 몇 번인가 피고 졌다. 그러는 동안 기묵의 소년 시절은 끝났다. 중학교도 마치게 되었다. 집안의 형편 때문에 기묵에게 고등학교 진학은 꿈이었다. 하지만 사람은 배워야 한다는 명자 누나의 강력한 권유가 있었다. 중학교 졸업이 다가오자 명자 누나가 기묵의 결심을 물었고 기묵은 명자 누나의 권유를 따르겠다고 했다.

돈을 벌기 위해서 많은 이들이 바다로 나가던 시절이었다. 밑천 없이 자신의 몸뚱이로 돈을 벌기에는 배 타는 일만 한 것이 없었다. 바다로 나갔던 사람들이 돌아와서 집도 사고 땅도 사던 시대였다. 기묵의 가정 형편에서는 천마산 기슭에 있던 해양고등학교가 딱이었다. 기묵의 성적은 부산에서 제일 좋다는 경남고등학교를 들어가고도 남을 정도였지만 기묵은 아무런 망설임 없이 바다를 선택했다.

기묵이 고등학교에 진학은 했지만, 명자 누나의 수입으로는 도시락을 싸갈 형편은 안 되었다.

"미안해…."

명자 누나는 그렇게 말했지만, 기묵은 어떠한 말보다 그 한 마디로 허기가 사라지는 것 같았다.

"괜찮아요."

명자 누나의 희생에 비하면 자신이 점심 한 끼 굶는 것은 아무것도 아니었다. 가끔 명자 누나가 점심을 먹으라며 용돈을 쥐여주었으나 그건 명자 누나의 피눈물이었다. 기묵은 한 푼도 허투루 쓸 수 없었다.

"지금은 모두 힘들지만 우리 기묵이만 열심히 공부하면 잘 될 거야. 무슨 말인지 알겠지?"

명자 누나는 기묵의 어깨를 자주 토닥거려 주었다.

기묵은 점심때가 되면 수돗가로 달려가 허기진 배를 물로 채웠다. 성적 우수 학생으로 분기별 장학금을 계속해서 받았지만, 신문 배달, 음식점 서빙 등 여러 아르바이트를 섭렵해야 했다. 힘든 노동은 남루한 현실을 잊게 하는 마약과도 같았다. 기묵은 자신의 육체를 혹사하는 노동이 좋았다. 몸이 힘들 때면 명자 누나의 눈물을 생각했다. 명자 누나의 눈물은 너무나 맑아서 수면 위로 날아오르는 날치의 은빛 비늘 같았다. 하지만 지느러미만을 가진 물고기가 날아오르려면 그 이면에 얼마나 많은 고통이 숨어 있었겠는가.

큰누님의 선택이 현명했을지도 모른다는 생각이 들기 시작한 것도 그때부터였다.

큰누님은 미국행 비행기에 오르면서 무슨 생각을 했을까? 자신의 인생을 시험해보고 싶었던 건 아닐까? 가난이란 사슬을 끊어버릴 변수가 발생할 일도 없고 변수를 만들 힘도 없는, 하찮게 여길 것도 없는 삶, 겪어보지 않아도 미래가 예측되는 그런 삶에서 벗어나기 위해 몸을 던진 큰누님을 이해할 수 있을 것 같았다.

학교에서 돈 이야기만 나오면 고개가 저절로 숙여졌다. 제때 내지 못하는 공납금으로 무너지는 자존심에 대한 자괴감이 물밀듯이 밀어닥쳤다. 그것은 감정의 해일이었다. 감정이 백짓장처럼 얇아지기도 했고 태종대 암벽에서 부서지는 파도처럼 굽이치기도 했다. 그런 기묵의 학교생활이 정상일 수 없었다. 뒤따라 사춘기가 왔고 학교생활은 뒤죽박죽이 되었다. 수업 시간에는 넋이 빠져 정신을 놓는 날이 비일비재했고 별것이 아닌 일에도 친구들과 다툼이 일었다.

그랬다. 기묵은 친구들이 가진 환경과 자신을 비교하며 분노했고 채워지지 않는 갈망을 좇아서 남포동 골목길로 자갈치로 쏘다녔다. 가끔 주변으로부터 듣는 공부를 잘한다는 칭찬도 부담스럽고 원망스러운 날들이었다.

그날은 아침부터 부슬부슬 비가 내리더니 빗줄기가 굵어졌다. 친구와 함께 일거리를 찾아 서울로 가기로 한 명자 누나가 남포동에 있는 제과점으로 기묵을 데려갔다. 하고 싶은 말이 있다고 했다. 그의 방황을 지켜보기만 하다가 더는 안 되겠다고 생각했는가 보았다.

“이것 좀 먹어봐, 기묵아.”

명자 누나는 조금은 쑥스럽다는 듯 웃고 있는 기묵을 보며 빵을 권했다. 명자 누나의 목소리는 의외로 밝고 경쾌했다. 기묵에게 그렇게 들리려고 노력하는 티가 완연했다. 기묵은 마치 아무것도 알지 못하는 순진한 남동생처럼 보이기 위해서 노력했지만, 순간적으로 그게 마음을 더 울적하게 만들었다. 어쩌면 자격지심일지도 몰랐다.

명자 누나는 이것저것 푸짐하게 주문했다. 그리고는 조곤조곤 말문을 열었다.

“너랑은 예전부터 이야기해보고 싶었는데 그럴 여유도 없었고, 또 어쩐지 네가 나를 피하는 것 같기도 해서…. 아무튼 기묵아, 나는 인생이 무엇인지는 잘 모르지만, 공부해야만 사람대접을 받을 수 있다는 것은 알아. 시대가 그렇고 나는 여자라서 좋은 남자 만나 시집 가면 되지만, 너는 집안도 일으켜야 하고 가정도 만들려면 공부밖엔 방법이 없어.”

기묵은 애써 시선을 피하고 있었지만 명자 누나의 아랫입술이 파르르 떨리고 있는 것을 보았다.

“우리는 가난한 가정의 자식이고, 가난은 부모님 때문이 아니야. 부모님이 자식들을 위해 노력하시지 않은 것은 아니니까. 그러니까 현실을 원망할 필요는 없어. 이렇게 성장시켜주신 것만으로 부모님의 몫은 다 하신 거야. 지금부터는 스스로, 너와 나의 인생을 개척해야 하는데 그 문을 열고 올라가는 첫 계단이 바로 너 나이부터야."

창밖에는 장대 같은 비가 내리고 있었다. 기묵은 '차라리 나에게 화를 내지, 왜 이토록 사람을 애달프게 만들어서 숨조차 못 쉬게 하는 걸까.' 그런 생각을 하며 자신의 속내를 털어놓았다.

"명자 누나. 그건 아는데, 뭐랄까… 내 영혼은 빈털터리야. 스스로 억제할 수 없는 무엇인가가 마음속에서 꿈틀거려 미칠 지경이야. 우리를 버린 큰누님에 대한 마음도 마찬가지고."

"기묵아! 네 마음속에서 맴도는 그 감정이 무엇인지 알 것도 같은데 큰누나가 혼자만 잘살기 위해 우리를 버렸다고 원망하지 마. 그때 넌 큰누나를 이해하기엔 너무 어린 나이였어. 그런데 그건 아니야. 너도 알다시피 얼마나 다정다감했던 큰누나였니? 그런 큰누나가 미국행을 택했을 때는 이유가 있지 않겠니?"

그렇게 말하면서도 명자 누나는 빗줄기에다 시선을 주며 미간에 주름을 만들었다. 명자 누나의 본래 모습이 아니었다. 차라리 격앙된 목소리였다면 마음이 덜 아팠을 것이다. 기묵은 눈자위가 뜨거워져 말대꾸조차 할 힘이 없었다. 눈앞이 뿌옇게 흐려지며 명자 누나의 얼굴이 보이지 않았다. 눈물방울이 식탁 위에 놓인 단팥빵 위로 떨어졌다. 기묵은 눈물을 보이지 않으려 애를 썼지만, 소용이 없었다.

명자 누나는 손수건을 꺼내 기묵의 얼굴을 닦아주었다. 명자 누나의 생일에 기묵이 선물했던 흰색 무명손수건이었다.

"기묵아! 큰누나는 현실을 피해서 도망간 것이 아니라 스스로 꿈을 좇아 미국으로 가는 인생의 첫 계단을 선택한 거야. 사람은 자기가 원하는 일을 할 때 가장 아름다운 거야. 너도 이제 네 인생의 첫 계단을 선택해야 해. 그것은 너의 꿈이자 동시에 나의 꿈이 될거야. 그러니까 기묵아! 지금부터 너는 네가 맞닥뜨린 돌부리를 모든 힘을 다해서 뛰어넘는 거야. 너는 이제부터 나의 꿈과 너의 꿈을 함께 이루어야 할 공동의 책임을 지니게 된 거야. 기묵아! 내 말 어떻게 생각해?"

기묵이 아무런 말도 하지 않자 명자 누나는 재차 약속을 독촉했다.

"알겠어, 누나."

기묵은 고개를 끄덕였다. 그러자 비로소 명자 누나의 표정이 밝아졌다.

"기묵아! 사람이 살아가는 일에는 때가 있는 법이야. 그때가 지금부터야. 어떤 인생의 문을 열어가는가는, 어떤 계단을 딛고 가느냐에 따라 성공한 삶을 살 수도 있고 실패한 삶을 살 수도 있는 거지. 그건 사물이나 풍경을 바라보는 우리의 눈이 어떠냐에 따라 미래가 달라질 수 있다는 뜻이야. 매사 긍정적으로 생각하고 살다 보면 기쁨과 행복이 찾아올거야. 그리고 또 하나, 한 사회의 구성원으로서 자신에게 가치를 부여하는 일을 스펙이라 하는데, 스펙은 독한 맘 없이는 얻을 수가 없어. 스펙은 시간과 노력을 먹이로 해. 그러니까 지금부터 열심히 노력해야지. 지금은 공부하는 것이, 미래의 지도를 그릴 수 있는 길을 만드는 일이야. 기묵아, 너는 강해져야 해. 뿌리가 깊은 나무는 결코 쉽게 흔들리지 않아. 누나와 약속할 수 있지?"

명자 누나는 머리가 뛰어난 만큼 지혜도 깊었다. 인생을 바라보는 가치관도 또래의 여자들과 아주 달랐다. 기묵이 명자 누나를 바라보자 명자 누나의 시선이 곧바로 기묵의 눈길과 마주쳤다. 명자 누나는 희미하게 웃었다.

"기묵아! 내가 풍족하지는 않지만 네가 대학을 마칠 때까지 학비는 대줄게. 기회가 된다면 대학원까지도 지원하고 싶어."

"미안해요. 하지만 명자 누나가 고생하니까 그렇지."

기묵은 학비를 대주겠다는 명자 누나의 말이 힘겨운 노동의 비명처럼 들려와서 마음이 아려왔다. 명자 누나의 마음을 알고 있었다. 누구보다 영민하던 명자 누나가 진학을 포기하고 제힘만으로 삶을 헤쳐가야 하는 아픔을 알고 있었다. 세월이 흐르고 나면 어떻게 변해 있을지 모르겠지만 당장은 자신의 진학이 명자 누나의 고통이라는 것을 알고 있었다.

"그게 네가 공부하는 것이랑 무슨 상관이야. 네 마음을 지금부터 잘 다스리지 못하면 게으름은 시간이 지날수록 네가 가진 모든 능력을 메마르게 하고 미래를 파멸로 이끌 수가 있다는 점을 잊지 마."

"알았어요, 누나."

명자 누나는 기묵의 대답에 숨을 고르듯 크게 심호흡을 하면서 스스로를 제어하지 못하면 미래를 바라볼 수가 없다고 기묵에게 다시 한번 충고했다. 기묵은 자신을 바라보고 있는 명자 누나를 슬그머니 외면했다. 깍지를 끼고 있던 명자 누나의 두 손에 힘이 들어가며 안간힘을 다해서 눈물을 참고 있는 모습을 보았기 때문이다.

남포동 골목의 어스름한 어둠 위로 하나둘 가로등이 빛나기 시작했다. 명자 누나의 쌍꺼풀진 눈과 그 너머로 보이는 슬픔의 잔영은 동생을 사랑하는 마음라는 것이 느껴졌다. 지금 흘리고 있는 명자 누나의 눈물이 자신을 통하여 성취하지 못한 꿈을 대신 이루어보려는 절실함이란 것도 깨달았다. 그것은 기묵에 대한 사랑이었고 혈육에 대한 지극한 마음이었다.

기묵은 뜬금없이 "한 여자 돌 속에 묻혀 있었네."라는 이성복 시인의 「남해 금산」 시의 첫 구절이 떠오르며 가슴이 저렸다. 명자 누나의 가슴에서 튀어나온 보이지 않는 따뜻한 손이 자신의 눈물을 닦아주고 있는 것 같았다. 기묵이 큰 사고 없이 그나마 고등학교라도 마칠 수 있었던 건 명자 누나의 선한 희생이 없었으면 불가능했다.

제505행복호

북서풍이 잦아들었다. 바람이 그치자 자갈치 안벽으로 바람에 실려 온 미세먼지만큼이나 많은 사람들이 북적거렸다. 대부분 송별을 나온 선원들 가족이었다.

500톤급 다랑어연승선 제505행복호는 지중해식 계류[18] 방법으로 선미는 몇 가닥 스턴라인에 의해 자갈치 안벽에 묶여있었고 좁은 갱웨이 발판을 통해 연결되어 있었다. 제505행복호 브리지 앰프에서 <동백아가씨>가 흘러나왔는데 이미자의 구슬픈 음색과 노랫말은 그렇지 않아도 이별의 슬픔에 빠져있는 선원들과 가족들의 가슴을 눈물로 적셨다.

제505행복호 선수 마스트에는 오방색으로 꾸며진 만선 깃발이, 브리지 마스트에는 푸른 바탕에 사각형 흰 무늬의 블루피터[19]가 바람에 펄럭거렸다. 선수에 고정된 푸른 댓잎이 싱싱한 대나무에는 용왕기를 중심으로 제1 마스트에서 선교를 걸쳐 선미 마스트까지 국제신호기[20]와 각종 풍어기가 걸려있어서 마치 출전을 앞두고 사열을 받고 있는 사병의 총검처럼 비장해 보였다.

제505행복호 1등항해사는 자갈치 안벽과 선미를 육지와 맞닿게 하는 갱웨이[21] 앞에서 헐레벌떡 뛰어오는 기묵을 보며 허

18) 선수에 닻을 던져 놓고 선미만을 안벽에 접안하여 계류하는 방법.

19) 보통은 출항기라 하며 P기라고도 한다. 블루피터는 뱃사람들 간에 통용되는 애칭이다.

20) 국제적으로 사용되는 신호기로서 선박과 선박 사이의 교신, 선박과 항공기, 선박과 육상신호소 사이에서도 사용되는 신호 깃발.

21) 육상의 안벽에 접안된 배의 갑판으로 올라가기 위해서 설치된 사다리.

옇게 거품을 내뿜었다.

"야! 빌어먹을 새끼야, 지금이 몇 신데 이제야 나타나는 거야."

1등항해사는 욕설을 퍼붓고는 곧바로 바닷물에 절여져서 떡갈나무 껍질처럼 거칠어 보이는 주먹으로 기묵의 가슴을 연거푸 쥐어박았다.

"특례보충역 서류가 이제야 병무청에서 발급되었습니다. 그것을 본사에 제출하고 오느라 늦었습니다. 죄송합니다."

"자식아, 그러면 늦는다고 미리 연락이라도 해주어야 할 것 아냐."

화풀이를 하고 난 1등항해사의 기분이 조금 누그러진 것도 같았다. 출항 시간은 점점 가까워지는데 나타나지 않는 실습통신사 때문에 발을 동동 구르며 기다리고 있었을 1등항해사의 마음이 이해되었다.

"출항 준비를 해."

브리지를 향해 발걸음을 재촉하며 1등항해사는 기묵을 향해서 소리쳤다.

"네, 1등항해사님."

자갈치 버스정류소에서부터 얼마나 뛰어왔는지 승선하자마자 긴장이 풀어지며 심한 갈증이 몰려왔다. 기묵에게 제505 행복호 승선은 미래와 행복으로 향하는 비상구였다. 만에 하나라도 일이 꼬여서 승선의 기회를 놓쳐버리면 낭패였다. 선장님 눈에 띈 것보다 1등항해사에게 걸려서 몇 번 가슴을 쥐어박히는 걸로 마무리된 것이 다행이었다.

제505행복호 만선기원제는 이미 정오에 마쳤다. 그런데도 선착장에는 출항을 기다리는 수리업체의 관계자만큼이나 갑판을 떠나지 못하는 환송객들로 북적거렸다. 모두 이별을 애틋해하는 선원들 가족이었다. 그들은 차마 떨어지지 않는 발걸음 때문에 자갈치 안벽으로 내려서지 못했다.

하늘이 노을로 붉게 물들어가고 있었다. 선원들과 그 가족들은 뉘엿뉘엿한 노을 밑에서 눈물을 훔치거나 침울한 표정으로 이야기를 나누고 있었는데 환송객들 속에는 기묵의 아버지와 어머니도 있었다. 기묵의 부모님은 일찍부터 자갈치 안벽으로 나와서 아들을 기다리고 있던 참이었다.

"아버지, 어머니. 다녀오겠습니다. 이제는 그만 들어가십시오."

기묵의 어머니는 아들의 얼굴을 마주한 채 눈물만 글썽거렸다. 바다로 떠나는 아들을 지켜주지 못해 안쓰러운 마음이었다. 기묵은 갑자기 가슴이 아려오며 그런 어머니를 뭐라고 위로해야 할지, 적당한 말이 떠오르지 않았다.

원양어선의 계약 기간은 대부분 24개월이었다. 24개월이란, 어장에서 조업을 시작한 날로부터 조업이 끝나 부산항으로 다시 도착할 때까지의 시간이고 어장 도착까지의 시간과 부산항 입항까지의 항해 기간은 어로계약 기간에 포함되지 않았다.

그리고 24개월이 지나도 어떤 이유에서 조업 중이라면 조업이 끝날 때까지는 계약기간이 자동으로 연장되어 바다에 갇혀 있어야 했다. 그런 까닭으로 다랑어연승선이 부산항을 출항해서 다시 부산항으로 돌아오려면 30개월이 쏜살같이 지나갔다.

"그걸 말이라고 해, 제발 철 좀 들어라."

기묵이 다랑어연승선을 타겠다고 처음 말을 꺼냈을 때였다. 독단적인 기묵의 행동이 못마땅한 어머니의 커다란 눈자위가 붉어지며 눈물부터 뚝뚝 떨어졌다. 어머니의 좌절감을 생각하면 앞으로 기묵이 바다에서 맞게 되는 고난들은 가소로운 것에 불과할지도 몰랐다. 손사래를 치던 어머니는 자신의 가슴을 두 손으로 두드려가며 기묵을 말렸다. 어머니는 말을 할수록 슬픔이 더 치미는 모양이었다.

"죄송합니다, 어머니. 허락해 주세요. 사람들은 자기가 하고 싶은 일을 하면서 살려고 합니다. 그것은 틀림이 없습니다. 비록 승선하려고 하는 일에 대하여 남들이 어떻게 생각하든 전신전화건설국 입사 때부터 이 직업을 줄곧 생각해 왔습니다. 저의 삶은 제가 스스로 선택하겠습니다. 그러니 승선을 허락해 주세요."

기묵이 승선을 포기하지 않자 너는 자식도 아니라며 어머니는 부모와 자식 간의 인연까지 끊어버리자고 했다. 그러나 어머니는 결정을 내리고 빠르게 실행에 옮기는 기묵의 고집을 꺾지 못했다.

"네가 어찌 바다 물일을 한다는 말이냐."

어머니에게는 큰누님과의 이별이 지우지 못할 마음의 트라우마로 남아있었다. 그런데 아들마저 원양어선을 타고 외국으로 떠나려는 것이다. 그러나 평소 자신의 말이라면 무조건 존중하고 따르던 기묵이었기에, 기묵이 자신의 마음을 받아들이지 못하고 바다로 나가는 걸 포기하지 않는다고 해서, 아들의 마음을 괴롭힐 수 없었다. 아들은 아들의 인생을 살아가야 하고 자신의 인생에 주체가 되어야 하는 것이기에 어머니는 사랑하는 아들을 바다로 보내는 자신의 무능력을 탓할 뿐이었다. 슬펐지만, 어머니는 고개를 끄덕일 수밖에 없었다.

"그래, 기묵아! 네가 편한 대로 하는데 항상 몸조심해야 한다."

"어머니 제 걱정은 조금도 하지 마세요. 제가 선택한 일이기에 즐겁게 지내며 돈도 많이 벌어서 돌아오겠습니다."

어머니의 표정은 시시각각 변했다. 얼굴을 찡그린 어머니는 뼈만 남은 여윈 손으로 입을 틀어막고서는 가만히 훌쩍거리기 시작했다. 그런 어머니 곁에서 기묵을 물끄러미 바라보는 아버지에게서 술 냄새가 풍겼다. 미국으로 가겠다며 큰누님이 아버지에게 대들던 이후로 처음 드신 술이었다.

아버지 마음도 편치 않은 것은 어머니와 같을 것이다. 아니 어머니보다 오히려 더할 것이다. 기묵은 늦둥이로 본 아들이 아니었던가. 그런 아들이 먼바다로 나가는 것이다. 살아서 돌아올지, 아니면 살아서 아들을 볼 수 있을지도 알 수 없었다.

"그래, 우리는 이제 내려가마."

기묵은 알고 있었다. 아버지 심정이 어떠하며, 얼마나 가슴이 찢어지는가를. 가장으로서 가족조차 제대로 챙기지 못한 한이 덩어리 채 생길 거라는 것을 알았다. 그런 부모님만 생각하면 마음 한편이 언제나 불편했다. 하지만 기묵이 처해 있는 상황에서는 어찌할 수가 없었다. 그저 작은 바람이 있다면 자신이 돌아올 때까지 부모님 모두 건강하시기만을 빌 뿐이었다.

"아버지…."

기묵은 혼잣말처럼 아버지를 불러놓고는 목이 메였다. 바다로 떠나는 자신도 아버지의 심정처럼 초조하기는 마찬가지였다. 어로 계약을 마치고 무사히 돌아오는 것은 결코 쉬운 일이 아니었다. 바다에서의 일은 누구도, 무엇 하나 장담할 수 없기 때문이었다. 직장까지 때려치우고 부모님 가슴에 상처를 남기며 바다를 택한 일은 잘한 선택인가 하는 생각이 들었다. 출항이 가까워질수록 자신의 선택이 실수는 아닐까 하는 불안감으로 미래에 대한 생각이 더 깊어졌다. 이미 전신전화건설국은 퇴사했으므로 몸은 더할 나위 없이 자유로운데 마음이 자꾸만 겉돌았다. 자신도 모르게 눈물이 흘러내렸다. 무거워진 마음이 눈물 속으로 자꾸만 빨려 들어가는 것처럼 느껴졌다.

'이 슬픔을 버텨내는 것이 나의 삶이다. 내가 원하는 자유인의 삶은 내 눈물보다 무겁고 냉정한 것이겠지. 슬프고 고통스러워도 결국 나는 삶에 이길 거야. '존버'란 말도 있지 않은가. 세상에 견디겠다는 의지에 당해낼 것은 아무 것도 없어.'

기묵은 아버지가 눈치채지 못하도록 가만히 한숨을 토해냈다.

드디어 자갈치 선착장에 출항을 알리는 뱃고동 소리가 울려 퍼졌다. 부두와 묶여 있는 밧줄은 풀지 않았지만, 밧줄을 풀고 바다로 가야 한다는 신호였다. 날씨가 좋을 거라는 전날의 예보는 보기 좋게 빗나갔다.

노을 아래 검은 구름이 몰려오고 얼마 지나지 않아 빗방울이 떨어지기 시작했다. 바람은 없었지만 빗줄기가 굵어질 것 같은 하늘빛이었다. 부모님의 얼굴과 자갈치 부두가 빗방울에 가려 점점 희미해졌다.

바다로 갈 것이라고 결정하기가 어려웠지 결정하고 나자 기묵의 다음 행동은 쉬웠다. 바다는 바라보는 곳에 있지 않았다. 기묵의 가슴 속에서 철썩거리고 있었다. 많은 망설임 끝에 결국 기묵은 자신의 선택을 받아들였다. 그 선택은 기묵이 바다가 되는 일이었다.

자갈치는 이번 항해에서 운이 나쁘면 영원히 볼 수 없는 곳이기도 했다. 어려서부터 놀이터가 되어주었고 때로는 도피처도 되어주었던 곳이었다. 머릿속이 복잡하거나 생각해야 할 것이 많을 때마다 넋 놓고 걸었던 남포동과 광복동…. 기묵은 이

제 더 넓은 세상을 찾아서 바다로 간다. 어쩌면 사라져버렸다는 아틀란티스나 아니면 심연의 아득한 바닥에 우연히 가 닿을지도 모른다. 그러나 뱃사람들은 다시 육지로 돌아오기 위해서 바다로 나간다고 하지 않았던가. 기묵은 자신도 모르게 두 주먹을 꽉 쥐었다.

"기묵아! 너는 계속해서 공부를 더 했으면 좋겠다. 기묵이 실력이면 한국해양대학교나 해사 대학에 들어가고도 남을 성적이기도 하고…."

명자 누나는 기묵과 얼굴이 마주치기만 하면 말했다. 기묵은 해양고등학교 졸업이 가까워질수록 명자 누나 말이 맞는 말이라고 수긍을 하면서도 집안 사정을 보면 진학은 꿈도 꿀 수 없는 처지라는 것을 알고 있었다. 대학 진학을 원한다고 해도 갈 수 있는 형편도 아니었다. 그러나 대학 진학을 권하는 명자 누나의 절실한 마음을 알기에 기묵은 현실에 대한 원망조차 할 수 없었다. 명자 누나가 취업하라고 차라리 압박이라도 했다면 기묵은 대학을 가기 위해 발버둥이라도 쳤을지 몰랐다. 사내의 독기 같은 것도 품을 수 있었을 텐데 그런 시도조차 할 수 없었다. 기묵은 작은 누나에게 고등학교까지 다니게 뒷바라지해 준 것만으로도 고맙다고 했다. 그리고 졸업 무렵 전신전화건설국에 응시했고 기능공으로 특채가 되었다.

그러나 기묵에게 공무원이란 직업은 적성이 맞지 않았다. 자신의 미래가 보이지 않았다. 똑같은 시간에 일어나서 똑같은 밥을 먹고 똑같은 길로 출근하고 똑같은 일을 반복하는 일상은 기묵에게 지옥이나 마찬가지였다. 그냥 평범하게 살면 살 수도 있는 일인데 기묵에게는 고통이었다. 직장을 구하지 못한 친구들이 부러워했지만 어쩔 수 없었다. 흘러가는 물처럼 유연하게 흘러갈 수도 있겠지만 기묵에겐 참담한 시간의 굴레일 뿐이었다.

구직난에 허덕이는 지금에야 특별한 사유에 해당하지 않으면 정년이 보장되는 공무원임용시험이 공무원 고시라며 취업이 어려운 시대적 상황에서 최고의 직업으로 떠올랐지만 그 당시 기묵은 공무원이란 직업이 탐탁치 않았다.

전신전화건설국 기능공으로 근무하던 기묵이 병역 신체검사에서 갑종 1급을 받고 입영 통지를 기다리고 있던 어느 날이었다.

매달 모이는 고교 동기회에 참석했을 때였다.

"나는 금시초문인데 그런 정책도 있었나?"

기묵이 놀란 표정을 짓자 동기 한 명이 어깨를 뭉그적거리며 말했다.

"기묵아, 특례보충역이란 제도를 모른다고?"

기묵이 별 것 아니라는 듯 어깨를 움츠려 보였지만 뜻밖의 정보였기 때문에 입영을 앞둔 터라 귀가 솔깃해졌다.

"아니, 몰라. 무슨 제도인데?"

기묵은 동기 곁으로 바싹 다가앉으며 다짜고짜 팔을 잡아

당겼다.

"그러니까…."

자기는 자격증이 없다고 심드렁하게 말하던 동기는 기묵을 바라보며 환하게 웃었다. 그리고는 특례보충역 제도에 대하여 입을 열었다.

특례보충역이란 제도는 제5공화국 경제개발 5개년계획 정책 중 하나였다. 국가 기간산업체에서 적정한 자격증을 가지고 5년 동안 근무하면 병역을 면제해주는 국가적 특혜인 특례보충역 제도였다. 그때는 해외에서 외화를 벌어들이던 원양어업 회사 대부분이 국가 기간산업체로 지정되어 있었고 원양어선에 승선만 하면 병역을 피할 수 있었다.

동기 녀석은 무슨 큰 비밀을 알려준다는 듯 기묵에게 귓속말로 속삭였다.

"너는 3급 전파통신기능사 자격증 가지고 있지?"

물론 자격증을 가지고 있었다. 고등학교 3학년 1학기에 필기시험에 합격하고 2학기에는 실기시험과 면접시험에 합격했다. 하물며 그 자격증으로 공무원에도 특채되었다.

"가지고 있긴 한데, 왜?"

"이번에 동아수산이라고. 왜, 시청 앞에 보면 부산데파트라는 건물이 안 있나? 그 건물 6층에 있는 수산회사야. 남아프리카공화국 케이프타운을 기지로 해서 '미나미'[22]라고 부르는 참다랑어[23] 시험 조사선을 인도양에 띄운다데. 학교로 실습통신사 추천의뢰가 왔지만, 학생 중에 자격증 가진 놈이 없어서 동문 중에서 승선할 사람을 찾고 있다고 하더라."

전신전화건설국에서 기묵이 하는 일은 온종일 전봇대를 타거나 맨홀 구멍을 기어다니는 것이었다. 기묵에게 산판을 찾아 백두대간을 떠돌던 증조할아버지의 DNA가 대물림되었는지, 체질에 맞지 않는 공무원 생활로 기묵은 심한 스트레스를 받고 있었다. 특례보충역 제도가 기묵을 흥분하게 한 것은 입대 통지를 받아 놓고 있었기 때문이었다. 기묵은 입대가 가까워지면서 입역하게 된다면 노쇠한 부모님이 살아갈 길이 막막해 조바심을 느끼고 있던 차였다. 입대가 두 달 앞으로 다가왔을 때는 막막함 때문에 거의 머리가 돌 정도였다. 부모님의 건강을 생각하면 더욱더 그랬다. 그건 현실의 삶 속에 숨어 있는 절벽이기도 했다. 그렇다고 기묵의 빈자리를 명자 누나가 대신하기도 쉽지 않았다. 명자 누나의 직장이 서울에 있었기 때문이었다.

아들이 원양어선을 타면 부모님 심정이야 속이 타들어가겠지만, 실리적 수입만으로 계산해도 현직보다 원양어선 선원들의 월급이 세 배나 많았다. 병역을 면제해주는 특혜도 기묵의 구미를 당겼다. 또 가끔 기항하는 이국의 항구에서 풍물과 견문을 익힐 기회도 될 것이었다. 그러나 확실한 미래라는 것에

22) 남쪽을 가리키는 일본말인데 케이프타운 남쪽 바다에서만 어획이 되어 특별히 미나미 마구로라고 부른다.

23) 눈다랑어, 황다랑어, 날개다랑어, 가다랑어, 참다랑어 중에서도 대중적으로 가장 유명한 종이며 보통 참치라고 하면 참다랑어를 가리킨다.

대해서는 기묵도 자신이 서지 않았다. 원양어선은 지금까지 경험해보지 않은 낯선 것이었다.

이곳저곳에서 들려오는 소문에 의하면 바다는 난파와 조난 사고도 잦았고 육지와는 다른 차원의 세상이었다. 그러나 다른 한편으로 바다는 기묵이 짊어지고 있는 가난의 굴레를 한꺼번에 부숴버릴 수 있는 세상이기도 했다. 기묵이 어렸을 때 영식이 삼촌이라 따르던 사람이 다랑어연승선을 타고 돌아와 천마산 아랫동네로 이사한 것만 봐도 그랬다.

기묵은 TV에서 본 내셔널지오그래픽 장면들을 떠올렸다. 높은 수압을 뚫고 해면으로 치솟은 혹등고래의 물뿜기였다. 적막한 수면 위로 '푸' 하는 소리와 함께 물 분수가 허공으로 뿌려지고, 역광을 받아 찬란하게 무지개를 그려내던 혹등고래의 분기공, 온몸이 수면 밖으로 솟구치는 혹등고래의 브리칭[24] 같은 뜨거움이 가슴 밑바닥에서 솟아올랐다. 기묵은 결론을 내렸다.

"그래, 바다로 가자."

모임을 마치고 집으로 돌아온 기묵은 자리에 누웠지만 잠이 오지 않았다. 머릿속에 들려오는 것은 파도소리뿐이었다. 그러다 잠이 들었는데 꿈에서 한 마리 대왕고래가 되었다. 대왕고래의 우두머리인 수컷이 되어 일족을 거느리고 심해를 평화로이 유영하는 꿈을 꾸었다. 자궁 속같이 평온함을 안겨주는 바다는 맑은 하늘을 배경으로 푸르게 넘실거렸다. 수면에서 내려

---

24) 고래가 바다의 수면 위로 높이 뛰어오르는 장면.

다본 바닷물은 바닥까지 보일 정도로 맑고 깊었다. 몸뚱어리를 스쳐 지나가는 파도의 푸른 색감과 촉감이 정신을 정화해주었다. 기묵이 대왕고래처럼 꼬리지느러미를 활짝 펼치고 수평선을 향해 내달리는 동안 꿈은 예지몽처럼 조금씩 변해 갔다.

파도를 헤치며 나아가자 비릿한 바다 냄새와 함께 여러 마리의 앨버트로스[25]가 보였다. 구름 한 점 없는 하늘에선 거대한 빛다발이 바닷속을 등댓불처럼 환하게 밝혔다. 꼬리를 살짝만 흔들어도 인도양에서 대서양으로 그리고 태평양으로 순간이동이 되었다. 바다 위에는 불덩이 같은 태양이 이글거렸다.

태양은 어느새 보름달로 바뀌었고 지브롤터해협[26]을 향해 출항하는 범선의 돛대가 보였다. 어디에선가 재스민 꽃향기가 나고 있었고 범선이 항해하는 지브롤터해협의 등대 옆에 커다란 표지석이 보였다. 표지석에는 '지구는 이곳에서 끝난다'라는 글귀가 등댓불의 섬광처럼 번쩍번쩍 빛났다.

지브롤터해협을 빠져나가는 범선에서 기묵은 마스터였다. 범선은 활기찬 선원들 목소리로 시끌벅적했다. 그는 아무렇게나 흔들리는 배에서 중심을 잡으며 돛을 높이 올리라고 선원들을 독려했다. 범선은 어디론가 달려가고 '더 큰 세상을 발견할 것이다!'라는 기묵의 고함은 메아리처럼 수평선으로 퍼져나갔다. 기묵이 지휘하고 있는 뱃머리 앞 쪽빛 바다는 잠시도 쉬지

---

25) 신천옹의 다른 말.

26) 스페인 이베리아반도 남단에 있는 지중해로 통하는 좁은 해협.

않고 출렁거렸다. 차가운 바람에 방풍 재킷의 깃이 힘차게 휘날렸다. 배가 너무 빨리 달렸으므로 기묵은 짧게 숨을 가다듬으며 범선이 지브롤터해협의 절벽에 부딪혀 난파되는 건 아닐까 하는 두려움에 온몸을 부르르 떨었다.

기묵은 창문 사이로 부서지는 파도 소리에 섞여 새벽이 몰려올 때까지 몽롱한 꿈의 여운에 빠졌다. 그러는 사이에 어둠이 물러가고 먼동이 터왔다. 기묵에게는 창문을 물들이는 여명이 끝없이 펼쳐진 바다에서 희망의 씨앗들이 싹을 틔우는 것처럼 느껴졌다. 지난밤 꿈속의 몽롱함에서 벗어나지 못하고 있던 정신이 번뜩 제자리를 찾아 돌아왔다.

"바다로 가자!"

아무리 생각해봐도 그건 무시하면 안 되는 본능적인 직감 같은 거였다. 마침내 원양어선 승선의 고민에 종지부를 찍었다. 다음날 기묵은 자신이 졸업한 해양고등학교를 찾아갔다.

"살아있다고 느껴지지 않았습니다. 지금의 모습은 저의 본모습이 아닙니다. 아침마다 전선을 메고 맨홀로 들어가야 한다는 생각에 끔찍하기만 했습니다. 그런 날이면 파우스트를 따라다니는 메피스토[27]의 저주처럼 바다를 떠도는 꿈을 꾸었습니다."

신념에 찬 기묵의 목소리가 교무실에 울려 퍼졌다. 은사는 사려 깊은 표정으로 기묵의 이야기를 들으며 고개를 끄덕였다. 은사가 판단하기에 기묵은 총명하고 속이 깊은 학생이었다. 자

---

27) 『파우스트』에 등장하는 악마 메피스토펠레스의 준말.

질도 뛰어나 굳건한 정신과 강인한 지도력까지 갖추고 있었다. 선장 재목으로 손색이 없었기에 한국해양대학 항해학과를 추천했으나 기묵이 고사했다. 그랬던 제자가 이제야 인생의 방향을 잡은 것 같았다. 그렇지 않아도 기묵에게 연락을 해보려고 근무지 주소를 알아보던 중이었다.

적임자를 물색하던 은사는 선선히 기묵에게 추천서를 써주었다. 추천서는 오대양을 무대로 훨훨 날 수 있는 로얄앨버트로스의 날개와도 같은 것이었다.

기묵은 동아수산의 출입문 앞에서 잠시 머뭇거렸다. 이 문을 열고 들어가면 자신의 인생이 앞으로 어떻게 바뀔지 알 수 없었다. 출입구 손잡이는 세월의 연륜 탓으로 반질반질하게 윤이 났다. 많은 뱃사람이 이 문을 열고 들어가 바다로 떠났을 것이다. 자신이 원하는 자유와 부를 얻은 사람도 있을 것이고 개중에는 영원히 뭍으로 돌아오지 못한 사람도 있을 것이다. 기묵은 손잡이를 가만히 돌렸다 놓기를 반복했다.

기묵이 동아수산 문을 열고 면접실로 들어섰다. 제505행복호 황대복 선장과 서른 초반으로 보이는 1등항해사가 동석하고 있었다. 기다리고 있던 황대복 선장은 의자에서 일어나 먼저 손을 내밀었다. 기묵이 다가가서 두 손을 내밀었을 때 황대복 선장은 그의 커다란 손으로 기묵의 손을 감싸며 불안에 두리번거리는 기묵의 얼굴을 쳐다보았다. 황대복 선장의 손은 뱃사람의 손처럼 거칠게 느껴지지 않았다. 황대복 선장이 고개를 끄덕거리고 나서야 기묵은 의자에 앉을 수가 있었다.

햇살에 구워 만든 테라코타[28)]처럼 황동빛 얼굴색을 가진 황대복 선장이 의자를 끌어와 기묵과 마주 앉았다. 면접을 보는 선원들이 겁먹을 정도로 각진 얼굴을 빼고 나면 선장이라고 생각이 들지 않는 중년 남자의 모습이었다. 뱃사람의 거침이나 난폭함은 전혀 느껴지지 않았다.

"남기묵! 자네는 육지에서 좋은 직장을 다니고 있는데, 무슨 이유로 다랑어연승선을 타려고 하는지 말해보게."

선원 과장이 제505행복호 황대복 선장과 1등항해사 앞에서 기묵의 승선 동기부터 물어왔다.

선원 과장이나 제505행복호 선장 그리고 1등항해사가 어떤 생각을 하고 있는지 알 수 없으므로 기묵은 말조심을 해야 했다. 면접이란 것이 그렇듯 일단은 좋은 인상을 남겨야 했다. 기묵은 며칠 밤을 새워가며 준비한 승선 이유를 말하기 시작했다.

"바다가 저를 부르고 있습니다. 저는 세상의 경계선까지 이르고 싶습니다. 바다의 끝에 닿고 싶었지만, 지금까지는 기회가 없었습니다. 화목난로가 제 몸에 달린 온도계의 눈금을 올리기 위해서는 어느 정도 시간이 필요하듯 저도 언젠가는 저의 희망의 비상구인 바다로 가야 한다고 늘 준비하며 살아왔습니

---

28) 진흙을 반죽해 조각의 형틀로 찍어낸 점토 제품으로 산화철을 품은 진흙을 구워 붉은 기미의 짙은 갈색을 지닌다.

다. 제가 가진 희망은 아주 작은 것입니다. 결코, 지나친 것을 바라는 것은 아닙니다. 이제야 기회가 찾아왔습니다."

황대복 선장은 질문과 대답 사이에 잠시 시간을 두고 기묵을 지그시 쳐다보다가 물었다.

"승선시켜주면, 자네는 나와 함께 계약을 종료할 것인가?"

제505행복호 황대복 선장이 무슨 의도로 그런 질문을 한 것인지는 모르지만 기묵이 너무 긴장한 탓에 잠깐 침묵이 흘렀다. 기묵이 당황한 눈빛으로 황대복 선장을 바라보았다. 그 순간 기묵은 황대복 선장 얼굴에서 자신에 대한 선명한 기대감을 보았다.

"바다에서 흔들리며 살아갈 수 있는 일상을 허락해 주십시오. 배밀이 수레로 시장바닥을 밀고 가는 사람이 하느님을 경배하듯 파도에 엎혀 떠다니며 바다에 도전할 수 있도록 하여 주십시오, 선장님."

그건 기묵이 품은 한 방의 수 같은 거였는데 못 할 말은 아니었다. 하지만 승선 면접의 상황에 비추어보면 대답을 해놓고도 대답이 너무 치졸하지 않았나? 라는 생각도 잠시 들었다. 그러나 다행인 것은 황대복 선장의 따뜻한 눈빛에서 기묵에 대한 낭패감은 느껴지지 않았다.

이때가 기회였다. 기묵은 계속해서 입가에 옅은 미소를 담고 있는 황대복 선장에게 자신의 승선 동기를 인정시켜야 했다. 내가 이만큼 바다를 생각하고 이만큼 각오를 단단히 새기며 이만큼 승선목적이 뚜렷하다고, 그래서 나는 괜찮은 놈이라고 주장을 했다.

황대복 선장은 미간에 패인 주름을 가끔 문지르면서 뜸을 들였지만, 기묵은 더는 떨지 않았다. 황대복 선장은 무슨 중대한 결정을 한 사람처럼 길게 숨을 들이켜고는 천천히 고개를 끄덕였다.

마침내 기묵은 황대복 선장의 승선 면접에서 뱃사람이 될 자질을 인정받고 승선을 허락받았다. 기묵은 감사하다는 말이 목까지 차올라서 숨을 깊이 들여마셨다.

"바다로 가는 거야, 바다로…."

그 말은 자기 자신뿐만 아니라 지금까지 뒷바라지해 준 명자 누나에게도 하는 말이었다. 바다로 가겠다는 기묵의 굳건한 마음은 시간이 흘러도 후회하지 않을 자신이 있었기에 배 타는 것을 말리던 명자 누나에게 전하는 자신의 결심이기도 했다. 기묵은 고개를 숙이고 손아귀를 움켜쥐며 마치 이 말들이 명자 누나에게 전달되기나 하는 것처럼 연거푸 중얼거렸다.

기묵은 면접이 끝나자마자 전신전화건설국에 사표를 던졌다. 그리고 특례보충역 편입 절차에 매달렸고 출항 몇 분 전에야 겨우 승선할 수 있었다.

첫항해

–스테이션[29], 올 스탠바이

–올 스테이션, 올 스탠바이

드디어 황대복 선장의 출항 지시가 내렸다. 하지만 선원 가족들은 안벽과 연결되는 선미 갑판에 모여서 계속 웅성거렸다. 남편과 이별하는 아내, 아들을 바다로 떠나보내는 어머니, 아빠와 헤어지는 어린아이들은 자갈치 선착장으로 내려가지 않고 있었다.

"제505행복호는 곧바로 출항하겠습니다. 아직 선내에 머무르고 있는 선원 가족들은 빨리 하선하여 주시길 바랍니다. 걱정하지 마십시오. 잘 다녀오겠습니다. 여러분은 저희의 만선과 대어를 빌어 주십시오."

그러나 선원 가족들은 그 자리를 벗어나지 못했다.

"선원 가족분들은 빨리 하선하여 주십시오."

잠시 후 한 가족이 배를 향해 등을 돌렸고 이어서 다른 가족들도 하나둘 배를 내려가기 시작했다.

평소와는 사뭇 다른 말투로 단호하게 재촉하는 황대복 선장의 목소리가 제505행복호 선내를 다시 울렸다. 가족들이 안전하게 하선을 끝내야 배가 출항할 수 있었다.

때를 맞추어 안벽에서부터 남외항까지 제505행복호를 예인하기 위해서 요청한 탁그보트[30] 두 대가 좌현과 우현으로 재빨

29) 입출항부서인 선수와 선미에 선원들이 대기하라는 접선과 이선 지시명령어.

30) 안벽에 붙어 있는 배를 떼어내거나 안전하게 안벽에 접안하기 위해서 사용하는 예인선.

리 접선했다. 그리고 황대복 선장의 지시에 좌현의 탁그보트는 토잉라인[31]을 제505행복호 선수에, 우현의 한 척은 선미에 토잉라인을 연결했고 토잉라인에 장력을 주면서 제505행복호를 안벽에서 떼어낼 준비를 마쳤다.

"올 라인 렛 고."

황대복 선장은 1등항해사에게 이선을 지시했고 1항사는 시작하자는 의미로 갑판장을 향해 고개를 끄떡거렸다. 선수에서 대기하고 있던 갑판장은 1항사의 지시에 내려놓았던 닻을 감기 시작했다. 와르릉거리며 돌아가는 양묘기의 회전운동과 닻을 감아올리는 전진 타력으로 제505행복호는 자갈치 안벽과 천천히 멀어지기 시작했다.

황대복 선장은 뱃고동밸브를 힘껏 당겼다. 부웅거리는 뱃고동 소리가 자갈치 선착장에 울려 퍼졌다. 그 소리를 신호로 선원 가족들은 제505행복호를 향해 일제히 손을 흔들었다.

자갈치 외항으로부터 불어오는 바람이 선선했다. 해가 저물고 있었다. 그러거나 말거나 탁그보트는 제505행복호의 닻줄을 확인하며 남외항으로 배를 끌어냈다.

멀어져가는 자갈치의 풍경을 바라보며 기묵은 슬픈 마음이 들었다. 이제 부산이란 곳에서 기묵의 흔적은 희미해질 것이다. 아니 20년이나 살았다는 증거는 고사하고 자신을 기억해주는 사람들마저도 이리저리 흩어지며 사라질 것이다. 기묵이

31) 탁그보트와 예인할 배가 연결된 밧줄.

남부민동에 살았고 해양고등학교에 다녔으며 전기통신공사 직원이었다는 걸 누가 궁금해하기나 하겠나. 이제 부산은 기묵의 가슴에서 후회로만 남을 것이며 차원을 달리하여 이동할 수 있다는 우주의 웜홀처럼 기묵은 수평선 너머로 사라질 것이다.

기묵은 자신을 향해 여전히 손을 흔들고 있을 부모님의 모습을 떠올렸다. 아버지는 요즘 들어 이웃집에 마실도 가고 동네 사람들과 어울리며 노년을 보내고 있지만, 언제 또다시 쓰러질지 모르는 지병을 지니고 있었다. 기묵은 크게 숨을 들이쉬었다가 천천히 내뱉었다.

"빨리빨리!"

갑판장보다 더 카리스마가 있어 보이는 1갑원 한 씨는 허리에 두 손을 척 갖다 붙인 채 선원들을 향해 으름장을 놓으며 뱃고동 소리가 무슨 신호인 것처럼 선원들을 재촉했다. 기묵은 1갑원의 지시로 선원들과 함께 선미 데크에 쌓인 정박용 밧줄을 선미 창고로 옮겼다. 손에 닿는 밧줄의 느낌이 거칠었고 바닷물이 흠뻑 배인 밧줄의 말라버린 소금기가 손안에서 버석거렸다. 밧줄은 무겁기도 했다. 기묵은 밧줄을 힘주어 끌어당겼다. 순간 기묵은 자신이 불쌍하다는 생각이 들었다. 그러면서 이제부터 뱃놈이 되는구나라는 자괴감으로 미간이 저절로 찌푸려졌다. 그러자 눈앞이 갑자기 뿌예지더니 자신도 모르게 눈물이 흘러내렸다.

기묵은 눈물을 감추려 용두산 부산탑을 쳐다보았다. 그래도 고개를 쳐든 얼굴에서 눈물이 흘러내리기는 마찬가지였다. 선미 밧줄을 끄르기 전까지도 담담했던 마음이었다. 기묵은 힘을 내어 다시 밧줄을 당기기 시작했다. 그래도 어찌된 일인지 눈물은 그쳐지지 않았다. 그냥 슬펐다. 기묵은 선원들이 알아차리지 못하도록 눈을 끔뻑이며 눈물을 훔쳐보았지만, 온몸에서 힘이 쫙 빠져나가기만 할 뿐 소용이 없었다.

“어이, 실습통신사. 서둘러라.”

선미 핸드레일에 몸을 기댄 1갑원 한 씨가 목청을 높였다. 서두르는 기색이 역력했다. 배를 오래 탄, 자칭 뱃놈이라는 사내도 어쩔 수가 없었다. 제505행복호가 안벽에서 벗어나자 순한 아저씨에서 뱃사람으로 돌아온 1갑원이다. 인제 와서 그딴 것이 중요한가 싶었지만 2년이란 시간을 함께 지내야 할 사람이었다.

기묵은 호들갑을 떠는 1갑원의 지시를 따르고 있었지만, 이제는 세상 밖으로 자신이 도망을 친다고 생각하자 머릿속이 복잡해졌다. 하지만 기묵의 마음과는 상관없이 배는 쿵쾅거리며 수평선을 향해 달렸다. 조금 전까지만 해도 자갈치 안벽에 묶여 있던 뱃머리는 기묵이 살아온 그동안의 흔적으로부터 멀어지고 있었다. 어제까지만 해도 기묵은 바다에서 죽을 수도 있다는 것을 생각조차 하지 못했다. 그러나 배가 정박용 밧줄을 풀고 수평선을 향해 달려가며 흔들리자 미래에 관한 걱정과 바다에 대한 두려움으로 가슴이 일렁거렸다.

—이제 떠난다. 세상이여!

기묵은 티 나지 않게 몰아쉬는 한숨 어린 어투가 뱃사람 투로 바뀌어 있음을 느꼈다. 기묵은 몰려오는 두려움을 물리치기 위해서 깍지 낀 손을 우드득 소리가 나도록 꺾었다.

인생살이가 길지는 않았으나 세상일이란 자신이 마음먹은 대로 되지 않는다는 것을 경험으로 알고 있는 기묵이었다. 꽃망울이 아름답기는 하나 때가 돼야 망울이 맺고 꽃이 핀다. 그러기에 자신의 선택에 후회란 있을 수 없었다. 배를 타겠다고 결심한 것은 현실의 굴레를 벗어나는 길이었다. 삶의 비상구를 찾아냈고 그 길을 통해 신천지를 찾아 떠나는 출발이었다.

바다로 떠나겠다고 결정한 이후부터 마냥 편한 마음은 아니었지만 지금 자갈치 안벽을 떠나지 못하고 멀어지는 배를 바라보며 손을 흔드실 부모님 때문에 더더욱 무거워지는 마음을 지울 수 없었다. 평정심을 유지하고자 마음을 다독였지만 어쩔 수가 없었다. 바다에서 무엇이 나타날지 각오하고 가는 길이었다. 그것이 설사 죽음이라 할지라도 받아들이자고 마음의 준비를 했었다.

제505행복호가 출항하기 며칠 전부터 라디오뉴스에는 아메리칸 사모아에서 다랑어연승선 남해호가 침몰했다는 소식으로 시끄러웠다. 신문들은 조난당한 남해호 기사로 뒤덮여 있었다.

아메리칸 사모아는 동사모아라고 부르기도 하는 남태평양에 있는 섬이었다. 미국령 도서국으로 5개 섬과 2개 산호섬으로 이루어져 있었다. 그곳에 있는 파고파고항이 우리나라 최초의 다랑어연승선 전진기지였다. 원양어선에 승선했다가 수중고혼이 되었을 선원들…. 기묵은 승선을 결심하고 난 다음부터 다랑어연승선에 대한 조언을 얻으러 다녔다. 그리고 남태평양에서 다랑어를 잡았다는 선배를 만났을 때는 이런 이야기도 들었다.

"물론 힘들지. 다랑어연승선 선원은 사람이기를 포기해야 하는 직업이야."

"그만큼 힘 드는 일입니까?"

선배의 말에 걱정이 되어 기묵의 말꼬리가 저절로 높아졌다. 선배는 후배에게 자신의 손을 보여주었다. 선배의 손톱은 마치 백선처럼 하얗게 부풀어 부석거렸다. 연승에 코팅한 콜타르와 온종일 손에서 바닷물이 마르지 않았던 부작용이라는 것이었다.

참혹했다. 게다가 선배는 미국령 사모아 주변에는 다랑어연승선에 승선했다가 사고로 사망한 선원들의 공동묘지까지 있다고 했다. 수많은 선원이 불의의 사고를 당하고 본국으로 송환되지 못한 채 그곳에 묻혀 있다는 것인데, 얼마나 많은 사람이 죽었으면 공동묘지가 따로 생겼겠냐며 얼굴까지 찌푸렸다.

"후배가 가려고 하는 케이프타운 어장도 사모아에 못지않지. 특히 남아공은 아직도 유색인종을 차별하는 나라지. 언제 어느 때 테러를 당할지 모르니까 조심해야 하네."

고향으로 돌아오지 못한 선원들처럼 기묵도 다시는 부모님 곁으로 돌아올 수 없을지 몰랐다. 바다로 나왔다고 해서 꿈꾸던 세상에 닿는 것 또한 아니었다. 그러나 바다는 기묵이 늘 꿈꾸던 곳이었고 이제야 그곳으로 갈 기회를 잡은 것이었다. 기묵은 바다 색깔에 늘 감동했다. 천마산 중턱에서 내려다보는 바다는 봄은 봄대로, 여름은 여름대로, 가을은 가을대로, 겨울은 겨울대로 자신만의 색깔을 지니고 있었다. 기묵은 그런 바다의 무한함을 닮고 싶었다. 그러다 보니 그날이 그날 같은 전신전화건설국 직원의 삶에는 만족하지 못했다.

선미에서 정박용 밧줄을 모두 적재한 기묵은 갑판으로 이동하기 전에 다시 한번 자갈치를 뒤돌아보았다. 자갈치 선착장에는 선원 가족들이 흩어지지 않고 여전히 손을 흔들고 있었다. 기묵은 얼굴도 알아볼 수 없는 그들을 향해 자신도 모르게 손을 흔들었다. 그러다가 기묵은 작업갑판으로 집합하라는 1갑원의 재촉을 들은 후에야 선수 갑판을 향해서 몸을 돌렸다.

부산 남외항 방파제를 빠져나온 제505행복호는 점점 속력을 올리며 파도를 힘차게 갈랐고 뱃머리 앞에는 검푸른 파도가 나타났다 사라지기를 반복했다. 배가 파도에 롤링하면서 좌우로 흔들리기 시작했다. 겨우 몸을 가눈 채 작업갑판으로 향하는 기묵의 눈에 가슴이 미어지게 한숨을 내쉬던 어머니의 모습이 떠올랐다. 그런 시야에 우현 멀리 형제도가 보였다. 이제부터 중간 기항지 싱가포르에 묘박하기까지 망망대해였다.

시간은 사람들에게 고통과 고뇌를 주기도 하지만 그 속에는 질서가 있어서 사람들에게 해결의 방법을 알려주기도 한다. 다랑어연승선에서 하급 선원이 하는 일은 똑같은 일과의 연속이었다. 아침 6시에 기상을 하면 밥을 먹고 갑판으로 나아가 낚시를 물고 어구를 조이고 다시 점심을 먹고 똑같은 갑판 일을 반복하고 항해 당직을 섰다. 철판을 두드려 녹을 떨어내고 페인트를 칠하고 출항하며 실은 갑판 어구들을 제자리에 정리하는 일까지 끊임없이 몰려와 쉬지 않고 몸뚱이를 움직이게 했다. 뱃일에 적응하려 발버둥치다 보면 시간은 금방 지나가 버렸다. 그렇게 불알에서 요령 소리가 나도록 뱃전을 오가다 보면 어느새 날이 어두워졌고 지친 몸은 그대로 잠 속으로 떨어졌다. 그러면서 차츰 갑판 일을 이해하게 되었고 요령도 생겼다.

기묵은 바다 위에 자신만 있는 것처럼 왠지 기분이 뿌듯해지면서 모든 속박에서 벗어난 기분이 들기도 했다. 뱃사람이라면 누구든지 거쳐가야 할 항해 당직 시간. 이 시간 브리지에서 수평선을 내려다볼 때의 기분은 뭐랄까, 전생에 경험해본 것처럼 낯이 익었다. 그러나 아직 선원들과는 데면데면했고 평생 처음 대하는 뱃일이라 적응부터 해야 한다고 생각했다.

제505행복호는 제일 먼저 남중국해[32]를 가로질러 믈라카해협의 거점항구, 싱가포르항에 기항할 예정이었는데 싱가포르항에 기항하는 이유는 국내의 높은 관세를 피하기 위해서였다.

32) 중국 남쪽과 필리핀 및 인도차이나반도와 보르네오섬으로 둘러싸인 바다.

다랑어연승선에서 필요로 하는 기관 부품이나 어구는 일본제품을 많이 사용했다. 다랑어연승어법 자체가 일본 어선의 주도로 발전해 왔기 때문이다. 그런 어구들을 한국에서 사들이게 된다면 엄청난 관세와 중간 상인의 이윤이 따라붙었다. 그래서 남인도양으로 출어하는 다랑어연승선은 세금과 유통이윤을 피할 편법으로 싱가포르항에 입항했다.

관세 자유항인 싱가포르항에 잠시 기항하여 어구와 연료를 선적한 제505행복호는 인도양의 무법자 사이클론이 발달하는 해역을 피해 가며 무역풍[33)]을 타고 희망봉에 이르게 된다. 장장 한 달이나 걸리는 인도양 횡단 항해였다. 그런 다음 남아프리카 희망봉에서 항로변경을 하여 케이프타운까지 직항하는 것이다.

국제개발도상국에 제공하는 저금리 AID[34)]차관으로 영도대선조선소에서 계획 건조한 제505행복호는 정부의 야심작이었다. 500톤급 제505행복호는 국내에 다랑어연승 신조선이 전무하던 때에 최신예 전파항법 장치인 N · N · S · S[35)]를 비롯하여 로란-C[36)]까지 장착했다. 바닷물을 식수로 음용할 수 있

---

33) 저위도 지방에서 일정한 방향으로 부는 바람으로 범선 항해시대 이 바람을 타고 항해했기 때문에 붙여진 이름.

34) 개발도상국의 경제발전을 위해 미국이 제공하는 장기 융자의 하나.

35) 미국 해군이 쏘아올린 인공위성으로부터 수신된 전파의 도플러 주파수를 관측하여 위치를 측정하는 항해계기.

36) 쌍곡선 방식으로 전파 펄스의 도착 시간차에 의하여 위치를 구하는 중거리 무선 항법 시스템.

는 원심분리기식 조수기[37]와 선실에는 냉풍과 온풍을 공급하는 에어컨 시설과 히터 시설도 갖추었다. 뱃놈이라면 누구나 승선하길 원하는 다랑어연승선이었지만 한국의 조선소에서 다랑어연승선 건조 노하우가 쌓이기 전 일본에서 설계도만 들여와 급조한 배였기 때문에 완전할 수가 없었다.

제505행복호에서 기묵의 직무는 실습통신사였다. 항해 중인 다랑어연승선에서 실습통신사의 일과는 힘들었다. 선단에 소속된 다랑어연승선과 교신하는 수석통신사 모스 부호를 녹음하여 오자나 탈자가 있는지 가려내는 일, 수신한 기상 정보를 해도에 포인트를 찍어가며 알기 쉽게 그림으로 그려내는 일, 1등항해사 항해 당직 시간에 편성되어 업무를 돕거나 항해와 견시 및 조타 당직을 커버하는 일 따위로 눈코 뜰 새 없이 바빴다.

그렇게 앞 파도가 지나가며 새로운 파도가 몰려오고, 수평선에 아침 해가 떴다가 저녁노을이 지고, 이따금 폭풍이 지난 다음 날 강바람에 휩쓸린 날치를 갑판에서 발견하기도 하면서 기묵은 점점 바다에 적응되어갔다. 그러나 그때까지 적응하지 못한 것은 시시때때로 찾아오는 멀미였다. 그건 기묵의 굳건한 의지로서도 어찌할 수 없는 것이었다.

"실습통신사, 표정이 왜 그래? 어디 아픈 거 아냐?"

---

37) 원심력을 이용하며 성분이나 비중이 다른 물질을 분리하는 방식으로 바닷물에서 소금과 물을 구분하여 식수를 구하는 기계.

"죄송합니다, 1등항해사님. 멀미 때문에 토가 나오려고 해서 그렇습니다."

제505행복호가 항해하는 남중국해 날씨는 더없이 화창했다. 스콜이 가끔 오기는 했지만 언제 그랬냐는 듯 거짓말처럼 구름이 물러가고 쨍쨍한 햇살이 나타났다. 그만큼 바다가 고요했는데도 기묵의 멀미는 당직 시간만을 노려 기승을 부려대었다.

"이놈아, 이리 비실비실해서 언제 뱃놈이 되겠나? 괴로워도 참아야 해. 아직 멀미로 죽은 선원은 없었으니 깡으로 오기로 버텨야 해."

해도 테이블에서 선위 확인을 마친 1등항해사가 정색을 하면서 기묵의 곁으로 다가왔다. 1등항해사는 출항한 지 사흘밖에 되지 않았지만, 기묵을 막냇동생처럼 생각해 주었고, 그날이라고 다를 바 없었다. 1등항해사는 자신과 항해 당직을 서는 기묵에 대하여 너그러웠고, 브리지 당직 생활에서 벌어진 실수들도 감싸주곤 하였다.

새벽 당직에도 멀미는 여지없이 찾아왔다. 1등항해사는 샛노란 얼굴로 조타륜을 잡은 기묵이 한심하다는 듯 혀를 끌끌 찼다. 등화관제가 되어 있는 브리지의 어둠 속에서도 실습통신사의 몸 상태까지 짚어내다니…. 그것만으로도 1등항해사 자격이 충분하고도 남았다. 기묵은 멀미로 정신이 혼미한 채 식은땀만 줄줄 흘리고 있었다.

"자식이, 항해를 시작한 지 나흘이나 되었는데, 아직도 멀미냐? 이제는 네가 배에서 내리고 싶다고 마음대로 내릴 수도 없어. 이겨내야 해. 이놈아! 브리지 더럽히지 말고 선미에 가서 처리해라."

"예."

1등항해사는 기묵이 조타하고 있던 조타기의 오토매틱 파이롯트[38] 놉[39]을 눌러 침로를 자동으로 정침했다.

사실 멀미는 기묵의 승선 목록에 들어있지 않는 품목이었다. 그런데 제505행복호가 부산항을 벗어나자마자 속이 울렁거리기 시작했다. 그로부터 토하고 또 토했다. 벌써 몇 번째 토인지 모른다. 멀미에 덜미를 잡히지 않겠다고 마음을 다잡곤 했지만 어느 순간 고삐를 놓치고 말았다.

토하고 또 토해도 멀미는 끝날 기미가 없었다. 제505행복호에 승선한 24명의 선원 중 제일 심했다. 기묵은 그런 자신의 모습이 창피했지만, 한편으로는 멀미가 언제나 끝날까? 끝나기는 끝날 것인가 걱정이 되었다.

기묵이 선미 핸드레일에 기대어 야식으로 배를 채운 음식물을 뱃전 밖으로 내어놓고 있을 때였다. 그때 분명히 느꼈다. 선박 고유의 롤링과 피칭과는 다른, 생소한 진동과 떨림이 느껴졌다. 희미하나마 쾅 하는 폭발 소리까지 들렸다. 폭발의 굉음

---

38) 자동조타장치.
39) 자동조타장치에서 코스를 장치하고 고정하는 장치.

이 마치 싱잉벨 속 파동처럼 기묵의 귓속에서 윙윙거렸다. 온몸에 소름을 돋았다.

새벽 4시 30분.

타이완의 최남단 항구인 가오슝을 어빔[40]하고 하루 남짓. 망망대해의 남중국해 시사군도[41]로 접어들고 있던 제505행복호였다. 쿵쿵거리는 메인 엔진의 단조로운 소리와 제505행복호 뱃머리가 파도를 가르는 소리만 빼면 빈 항아리에 담긴 고요처럼 주변이 적막해야만 했다.

목구멍이 뻣뻣해지고 코끝에서 불쾌한 냄새가 맡아졌다. 순간적으로 숨이 막힐 것 같았다. 하지만 정신을 차려야 했다. 기묵은 얼굴이 굳어지며 자신의 주먹을 불끈 쥐었다. 뜨거운 콧김이 뿜어지며 씩씩대는 숨소리가 자신의 귀에도 들려왔다. 맹독성 암모니아 가스[42]였다. 해양고등학교 등하굣길 양편에 피라미드처럼 서 있던 기업형 냉동창고에서 흘러나오던 냄새였다. 섬뜩한 불안이 기묵의 뇌리를 스쳤다. 선원들은 모두 잠의 나락에 깊이 빠져 있는 새벽 시간이었다.

기묵은 재빨리 브리지를 향해 내달리기 시작했다. 브리지와 선미의 중간에 있는 기관실로 통하는 출입구를 지날 때는 자신도 모르게 흘러나온 암모니아 가스를 한숨 들이켰다. 목구

40) 어떤 사물과 배의 각이 90도가 될 때.
41) 중국 하이난성 남동쪽 남중국 해상 작은 무인도들로 이루어진 군도. 파라셀제도라고도 한다.
42) 냉동기의 촉매로 사용하는 가스.

멍을 타고 넘어온 암모니아 가스로 숨이 막히면서 커다란 통증이 몰려왔다. 찰나에 불과한 시간이었지만 걸음마저 제대로 떼어놓을 수 없었다.

"큰일 났습니다. 사고입니다. '쿵' 하는 소리가 들리더니 기관실 쪽에서 암모니아 냄새가 심하게 납니다."

기묵은 1등항해사를 향해서 참았던 숨을 뱉어놓듯 말했다.

"뭐라고, 암모니아라고."

제505행복호는 선수 방향 포트 10도 방향에서 맞바람을 받으며 항진하고 있었다. 12노트의 속력이었다. 그런 까닭으로 기관실에서 폭발한 암모니아 냄새가 브리지에는 스며들지 않고 있었다. 컥컥거리며 브리지에 나타난 기묵을 보자 1등항해사는 조용히 하라며 호통을 쳤다.

그때까지도 1등항해사는 사고를 감지하지 못하고 있었지만 기묵의 보고에 선내 비상벨을 급하게 눌러 선원들을 깨웠다. 토트백[43]시스템으로 선외와 선실을 연결해 놓은 앰프였다.

"비상, 비상, 비상이다. 기관실 암모니아 가스 유출, 전 선원은 빨리 선수 갑판으로 대피해라."

기묵은 연거푸 방송되는 1등항해사의 앰프 소리를 뒤로하고 기관실 입구 통로로 뛰어갔다.

기묵이 승선하기 전 근무했던 전신전화건설국에서 건물이나 맨홀 작업 때 우선 챙기는 것이 맨홀의 구조도면이나 건물

43) 선내 양방향 동시 마이크 시스템.

의 설계도였다. 그런 습관이 몸에 배어 있다 보니 제505행복호에서도 사관 통로 벽에 붙여놓은 일반배치도면[44]을 그냥 보고 지나치지 못했다. 일반배치도면에는 선체의 구조와 화재와 조난을 할 때 인명을 보호하기 위한 장비를 표시한 라이프 세이빙 앤드 파이어 컨트롤플랜[45] 도면이 함께 붙어있었고 파이어 컨트롤 플랜 도면 기관실 출구 벽면에는 소방호스와 만능노즐 보관함 1개, 2개의 방독마스크가 든 보관함 위치가 표시되어 있었다. 그 속에 보관하고 있는 방독면이 필요했다.

기관실로 내려가는 입구 계단에는 1등기관사, 실습기관사, 조기장[46]을 부르는 박 기관장이 보였다. 모두 기관실 새벽 당직자였는데 박 기관장의 부름에 대답하는 사람은 아무도 없었다.

선외 통로에서는 선실을 탈출한 선원들이 우왕좌왕하는 중에 황대복 선장이 선원들의 신병을 확인하고 있었다. 1등항해사의 비상 신호에 바쁘게 선실을 뛰쳐나왔지만 이미 암모니아 가스에 노출된 선원들도 보였다. 숨쉬기가 힘든 선원들이 이곳저곳에서 목울대를 움켜쥐고 컥컥거렸다.

기묵은 기관실 입구 앞에서 티셔츠를 벗어 땀인지 콧물인지 모를 액체를 닦았다. 그리고는 돈키밸브를 열고 쏟아지는 바닷

---

44) 모든 배에는 비상 상태를 대비하여 선박의 구조와 선실 배치 및 통로, 화재진압 장비 등이 표시된 도면이 선내통로에 붙어 있다.

45) 선내 화재에 대처할 수 있는 소화기나 소화 호스 등이 비치된 곳을 나타내는 표.

46) 갑판장에 준하는 기관실 책임자.

물로 티셔츠를 적신 후 기관실 출입구 계단을 조심스럽게 내려갔다. 이미 기관실로 통하는 출입구에는 기관실로부터 뿌연 암모니아 가스가 폭포수처럼 흘러나왔다.

기관실 내부에 가득 찬 암모니아 가스 때문에 기묵의 호흡이 점점 거칠어졌다. 젖은 티셔츠를 방독마스크 대용으로 삼아 입을 막았지만 완전하게 암모니아 가스를 차단하지는 못했기 때문이었다. 기묵의 온몸이 욱신거리며 의식조차 희미해지기 시작했다. 마치 암모니아 가스에 일격을 당한 듯 심장까지 벌렁거리면서 제멋대로 펄떡거렸다.

"정신 차려! 기묵아."

기묵은 자신의 이름을 큰 소리로 외쳤다. 그러면서 핸드레일을 더듬으며 앞으로 나아갔다. 마침내 기관실 입구에 도착했고 입구 벽면에서 뚜껑을 유리로 막아 놓은 빨간색 상자를 찾아냈다. 방독마스크가 들어있는 보관함이었다. 보관함의 뚜껑을 열고 어떻게 할 시간이 없었다. 기묵은 주먹으로 힘껏 유리를 가격했다. 남포동 골목을 주름잡으며 단련한 주먹이었다. 와장창하는 소리와 함께 유리로 된 보관함의 앞면이 부서졌다.

"아앗!"

순간적으로 얼굴에 뭔가가 튀었다. 피였다. 손등 위로 핏물이 붉게 번졌다.

"제기랄!"

유리창을 가격한 손등 위에 박힌 유리조각들이 보였다. 핏물이 대책 없이 뚝뚝 떨어졌다.

기묵은 얼른 방독마스크를 꺼내 썼다. 방독면을 쓴 채 크게 심호흡을 했다. 참담한 마음대로라면 방독면이고 뭐고를 떠나 기관실을 벗어나야겠지만 손등에 박혀 있는 유리조각부터 하나씩 뽑아냈다. 피를 흘린 탓인지 가물거리던 정신이 조금 맑아졌다. 이때를 놓치지 않고 소방 상자에서 소방호스와 만능노즐도 꺼냈다.

통로 밖으로 나온 기묵은 방독마스크를 벗었다. 컥컥거리는 목울대를 잡고 바람 불어오는 쪽을 향하여 크게 심호흡을 했다. 황대복 선장이 생수를 한 컵 넘치게 따라서 기묵에게 넘겨주었다.

"괜찮나, 실통사?"

"예, 끄떡없습니다."

단숨에 물 한 컵을 비웠다. 차가운 생수가 벌컥벌컥 목구멍을 타고 흘러 들어가자 숨쉬기가 한결 편해졌다. 손등에서 피가 멎지 않고 계속해서 흐르고 있었다. 기묵은 마스크 대용으로 사용했던 티셔츠를 쭉 찢어서 상처를 친친 동여맸다. 그리고 가져나온 방독마스크 한 세트를 박 기관장에게 건넸다.

황대복 선장은 뛰어난 선장이었다. 전라남도 청산도에서 가난한 어부의 아들로 태어나 여수수산대학을 졸업하자마자 다랑어연승선에서 실습항해사로 잔뼈가 굵었다. 선장이 되어 선박을 진두지휘하기까지의 승선 생활에서 얼마나 많은 일이 있었겠는가. 상황을 단번에 파악한 황대복 선장은 선원들을 지휘해서 소방호스를 소방용 플렌지와 연결했다.

황대복 선장도 암모니아가 물에 녹아 소멸하는 특성을 알고 있었다. 황대복 선장은 만능노즐 뚜껑을 분사로 조정하고 먼저 박 기관장과 기묵에게 뿌려주었다. 기관실로 향하는 두 명의 옷에 묻어 있는 암모니아를 녹이고 다시 붙을 암모니아가 사라지게 하는 제일 나은 방법이었다.

벌써 암모니아 가스가 누출된 지 20여분이 넘어가고 있었다. 누출된 암모니아로 공기 공급이 차단된 메인 엔진이 정지했다. 시간을 지체하면 전원을 공급하는 발전기마저 멈출 것이다. 기묵은 다시 방독마스크를 뒤집어썼다.

기묵과 박 기관장은 기관실로 내려가는 출구로 향했다. 방독마스크를 쓰고 있었지만 이미 암모니아 가스를 마신 탓에 몇 걸음을 옮기자 다리가 후들거렸다. 기관실 컨트롤 룸과는 몇 미터도 되지 않는 거리가 후들거리는 다리로 인해 아득하게만 느껴졌다.

기묵의 심장 박동 소리가 쿵쿵거리며 높아졌다. 방독마스크를 썼다고 하지만 암모니아 가스가 틈 사이로 새어들고 있었다. 뱃속이 메스꺼워지며 돌아나가고 싶은 욕구가 밀려왔다. 기묵의 앞에서 박 기관장의 헉헉거리는 숨소리가 방독마스크 사이를 비집고 흘러나왔다.

마우스 투 마우스

발걸음이 기관실로 향할 때 기묵의 머릿속에서는 선내 중앙 통로에 붙어있던 제505행복호 일반배치도면이 동시에 떠올랐다.

전장이 55미터에 폭이 10미터 크기의 제505행복호였다. 선수에서 선미 3분의 1이 되는 앞쪽에 통상 사관 통로로 불리는 통로가 있었고 제일 앞쪽은 선장실과 1등항해사 선실이 마주보고 있었는데 좌현에는 통신장, 1등기관사, 선원실이 우현으로는 기관장, 2등항해사, 갑판장, 선원실로 쭉 이어져 있었다. 이층에는 브리지와 해도실이 있었으며 사관 통로가 끝나는 곳에는 좌현과 우현을 통하여 밖으로 나갈 수 있는 수밀출입구[47]가 있었다. 그리고 좌현 출입구를 따라 계단으로 이어진 상갑판 아래 1층 앞쪽에 60킬로와트 냉동기 4대가 나란히 좌우로 자리 잡은 냉동실이 있었다. 뒤편은 조리실과 선원식당이 그 뒤편은 각종 선용품을 넣어두는 창고와 타기실[48]이었다.

기관실은 냉동실로 가는 통로에서 갈라져 상갑판 아래쪽 2층에 있었고 그곳에는 메인 엔진이라든가 발전기 및 각종 펌프가 질서 정연하게 배치되어 있었다. 그리고 그 곁에 엔진 컨트롤룸이 있었다.

기묵이 암모니아가 가득 찬 기관실로 들어가기 위해서는 제

---

47) 모든 배에는 외부로부터 바닷물의 유입을 막기 위해 방수가 되는 문이 설치되어 있는데 덧문으로 되어 있다.

48) 배의 방향을 조정할 수 있는 키를 제어할 수 있는 각종 기계로만 이루어진 선박 내 공간.

일 먼저 두려움을 버려야 했다. 그래야만 그 자리에 용기가 들어설 수 있었다. 박 기관장과 함께 기관실로 내려가기 위해서는 무엇보다 용기가 필요했다. 세상살이에서 용기란 살아가면서 무엇인가를 의식하고 마음이 단단해져야 생기는 것이지 태어날 때부터 가지고 나오는 것은 아니었다. 물론 평범한 하루하루의 삶에서는 용기가 필요한 것이 아니지만, 용기는 살아가면서 매일매일 선택해야 하는 자신의 의지이기도 했다.

기묵은 방독면을 쓰기 전에 곁에서 담배를 물고 있던 선원의 입에서 담배를 뺏어 긴 한숨과 함께 연기를 내뿜었다. 그리고 꽁초를 바다를 향해 손가락으로 튕겨냈다. 담뱃재가 곡선의 현을 그리며 바닷물 속으로 사라졌다.

인간이 세상에 나타난 이후로 인간의 용기는 몸으로 체험하며 얻을 때 가장 가치가 있는 것이었다. 또한, 용기는 한 걸음 한 걸음 미래를 향하여 내딛는 자신의 발자국이기도 했다. 그러기에 절대로 흥분하면 안 되었다. 미래는 알 수 없기에 무엇보다 냉정해야만 했다. 조금 전 기관실에 내려가 방독면을 가져온 것은 얼떨결에 행한 일이었지만 지금부터는 스스로의 선택으로 기관실에 고립된 기관부원들을 구조하는 일이었다.

어째야 된단 말인가? 기묵은 바닷물에 흠뻑 젖은 옷을 입고 방독면을 쓰고 있는 박 기관장을 바라보며 기관실로 다시 들어가는 일이 옳은 선택인지 생각해보았다. 기관실은 전보다 더 많은 암모니아 가스로 채워져 있을 것이고 잘못되면 죽을 수도 있는 일이었다.

기묵은 박 기관장을 바라보았다. 방독면으로 가려진 박 기관장 얼굴에서 부릅뜬 두 눈이 불타고 있었다. 아무리 기관실의 책임자라고 하지만 예순에 가까운 늙은이였다. 그런 노인이 기관실로 들어가고 있었다. 어떻게 이런 일을 뒤에서 보고만 있으란 말인가? 기묵은 박 기관장이 존경스러웠다. 두려운 기색이라곤 전혀 보이지 않았다. 특별히 부산사람이며 그것도 뱃놈이란 것에 자부심을 가졌던 박 기관장은 자기 부하를 구해야겠다는 생각 이외엔 아무것도 생각하지 않고 있는 듯했다.

기묵이 앞서가는 박 기관장을 따라 계단을 내려가는 동안 박 기관장이 배출된 암모니아 증기로 시야를 확보하지 못해 허둥거렸다.

"조심하세요."

기묵이 박 기관장에게 소리쳤지만, 목소리는 방독마스크 안에서 맴돌았다. 각종 보조 엔진[49]의 작동 소음으로 기관실이 소란했기에 어차피 듣지 못할 목소리였다. 기묵은 기관실의 바닥으로 내려갈수록 밀도가 높아진 암모니아 가스 때문에 허둥거리는 박 기관장을 앞질러 냉동실로 들어섰다. 그때까지 다행히 발전기가 죽지 않고 운전이 되고 있어서 기관실 상부의 천정등이 흐릿하나마 빛나고 있었다.

그 기관실 바닥에서 기묵의 시야에 제일 먼저 들어온 사람

---

49) 전기를 사용할 수 있는 발전기, 보일러, 에어컨 등등을 제어하는 기계들.

은 실습기관사 곰이었다. 발전기와 주기 사이의 공간에 쓰러져 있었다. 기관실 출입구와 가까운 곳이었는데 피난 도중 정신을 잃고 쓰러진 것 같았다. 곰은 꼼짝하지 않았다. 하지만 가슴이 조금씩 들썩거리는 걸로 봐서는 살아있었다. 곰에게 빨리 맑은 공기를 마시게 해야 했다. 기묵은 마음이 급해졌다.

"곰아, 정신 차려!"

기묵은 큰 소리로 외치며 곰을 향해 다가갔다. 불빛이 약해 어두운 곳이라 곰을 잘 볼 수가 없었다. 기묵은 플래시를 비쳐 곰의 얼굴을 확인했다. 곰의 얼굴은 이미 새하얗게 변해 있었고 할딱이는 가슴과 함께 입가 주변으로는 침이 질질 흘러내리고 있었다. 그런 곰의 모습에 박 기관장은 어쩔 줄 몰라 했지만, 기묵은 우선 밖으로 데리고 나가야 한다는 판단에 상황이 상황이니만큼 재빨리 곰을 둘러업었다.

기묵은 곰의 얼굴울 치켜들고 소리쳤다.

"그래, 이제 다 왔어. 조금만 참아!"

기묵은 방독마스크 틈으로 미세하게 스며드는 암모니아 가스로 숨쉬기가 힘들었지만 기관실 계단을 힘겹게 올라오며 스스로 용기를 불어넣었다. 스쿠버다이빙을 할 때처럼 절대로 코로 숨을 쉬면 안 되었다. 입으로만 들이켜고 내뱉으면서 호흡을 유지해야만 했다. 그렇게 기묵은 기관실을 벗어났다.

기관실 입구에는 황대복 선장과 암모니아 가스를 피해 선내를 뛰어나온 선원들이 웅성거리며 기묵을 기다리고 있었다.

기묵은 정신없이 늘어져 있는 곰을 선원들에게 인계하자마자 타는 듯한 갈증으로 방독마스크를 벗고 신선한 바닷바람을 허겁지겁 들이마셨다. 2등항해사가 넘겨주는 생수병을 통째로 나발을 불었다. 차갑게 냉장된 생수가 목구멍을 타고 흐르자 막혀 있던 논의 물꼬가 트인 것처럼 후련함이 느껴졌다. 그러자 두통으로 흐릿하던 머릿속이 맑아지기 시작했다.

기묵은 기관실로 다시 내려갔다. 암모니아 가스가 새하얗게 방독면을 향해 달려들었고 방독마스크 사이로 조금씩 스며드는 가스에 목과 폐가 꽉 막혀 버릴 것 같았다. 심장은 금방이라도 터질 듯 쿵쾅거렸다. 그런데도 기묵은 안간힘을 다해 혼자서 기관실 이곳저곳을 살펴보기 시작했다. 암모니아 가스는 마치 아프리카 초원에서 먹잇감을 보고 달려드는 포식자가 일으킨 흰 먼지 바람과도 같았다. 그 흰 암모니아 가스 속에 부하선원을 구하려는 늙은 기관장이 있었다. 그러나 이번에는 다행이 컨트럴 룸으로 피해있던 1등기관사와 함께 있었다.

혼자서 기관실 구석구석을 살펴나가던 기묵이 생각해보니 기묵은 지금까지 살아오면서 주변에 친한 사람이 별로 없었다는 느낌이 들었다. 수많은 친구가 있었지만 정작 마음을 털어놓고 의지할 친구는 없었다. 목숨이 오가는 이 기가 막힌 순간에도 떠오르는 친구의 얼굴이 없었다. 기묵은 외로움을 느꼈지만, 피식 웃고 말았다. 그러다가 냉동실 안쪽 벽면에 붙어있는 밸브에서 뿌옇게 뭉클뭉클 뿜어져 나오는 흰 증기를 발견했다.

기묵은 기관실 컨트롤 룸에 있던 박 기관장을 향해 손을 흔들었다. 그리고 팔을 들어 암모니아 가스가 누출되고 있는 파이프 앞의 밸브를 가리켰는데 밸브 아래쪽 바닥에 조기장이 새우처럼 등을 웅크린 채 경련으로 몸을 벌벌 떨고 있었다.

기묵은 쓰러져 있는 조기장을 향하여 움직이기 시작했다. 그때 기묵은 머릿속에서 들려오는 소리를 들었다. 빨리 조기장을 기관실 밖으로 데리고 나가야 한다는 소리는 빨리 나를 도와달라며 조기장이 질러대는 마음의 소리 같기도 했다.

이미 꽤 긴 시간이 흘렀다. 이제 기묵의 숨쉬기 같은 것은 중요하지 않았다. 조기장을 구해야 한다는 것, 그것이 제일 중요했다. 그렇게 생각하자 기묵의 발걸음이 빨라졌다.

"조기장님, 밖으로 나가게 정신 좀 차려보세요."

조기장은 기묵의 외침에도 반응이 없었다. 아마 용접 불량인 파이프가 수온이 올라가며 팽창하자 고압을 못 이겨 그만 찢어졌고, 다량의 암모니아 가스가 방출되자 조기장은 방독마스크도 없이 밸브를 잠그려다 그만 암모니아 가스를 들이키며 정신을 놓친 것이 틀림없었다. 빨리 밖으로 데리고 나가야만 살릴 수 있다는 생각뿐이었다. 기묵은 안타까운 마음에 쓰러진 조기장을 다시 한번 세게 흔들었으나 조기장은 의식을 놓은 채 가느다란 신음소리만 낼 뿐이었다.

기묵의 호출에 박 기관장이 컨트롤 룸에서 벗어나 밸브를 잠갔다. 그러자 암모니아 가스의 누출이 멈추었다. 밸브를 잠갔지만, 암모니아 가스는 이곳저곳에서 기관실을 통과하는 대류의 바람을 타고 흘러나왔다. 암모니아에 노출되는 위험이 완전하게 사라진 건 아니었다.

"조기장, 정신 차려!"

1등기관사로부터 방독면을 건네받아 의식을 잃고 있던 조기장에게 씌웠다. 그리고 이번에는 박 기관장이 조기장을 둘러업었다. 조기장은 이미 의식을 완전히 잃어버린 탓에 몸이 축축 내려앉았다. 기묵은 박 기관장을 도와 조기장의 옆구리를 부축했다. 시간이 매우 촉박했다. 잘못하면 조기장의 목숨을 놓칠 수도 있었다. 신선한 공기를 마실 수 있는 갑판 위로 나가야 했다. 기묵은 힘을 내자고 외쳤다. 그러자 신기하게도 없던 힘이 불끈 솟구쳤다.

박 기관장은 조기장을 갑판에 내려놓고 또다시 기관실로 향하였다. 나이도 있는 박 기관장이었지만 책임 의식 하나는 젊은 기묵도 따라갈 수 없었다. 박 기관장은 배의 기관을 책임지고 있는 책임자였다. 기관장으로서 암모니아 가스로 배가 동력을 잃어버리기 전에 기관실에 가득 찬 암모니아 가스를 실외로 배출해야 했다.

암모니아는 공기보다 밀도가 무거웠다. 밀폐된 기관실에 암모니아가 누출되어 중력에 의해 기관실 하단부터 공기를 밀어내게 되면 주기관이나 발전기 등 디젤기관은 공기 공급의 결핍으로 작동을 멈추게 된다. 그렇게 메인 엔진이 멈추게 되면 제

505행복호는 감항성[50)]을 잃고 표류하게 되는 것이다. 그 상태에서 시간이 지나면서 차례로 발전기도 정지되므로 선내의 전기 공급이 중단되면 기관실에 신선한 공기를 공급하던 통풍기도 멈추게 되는 것이다. 그야말로 암모니아 누출을 빨리 차단하지 못하면 배는 바람 앞의 등불이 될 수 있었다. 발전기가 계속해서 운전되어야만 기관실 안의 유해가스를 배출하는 환풍기에 전원을 공급할 수 있고 환풍기가 돌아가야지만 한시라도 빨리 암모니아 가스를 기관실 외부로 배출시킬 수 있었다. 곰은 기관실에서 걸레 대용으로 사용하는 마른걸레를 방독마스크 대용으로 임기응변 조치를 한 탓에 신선한 바람을 쐬어주자 의식이 돌아왔다. 그런데 조기장이 문제였다. 조기장은 시간이 지나가도 의식이 쉽게 돌아오지 않았다.

조기장의 얼굴이 점점 검은색과 회청색이 섞인 빛깔로 변해갔다. 기묵은 조기장의 목동맥에 손을 대어보았다. 손끝에 맥박이 잡히지 않았다. 재빨리 눈꺼풀을 까뒤집어 플래시를 비춰보았다. 검은자위가 풀어진 눈동자는 플래시의 밝은 빛에도 전혀 반응하지 않았다. 죽은 것은 아닐까? 순간적으로 기묵의 머리카락이 쭈뼛 일어섰다.

"1등항해사님, 조기장님이 숨을 쉬지 않고 있습니다. 빨리 CPR[51)]을 해야겠습니다."

50) 해상 운송에 있어서 선박이 통상의 위험을 견디고 안전한 항해를 하기 위하여 필요한 인적, 물적인 준비를 하는 것 또는 이를 갖춘 상태를 말하는 선박 용어이다.

말을 하면서도 기묵의 손은 재빨리 움직였다. 먼저 조기장 목덜미로 허벅지를 밀어 넣었다. 그러자 조기장의 목이 ㄱ자로 약간 꺾였다. 입 주위로는 게거품 같은 허연 이물질이 흘러내리고 있었다. 더럽다는 생각은 없었다. 기묵은 대충 손바닥으로 닦아냈다.

기묵은 눈물을 머금으며 조기장을 바라보았다. 가슴이 찢어지는 듯한 아픔이 느껴졌다. 달리 방법이 없었다. 기묵은 입술을 깨물었다.

"1등항해사님, 제가 마우스 투 마우스를 하면 가슴을 압박해주십시오. 그리고 2등항해사님은 시간을 점검해 주십시오."

"알았어."

기묵은 크게 숨을 들이마셨다. 조기장의 생사가 경각에 달려 있었다. 기묵은 들이마신 공기를 5초 동안 조기장의 입과 코를 통하여 불어넣었다. 곧이어 1등항해사가 조기장의 가슴을 연거푸 압박했다.

"숨을 쉬세요. 조기장님."

마음이 급해진 기묵은 점점 불안해졌다. 스콜이 몰려오고 있는지 검은 구름들이 빠르게 흘러가고 있었다. 조기장의 운이 다했다는 걸까? 기묵의 가슴이 걷잡을 수 없는 불안으로 빠르게 뛰기 시작했다. 갑자기 무릎의 힘이 썰물처럼 빠져나갔지만

---

51) Cardiopulmonary Resuscitation. 심장과 폐의 활동이 멈추어 있을 때 인공적으로 혈액을 순환시키고 호흡을 돕는 응급처치 방법.

기묵은 다시 조기장의 입과 코로 자신의 숨을 불어넣었다. 그리고 기묵을 보조해서 1등항해사가 가슴을 압박했다.

조기장의 숨은 좀처럼 돌아오지 않았다. 지켜보고 있는 선원들의 속이 까맣게 타들어가고 있었다. 얼마나 긴장했는지 황대복 선장도 숨이 제대로 쉬어지지 않는 모양이었다. 아무 일도 아니라는 듯 손바닥을 펴 보였지만 자꾸만 후후거리며 심호흡을 하곤 했다.

“제가 한번 해보겠습니다.”

분위기가 조기장이 이미 사망한 것처럼 숙연해졌다. 이번에는 1등항해사와 자리를 바꿔 기묵이 압박을 시작했다.

“하나, 둘… 다섯.”

1등항해사가 마우스 투 마우스를 했고 2등항해사가 압박하는 개수를 세었다. 주변엔 긴장감이 가득했다. 기묵이 CPR을 시작한 지 1분이 흘렀다. 선원들은 기묵의 압박에 눈길을 줘가며 조기장의 작은 숨소리 하나라도 붙잡으려고 귀를 기울였다. 얼마쯤이나 지났을까, 조기장이 잘못될지도 모른다는 불안감이 섬광처럼 기묵의 뇌리를 스쳤다. 자꾸만 시간이 흘러가면서 누구도 조기장을 대신해 줄 수 없는 현실 앞에 알 수 없는 두려움의 절벽이 다가왔다. 기묵은 그 절벽에 달린 두려움을 닦아내듯 땀으로 이마에 눌어붙은 머리카락을 쓸어 넘겼다. 엄청난 시간의 흐름이 지나간 것 같아도 시간은 단 1분이 지났을 뿐이었다. 그리고 다시 2분이 흐르고 3분이 되었다. 그때 갑자기 교회 부흥회에 참석한 교인의 입에서 방언이 터지듯 으으 하는 신음과 함께 조기장이 숨을 헉헉거리며 몰아쉬기 시작했다.

기묵은 조기장의 목동맥에 손가락을 대어보았다. 승선 전 이미 CPR 교육을 받았으니 낯설 것은 없었다. 약하게나마 맥박이 느껴졌다. 다시 가슴에 귀를 갖다 대자 심장 박동 소리가 희미하게나마 들려왔다. 곁에서 지켜보던 황대복 선장이 안도의 숨을 후하고 내뱉었다. 마침내 CPR이 성공한 것이었다.

"실습통신사, 정말 대단해."

황대복 선장이 기묵의 손을 감싸잡으며 감탄했다.

"저는 그저 배운 대로 실천한 것뿐입니다. 저도 정말 무서웠습니다. 하지만 두려움에 떤다면, 진짜 뱃사람이 되긴 틀렸다고 생각했습니다."

사건이 벌어지기 전까지 기묵은 CPR을 할 일이 생길 것이라고 한 번도 생각한 적이 없었다. CPR은 그저 배를 타기 위해 받아야 하는 교육의 한 과목이었을 뿐이다.

상선이나 원양어선이나 승선을 위하여 처음 뱃사람으로 입문하려면 한국해양수산연수원[52)]에서 닷새 동안 기초안전교육이란 것을 받았다. 교육과목에는 조난과 화재에 대한 대처 요령과 응급처치에 대한 교육이 있었다. 응급처치 교육 당시 조교와 함께 시범 조로 활동한 경험을 이렇게 유용하게 써먹을

---

52) 해양수산 전문 인력 육성지원 기관으로 선원들의 교육 훈련, 자격검정, 직업개발 등의 안내를 하는 기관이다.

줄이야 어찌 알았겠는가? 그때야 기관실 출입구 쪽이 부산해지며 1등기관사가 박 기관장과 함께 방독마스크를 쓴 채 나타났다.

기관실의 컨트롤룸[53]은 기관실 내부에서 발생하는 소음을 차단하기 위해서 밀폐되어 있었다. 그리고 밀폐된 컨트롤룸에 신선한 공기를 공급하기 위해 기관실 상단 스카이라이트 주위에 있는 독립된 통풍기가 외부 공기를 강제순환시키고 있었다. 그래서 외부로부터 강제로 주입되는 신선한 공기 때문에 컨트롤룸에는 암모니아 가스가 스며들지 못했다. 컨트롤룸에 갇힌 채 꼼짝도 할 수 없었던 1등기관사는 박 기관장이 방독마스크를 전해주고 나서야 비로소 암모니아 가스로 가득 찬 기관실을 빠져나올 수 있었다.

박 기관장이 기관실에 머문 시간은 생각보다 오래 걸렸다. 이것저것 뒤처리를 할 일이 많았던 모양이다. 갑판으로 탈출한 1등기관사는 방독마스크를 벗어버리고 벌러덩 드러누웠다. 긴장이 풀린 탓에 몰려오는 허탈함을 두 다리가 견뎌낼 수 없었으리라.

뒤따라 온 박 기관장이 조기장 신변이 걱정되었는지 안부를 물었다. 그리고 주머니를 뒤져 담배를 꺼내 물었다. 바짝 마른 박 기관장 목소리 사이에서 흰 담배 연기가 길게 뿜어져

53) 배의 기관실에서 기관실 안의 모든 기계를 집중적으로 관찰, 관리 할 수 있도록 독립적으로 조성된 공간.

나왔다.

조기장은 부산 토박이로 그가 살아온 방법은 단순명료했다. 몸을 써 밥벌이를 하는 삶을 살았는데, 그것이 바로 원양어선을 타고 바다를 노마드처럼 떠도는 일이었다.

조기장은 박 기관장의 사촌 형뻘이었다. 배를 탄다고 탔지만, 여태껏 한 번도 목돈을 잡지 못했다. 바다로 떠돌긴 했으나 돌아올 때는 항상 빈손이었다. 언제나 그런 식이었다. 인도양 마구로 배도, 대서양 트롤선도, 하물며 남극 크릴잡이도 뭐 하나 제대로 계약이 종료된 것이 없었다. 늘 중간에 계약이 깨어지거나 중간에 자의 하선했다. 성격이 진중하지 못하고 덤벙대기도 하여 그만두기를 반복했다. 그것은 조기장의 성격때문이기도 했지만 타고난 팔자 같기도 했다. 박 기관장은 같은 뱃사람으로 고생은 고생대로 하면서 돈을 벌지 못 하는 조기장을 늘 안타깝게 여기고 있었는데 때마침 신조선 기관장으로 발령이 나 좋은 기회라고 생각한 박 기관장이 조기장을 승선시켰다. 그렇게 친인척으로 묶인 관계라 혹시라도 조기장의 신변에 이상이라도 발생하면 뒷일을 감당하기 어려웠다.

조기장의 숨은 돌아왔으나 신음만 낼 뿐 의식은 곧바로 돌아오지 않았다. 조기장은 승선 복도 없는 사람이었다. 부산의 영도 대평동에는 선박 수리를 전문으로 하는 소형 조선소가 밀집해 있었다. 조기장은 어려운 가정 형편으로 중학교만 겨우 졸업하고 그곳에서 용접공으로 사회생활을 시작했다. 어찌어찌 영주동 산복도로에서 가정은 이루었지만, 자식들이 태어나면서 쥐꼬리만 한 월급으로는 아이들 뒤치다꺼리를 할 수가 없었다. 그래서 선택한 것이 원양어선에 기관부원으로 승선하는 것이었다. 하지만 누구는 계약을 종료하면 작은 집을 샀다, 아파트를 샀다라고 했지만, 인도양 마구로 배와 아프리카 모리타니아와 라스팔마스 트롤선 승선에도 불구하고 조기장은 한 번도 큰돈을 쥐어보지 못했다.

사실 고깃배는 선장의 능력도 능력이지만 무엇보다 배의 성능이 뛰어나야 했다. 배가 좋다는 것은 속력도 빨라야 하고 냉동능력도 다른 배에 견줘 월등하다는 뜻이었다. 장착된 항해계기나 어로 장비도 첨단의 성능으로 갖추어져 있어야 선장의 능력도 빛을 발할 수 있었다. 5해리[54] 정도 떨어진 곳에 어군이 있다는 정보를 받았을 때 속력이 빠르고 장비가 좋은 배가 그 어군을 어획할 확률이 높았다. 빠른 속력으로 경쟁 조업선을 제치고 어장에 도착해서 좋은 장비로 누구보다 먼저 어군을 찾는 것이 중요하고 선장의 능력은 그 다음에 발휘되는 것이었다. 세상 이치가 그랬다. 그러나 운이 없던 조기장에게는 그렇게 좋은 배의 승선 기회가 찾아오지 않았다. 그러면서 시간이 흘러갔고 조기장은 기관부원에서 조기장이 되었지만, 여전히 돈은 손에 잡지 못했다.

배가 좋다는 것은 회사 경영구조가 튼실하다는 것과 비례했

54) 바다에서의 거리 단위인데 1해리가 1,852m이다.

다. 배부른 놈이 우물을 파야 무엇이든 나누어 먹기 쉬운 것이다. 애써 잡아 판매한 물고기 값을 속인다든지 아니면 선박 수리 비용을 부풀려 경비에 포함한다든지 하면서 선원들 고생은 한갓 물거품으로 사라졌다. 회사 재무구조가 튼실하다면 선원들 등칠 이유가 없는 것이었다.

조기장이 제505행복호에 승선하기 전에 승선했던 가다랑어 채낚기선도 마찬가지였다. 큰돈을 만질 수 있다는 소문을 믿고 거의 두 달 치에 해당하는 수수료를 선원 브로커에게 찔러주었다. 그리고 넉 달을 기다려 승선한 배였지만 출항 한 달 만에 회사가 부도가 났다. 부도가 난 회사가 월급을 제때 지급할 리 없었다. 부도를 낸 사장은 미국으로 도망쳤다. 회사는 폐업했고, 조기장을 비롯한 선원들은 기지가 있던 아프리카에서 국제미아가 되었다. 한국으로 귀국도 못 한 채, 가나에서 넉 달을 버텼다. 그런 사정을 안 영사관에서 지불보증을 한 다음에야 항공편을 구해서 귀국할 수 있었다.

박 기관장의 권유로 제505행복호에 승선한 조기장이었다. 이번엔 조선소에서 곧바로 내려온 신조선인데다 대한민국 굴지의 원양어선 회사에 승선했다면서 얼마나 기뻐했던가. 기묵을 보기만 하면 “어이, 실습통신사. 배 좋지.”라며 좋아했던 그였다. 시냇물에는 들쑥날쑥한 돌멩이가 있어 아름다운 개여울 소리를 낸다고 하지만 이번 일은 아니었다. 고통만 견뎌내면 되는 일이 아니라 목숨이 걸린 사고였다. 재수 없는 놈은 접싯

물에 코를 박고 죽는다는 속담에 딱 들어맞는 조기장이었다.

그런 조기장의 보호자가 박 기관장이었다. 박 기관장은 자신의 식사시간도 놓쳐가며 조기장을 간호했다. 기묵은 박 기관장이 자신의 피붙이보다 더 조기장의 간호에 신경을 쓴다는 생각이 들었다. 그런 간호에도 불구하고 조기장의 정신은 빨리 돌아오지 않았다.

박 기관장은 조기장을 볼 때마다 넋두리를 늘어놓았다.

"내 죄가 크다. 내가 함께 배를 타자 하지 않았으면 이런 일이 안 벌어졌을 것인데…."

암모니아 유출 사고의 자초지종은 정신을 차린 곰을 통해 알 수 있었다. 사고는 순간적으로 발생했다. 곰이 조기장과 함께 냉동실에서 공구를 정리하고 있을 때 냉동실 벽면에 붙어있는 밸브가 폭발했다. 암모니아 가스가 나오는 것을 제일 먼저 발견한 조기장이 달려가 비상 차단 밸브를 조이려 했고 곰이 달려들어 도우려 했으나 빨리 밖으로 피하라고 조기장이 등을 떠밀었다. 조기장의 재촉에 기관실 입구를 찾아 나오던 곰은 자신도 모르게 정신을 놓쳤다는 것이다.

조기장은 진정한 뱃사람의 용기가 무엇인지 목숨을 걸고 알려준 것이었다.

곰의 설명을 듣고 있던 황대복 선장이나 선원들은 조기장의 책임감과 희생정신에 묵묵히 고개만 끄덕였다. 조기장은 호흡이 안정되어 선실로 옮겨졌지만 한참 시간이 흐른 다음에야 완전하게 의식을 회복했다. 그는 들릴 듯 말 듯 작은 목소리로 말문을 열었다.

"나 말고 다친 선원들은 없지?"

의식이 들자마자 조기장은 선원들의 안전부터 물어왔다. 기묵은 너무나 반가운 나머지 자신도 모르게 조기장의 손을 덥석 잡았다. 달리 어떻게 상황을 이야기할 방법이 떠오르지 않았기 때문이었다. 조기장은 소리 없이 씩 웃기만 했다. 그 미소를 보는 순간 그동안의 불안과 염려가 한꺼번에 사라졌다.

"아무도 없고 조기장님이 제일 많이 다치셨습니다."

"실습통신사, 진짜 고생했다. 고맙다."

조기장이 정신을 차리자 누구보다 기뻐한 사람은 박 기관장이었다. 이번처럼 기관실에서 냉동기 촉매로 사용하는 암모니아나 프레온이 폭발하면 대부분 인명사고가 생겼다. 그걸 경험으로 익히 알고 있던 박 기관장이었다. 비상 차단 밸브를 잠그면서 초저온의 암모니아에 노출된 조기장의 두 손과 손목은 동상 증세를 보이며 벌겋게 부어올랐다. 이미 물집이 생긴 곳도 여러 군데였다.

조기장의 상태를 점검하러 황대복 선장이 나타났다.

"조기장, 일단은 싱가포르에 응급 환자 발생 요청을 해놓았으니 조금만 참아봐."

"아닙니다, 제 당직 시간에 일어난 일인데요. 죄송합니다, 선장님."

조기장이 기어들어가는 목소리로 말했다.

“그래. 실습통신사에게 뱃놈 자질이 있다는 걸 면접 때 벌써 알아봤어. 그렇게만 뱃놈 생활을 해봐, 뭐가 되도 될 터이니. 수고했으니 좀 쉬어라.”

황대복 선장은 조기장에게 편히 쉬라 하며 기묵의 어깨를 두드렸다. 사관 식당 식탁에서도 황대복 선장은 물건 하나가 승선했다며 이번 사고에서 사상자가 발생하지 않은 행운을 기묵의 활약 때문이라고 추켜세웠다.

기묵은 우직해 보이는 조기장의 어깨를 한참이나 바라보다 침실로 향했다. 갑판을 딛는 기묵의 발길이 허공을 딛는 듯 휘청거렸다.

기묵은 침실로 돌아와 씻지도 않은 채 침대에 누웠다. 긴장이 풀려서인지 팔다리가 조각조각 떨어져 나가는 것 같았다. 방독마스크를 썼다고 하나 활성탄을 통과한 암모니아 가스를 들이킨 탓에 목구멍이 따끔거리고 혀뿌리까지 뻣뻣해졌다. 온몸에서 열이 나며 이곳저곳 송곳으로 쑤신 것처럼 아팠다. 배는 고팠으나 어쩐지 음식물이 목으로 넘어가지 않을 것 같았다. 기묵은 물도 없이 침으로만 아스피린 두 알을 꿀꺽 삼켰다.

싱가포르

"실습통신사, 브리지 바깥에서 바람이 불어오는 쪽을 향해서 봐라. 그러면 무엇인가 마음을 막 흔드는 것이 있을 거다."

항해 당직을 올라간 기묵에게 1등항해사는 자못 심각한 표정으로 바람을 만나보라고 권했다. 잠도 깨지 않은 자신에게 바닷바람을 느껴보라니…. 뜬금없는 지시이기는 했지만 기묵은 스타보드 현 출입구를 통해 윙브리지로 나섰다.

윙브리지는 모든 배의 윙브리지가 으레 그렇듯 사방을 견시하기 좋도록 바다를 향해 트여 있었다.

기묵은 에어컨 바람으로 차가운 브리지 실내 공기 대신 후텁지근한 대기의 공기를 마음껏 들이켰다. 희미하긴 해도 자연의 대기에서는 지금까지 맡아왔던 공기와는 다른 기운이 바람에서 느껴졌다.

수평선 너머로 눈길을 줘가며 파도와 파도의 작은 움직임, 철썩거리며 흩어지는 파도 소리 하나라도 더 들어보려고 귀를 기울였다. 그리고는 눈까지 감았다. 얼마나 시간이 흘렀을까. 슬쩍 눈을 뜨고 하늘을 바라보았다. 자동차에서 뿜어져 나온 매캐한 매연, 습기로 가득 찬 대기에서 나뭇잎이 썩는 냄새, 어느 정글 속에서 열대과일이 익어가는 듯한 냄새, 후텁지근한 공기에 실린 그런 냄새들이 가득 밀려왔다. 기묵은 두 팔을 벌리고 입을 쩍 벌린 채 그런 냄새들을 가슴 속으로 빨아들였다.

"1등항해사님, 물비린내와는 다른 냄새가 맡아집니다. 미풍의 바람도 무언가 다르게 더 뜨거운 것 같고요."

"그게 땅 냄새라는 거다."

1등항해사는 확신이 가득한 목소리로 말했다. 기묵은 1등항해사의 말에 머리를 끄덕거렸다. 경험이 많은 뱃사람은 오랜 항해 끝에 배가 육지에 근접하게 되면 땅 냄새부터 먼저 맡는다고 했다. 그럴 수도 있겠다 싶었다.

제505행복호가 부산항을 출항할 땐 초봄인 탓으로 싸늘한 기온이었다. 남쪽으로 항해를 거듭하며 위도를 낮추어가자 기온은 점점 올라갔는데 말라카수로 동편 입구에 들어서서는 싱가포르항을 향하여 항로를 변경했다. 그때부터 후끈한 지열과 함께, 열대 특유의 달콤한 향기가 스멀스멀 코끝을 간질이기 시작했다. 수평선으로부터 시커멓게 몰려온 스콜[55]이 몰려간 다음이었다. 물비린내 가득한 바다냄새와는 확연히 구별되는 구수한 냄새였다. 육지 냄새였다. 기묵은 그 냄새를 흠향하듯 가슴 깊이 빨아들였다.

싱가포르는 이광요[56]란 뛰어난 정치지도자를 수반으로 해상무역 중심 항으로 발달하고 있는 신생 도시국가였다. 옛날부터 말라카 수로는 동서양을 잇는 중요한 교통로였다. 주로 인도양 계절풍을 타고 유럽 쪽에서 동양으로 접근하던 배들이 많았던 탓에 중간거점 항구를 말레이시아 페낭항이 했었다. 그러

55) 열대성 폭풍우.

56) 싱가포르 정부 총리를 지낸 뒤, 독립 싱가포르 총리로 취임하여 26년간 재직했다. 작은 도시국가 싱가포르가 세계 수준의 금융과 물류의 중심지로 탈바꿈되고 세계 최고의 깨끗한 정부를 갖는 데 기여했다.

던 것이 동양 쪽에 있는 중국이나 일본 그리고 대한민국 경제 활동이 활발해지면서 관세 자유와 간편한 입출항 절차, 위치적 유리함을 파고든 싱가포르의 행정력이 싱가포르항을 말라카 수로 근처에 있는 항구 중 제일의 중심 항으로 만들었다.

말라카수로 통항로에는 여러 목적으로 셀 수 없이 많은 배가 통항분리대[57]를 따라 항해하고 있었다. 제505행복호는 마주치는 배를 피하여 몇 번이나 항로를 변경하며 복잡한 싱가포르항 항만경계 속으로 진입했다. 그리고는 시스터섬[58] 주변 검역지에서 검역을 마친 다음 어선 전용 묘박 위치로 이동해 앵커를 내렸다.

기묵은 생애 처음으로 외국 항에 도착했지만, 마음이 편치 않았다. 묘박지에는 벌써 환자의 이송을 위한 통선이 기다리고 있었다. 그 곁에는 세관 감시선도 함께 떠 있었다. 세관선 선미에는 출입국관리국 직원으로 보이는 정복차림의 사람 몇몇이 보였는데, 어떤 사람은 서 있고 어떤 사람은 기다리기가 지루했던지 의자에 앉아 담배를 피우고 있었다.

1등항해사가 세관 감시선에 승선한 대리점 직원에게 조기장의 상태를 설명해주었다. VHF로 응답하던 대리점 직원은 싱가포르에서 응급치료부터 하고 한국으로 조기장을 이송할 계획이라며, 일단은 조기장부터 통선에 하선시키고 세관선의 심

57) 항로가 좁은 협수로에서 항해하는 선박의 안전한 항해를 위하여 우측통행을 법으로 규정해 놓은 바다이다.

58) 싱가포르 입항 전 검역을 받기 위해 대기하는 묘박지 근처의 작은 섬.

사가 진행될 것이라고 했다.

황대복 선장이 묘박지에 던져진 앵커에 파주력[59]이 걸리면서 제505행복호 메인엔진이 꺼졌다. 그러자 제일 먼저 의료진이 승선하고 있던 통선이 포트 현으로 접선했고 통선에서 올라온 의료진들이 재빨리 조기장을 들것에 실어서 내려갔다. 갱웨이를 내려가는 들것을 기묵의 시선이 따라갔다. 그 순간 조기장의 눈과 기묵의 눈이 마주쳤다.

"빨리 완쾌하십시오."

절망도 희망도 아닌 기묵의 목소리가 조기장을 배웅했는데 조기장은 아무런 말도 하지 못한 채 그저 힘없이 손을 흔들며 고맙다고 고개를 주억거렸다. 슬프지도 매섭지도 않은 조기장의 눈빛이 기묵의 가슴에 다시 꽂혔다. 조기장의 안쓰러운 눈빛에 기묵의 가슴에는 쓸쓸함이 더 번져갔다.

사람은 참 간사한 짐승이었다. 그리고 본인 일이 아니면 금방 잊어버리고 말았다. 사고가 나던 날, 조기장이 그냥 못 본 척 갑판으로 피했으면 그에게는 아무런 일도 생기지 않았을 것이다. 진짜 오랜만에 좋은 배를 타서 꿈에 부풀어 있었는데 그 꿈이 한순간에 무너진 것이었다. 곤한 잠자리에 들어있을 선원의 안전을 위해서 나섰지만 조기장이 무엇 때문에 다쳐서 중간 귀국을 해야 하는지 선원들은 모두 잊어버렸다. 비록 일주

59) 앙카가 해저 바닥과 접촉하거나 일부가 흙에 박힌 상태에서 수평력에 저항하여 그 위치를 유지하려는 능력을 말한다.

일에 불과했지만, 조기장의 불운을 오롯이 그만의 운명으로 돌리는 우리가 잘하는 짓인가 라는 죄책감이 몰려오면서 기묵의 가슴이 서늘해졌다. 그러는 사이 통선은 제505행복호로부터 멀어졌다. 그리고는 곧이어 세관선이 빠르게 그 빈 자리에 접선했다.

세관원과 출입국 직원들은 선원들을 빠짐없이 갑판으로 불러세워 격리한 채 한 사람씩 살롱으로 불러서 입국심사를 진행했다. 보통 입항 절차는 까다롭지 않았다. 입항 전에 이미 서류검사로 입국허가가 발급되었지만, 혹시라도 입원환자가 전염병 환자가 아닐까 하는 의구심 때문에 세관원과 출입국 직원들이 방문하는 것이었다.

세관원 곁에 황대복 선장과 1등항해사 그리고 기묵이 대기하고 있었지만 정작 기묵이 해야 할 일은 아무것도 없었다. 하지만 검사가 쉽게 끝나겠구나라는 예상과 달리 출입국 직원들과 세관원이 선원실과 사관실은 말할 것 없고 갑판창고며 어창, 심지어 기관실 구석구석까지 무작위로 배를 뒤지기 시작했다. 세관원들이 2등항해사 안내로 선내 구석구석을 뒤지는 동안, 출입국 직원은 카지노 테이블 위의 카드처럼 살롱 테이블에 쌓아 놓은 여권이 선원명부와 승조원 상시 휴대품 목록[60]의 이름과 똑같은가를 일일이 대조하기 시작했다.

출입국 직원은 여성이었다. 그녀는 여권의 발급만료일과 선

---

60) 선원들이 외국 항에 입항할 때 상시로 지닐 수 있는 면세품의 개수와 목록.

원 명부상 이름의 철자와 여권의 철자를 손가락으로 하나하나 짚어가며 확인했다. 손가락에는 엷은 피부색의 매니큐어가 발라져 있었는데 기묵은 그녀의 손가락이 문득 관능적이라는 생각을 했다. 기묵이 그렇게 생각하든 말든 이상이 없다 싶으면 그녀는 여권의 빈 페이지에 입국 확인 스탬프를 쿡쿡 찍었다. 아마도 싱가포르 입항이 어장으로부터의 귀국 항해였다면 선원들은 가족들과 친지들을 위해 조그만 선물들을 준비했을 것이다. 조니워커 빨간색 라벨, 모카커피 가루, 럭스 비누, 폰즈 영양 크림 등등이 있었겠지만 제505행복호는 부산항을 출항하여 어장으로 출어하는 배였다. 세관에서 트집잡을만 한 물건이 없었다. 입항 절차는 한 시간 만에 끝났다. 세관 절차와 입국심사를 겨우 끝내고 세관원과 출입국 직원들이 하선했다.

"어이, 실습통신사. 아직까진 네가 어떤 놈인지 잘 모르겠지만 이번 활약만큼은 대단했어."

황대복 선장은 기묵을 불러서 자신의 침실로 데려갔다.

"넣어둬."

황대복 선장은 수고했다고 금일봉을 하사했다. 기묵은 황대복 선장의 침실을 벗어나자마자 봉투를 열어보았다. 놀랍게도 봉투 안에는 100달러짜리 지폐가 두 장이나 들어 있었다. 기묵은 지폐에 쓰인 숫자를 다시 한번 보았다. 100이었다. 그 당시 다랑어연승선의 계약 기간이 보통 24개월이었는데 계약기간 동안 육지에는 서너 번 정박했다. 정박할 때마다 상륙비란 명목으로 미화 25달러를 지급했으니까 미화 200달러라면 한 계약 동안 받는 상륙비 총액과 맞먹는 큰돈이었다.

조기장을 하선시킨 제505행복호는 싱가포르에서 주부식과 면세 연료를 유창에 수급했다. 그것도 모자라 1번 어창에 예비용 유류 저장 탱크를 동원하여 인도양 횡단 항해에 대비한 예비 연료까지 가득 실었다. 이때부터 출항까지는 선원들의 상륙 시간이었다. 대부분 뱃사람이 외국 항에서 누릴 수 있는 호사스러운 시간이기도 했고 이 시간을 쪼개어 선원들은 쇼핑도 하고 개인적인 취향에 따라서 상륙 항의 진미를 찾아서 맛있는 식사도 즐겼다. 그 와중에 운이 좋은 선원들은 하룻밤의 마도로스 사랑까지도 챙겼다. 하지만 대부분 선원은 포트와 가까운 싸구려 술집을 찾아갔다.

다랑어연승선 선원이 한번 상륙에 받는 상륙비는 미화 50불이었다. 50불로 백화점을 찾아 쇼핑하거나 비싼 음식을 먹는다는 것은 불가능한 일이었다. 그런데도 알뜰한 선원들은 상륙비를 모아 가족에게 보내려고 외출을 하지 않았다. 외국 항에 입항한 선원들은 쇼핑하든, 술을 마시러 가든, 술을 마시고 만취하든 무조건 걸어다녔다. 교통비를 절약하기 위해서였는데 그런 이유로 현지인으로부터 밤길 폭행도 많이 당해 죽음으로까지 이어지는 사고도 빈발했다. 하여튼 오랜 항해에 지친 심신의 스트레스를 풀어주는 것은 관광보다는 여성이 따라주는 독한 술 한 잔이 최고였다.

그런 까닭에 어느 항구에 입항하든 묘박지 앞에는 작은 술집들이 많이 모여 있었고 싱가포르항 싱가포르 라탐 통선장도 마찬가지였다. 주변 술집에서는 싱가포르 토속 맥주인 앵커 맥주 한 캔에 미화 1불을 받았고 필리핀 가수들이 라이브 공연도 하는 퍼블릭 바 같은 주점도 있었다.

선원들은 묘박지로부터 라탐 통선장에 도착해서 상륙하며 한 잔, 외출을 끝내고 라탐 통선장에서 귀선하는 아쉬움을 달래기 위해서 한 잔을 했다. 뱃사람들이 모이다 보니 몸으로 삶을 꾸리는 여자들도 라탐 통선장 주변으로 모여들었다. 꽃이 있는 곳엔 벌이 꼬이기 마련이고 남자가 있는 곳엔 여자가 있기 마련이었다. 특히나 싱가포르는 항구였다. 어느 항구에나 항구의 낭만이란 것이 있었다.

싱가포르는 결혼한 사람 이외의 정사는 불법이었고 현지 여자들은 그런 일에 나서지 않았다. 현지인은 몸을 파는 일 말고도 할 일이 넘쳐났기 때문이다. 뱃사람을 상대하는 일은 대부분 싱가포르 주변의 경제가 빈곤한 나라에서 온 여인들이었다. 사복경찰이 불심검문을 항시 하고 있지만, 감시의 눈을 피해서 매춘이 이루어졌다. 매춘이라고는 하지만 뱃사람들에게는 하룻밤의 마도로스 사랑이었다. 수많은 뱃사람은 그렇게 사랑의 환상을 꿈꾸며 싱가포르항에서의 밤을 고대했다.

싱가포르는 중국계, 말레이계, 인도계, 유라시아계 등 여러 민족이 융합된 다양한 문화와 종교가 공존해 있는 하나의 인종

공원처럼 느껴지는 다문화 국가였다. 아시아의 녹색지대라 불릴 만큼 수려한 경관을 지닌 도시국가 싱가포르는 산스크리스트어[61]로 사자의 도시라는 뜻이었다. 영국의 스템포드 래플즈[62]가 1819년 말레이 지방 술탄과 영국 무역기지의 설립에 합의하고 동인도회사를 설립함으로써 발달하게 됐고 제2차 세계대전 중에는 일본군에 점령되어 쇼오난섬 쇼오난시로 부르기도 했다.

연료 충원을 끝낸 제505행복호에 드디어 정박 당직 선원을 제외하고 상륙 허가가 내려졌다.

선박 내에서는 실습 딱지를 붙여 동급이지만 해양고등학교를 마치자 곧바로 승선한 곰은 기묵보다 세 살 어린 학교 후배였다. 1미터 85센티 신장에 학창 시절 유도를 하며 단련된 떡 벌어진 가슴을 가진 청년이었다. 이미 해양고등학교 때부터 주먹으로 이름을 날린 기묵이었다. 그런 기묵의 명성을 존경하고 있던 실습기관사는 암모니아 사건 이후 생명의 은인이라며 그를 형이라 부르며 따랐다. 기묵은 실습기관사를 덩치가 크다고 곰이라 부르며 친분을 쌓고 있었다.

"형, 언제 상륙해요?"

"응, 3등항해사가 오후 3시까지 들어오기로 했는데 들어오면 교대해서 상륙할까 하는데 너는 언제 당직이 끝나?"

---

61) 우리나라에서는 범어라고 부르기도 하는데 인도 유럽어족 중 인도 이란 어파에 포함되는 고대인도 아리아어이다.

62) 1819년 영국령 동인도회사의 행정관으로 싱가포르를 무역항으로 개발했다.

기묵의 대답에 곰이 히죽히죽 웃으면서 말했다.

"오후 2시에 끝나는데, 기다렸다가 형 따라 같이 상륙할래요."

"그럼 뉴턴 서커스[63]란 야시장이 유명하다던데 내가 거기서 밥 한 그릇 사지 뭐."

설레는 아침을 맞이하는 건 부산항을 출항하고 처음이었다. 먹고 자고 몰려오는 노동으로 점철된 진부한 일상에서 생애 처음 외국항 외출이었다. 게다가 상륙비도 받았겠다, 100달러짜리 지폐도 지갑에 두 장 있겠다, 기묵은 곰에게 큰소리를 쳤다. 그러고 보면 기묵도 싱가포르항에 상륙하는 기분을 만끽하고 있었다.

대리점에서 지정해 놓은 시간에 연락선이 왔다. 묘박지에서 라탐 통선장까지는 대략 40분이 걸렸다. 그렇게 도착한 라탐 통선장에는 다양한 인종들로 북새통을 이루었다. 전형적인 열대기후로 기후 변화도 없고 우기와 건기의 구별이 없는 나라였다.

인스턴트 아시아란 별칭이 있을 만큼 아시아계의 많은 민족이 모여 살았다. 그렇지만 아무런 문제 없이 민족 고유 전통을 이어가고 조화되어 특유의 분유기를 창조하는 싱가포르였다. 물론 수려한 자연풍광으로 관광객을 매료시키기도 했지만 특히 많은 민족과 각기 고유한 민속예술, 음악, 댄스, 제사, 행사

63) 싱가포르에서 야시장으로 이름난 곳의 지명.

등이 넘쳐나면서 관광객을 끌어들였다.

라탐 통선장에 도착한 기묵은 벌써 온몸이 땀으로 근질근질했다. 라탐 통선장에는 여러 인종이 자신들의 언어로 떠드는 소리, 서로를 찾는 소리, 승선할 관광객을 찾는 현지 택시 운전사의 호객 소리로 시끄러웠지만, 그 소리는 쉴 새 없이 오가는 연락선의 그르렁거리는 엔진 소리만큼이나 자연스러웠다.

"야, 정신 차려!"

안벽에 뱃머리를 붙인 연락선에서 금발의 여인이 계단을 올라가고 있었다. 하얀 바탕에 보라색 물방울무늬가 있는 블라우스 안으로 분홍색 브래지어가 비쳐 보였다. 그 브래지어로도 지탱할 수 없을 만큼 큰 젖가슴이 배꼽 언저리까지 늘어져 있었다. 다른 때 같으면 그저 뚱뚱한 여자로 보일 텐데 관능적이라는 인상을 주는 것은 기묵이 제505행복호로부터 막 육지에 상륙했기 때문일 것이다.

기묵은 계단에 멈춰 서서 허벅지와 목덜미에 힘을 주고 사방을 돌아보았다. 선착장은 유람선을 타고 내리는 관광객들로 붐볐다. 모두 여행객들인데 세계적 휴양지라고 하지만 분위기는 흔히 볼 수 있는 시골의 도떼기시장 같았다. 더위를 식히며 선착장을 돌아다니는 아가씨들을 곁눈질로 힐끔거리던 곰은 잔뜩 들떠있었다. 걸을 때마다 나풀거리는 또 다른 금발의 머리칼, 가볍게 흔들리는 가슴과 엉덩이, 부드럽게 움직이는 허리, 굽 낮은 샌들 위로 쭉 뻗은 종아리가 시선을 사로잡았다.

"형, 저 금발 머리 죽인다, 그지?"

기묵 역시 외국 사람이라곤 중학생 때 매튜를 본 후 처음이라 선착장을 오가는 여러 인종에 눈이 휘둥그레졌다.

"인마, 금발이고 갈색이면 뭐해, 뱃놈 주제에. 좀 껄떡거리지 마, 그림의 떡이야."

"어휴, 저 엉덩이 좀 봐, 청바지 찢어지겠다."

곰이 어깨를 으쓱이며 말했다. 기묵도 곰도 젊었기에, 그들은 본능이 이끄는 대로 몸도 끌리는 남자들이었다. 바비인형 같은 몸매와 육감적인 걸음걸이에서 성적인 상상력이 얼마나 증폭되겠는가? 그런 여자를 안아보고 싶은 것은 당연한 거였다.

"와, 죽여주네."

"제발, 그 입 좀 닫고 침이나 닦아라."

땀으로 질척이는 곰의 볼이 경련을 일으키며 웃음소리 비슷한 소리를 내었지만 오래 이어지지는 못했다. 기묵은 오른쪽 팔꿈치로 곰의 가슴 언저리를 쳤다. 그러자 마치 제대로 토해내지 못한 욕구가 가슴 속에서 광란이라도 일으키는 것처럼, 곰은 쿨럭거리며 기침을 뱉어냈다. 곰은 손등으로 입가의 침을 닦더니 한 걸음 물러서 기묵을 바라보며 웃었다. 그건 사실, 곰에게 한 말이었지만 자신에게 하는 말이기도 했다.

그들은 라탐 통선장을 벗어나 엘리자베스 거리를 따라 걷기 시작했다. 입구에 들어서니 아름드리 열대 나무들이 길을 따라 늘어서 기묵을 반겼다. 외출 직전 쏟아진 스콜 영향인지 자동차 매연도 사라지고 공기가 무척 상쾌했다. 기묵은 길옆 가로수에 눈길을 주며 풍경을 음미하듯 천천히 걸었다. 이름 모를 열대 꽃들이 고개를 쳐들고 있었다. 그리고 그 위를 산들바람이 부드럽게 꽃잎들을 흔들며 지나갔다. 그렇게 걷다 보니 다리 하나가 나타났다. 표지석에는 '앤더슨 다리'라고 쓰여 있었다. 다리를 건넜다. 오른편 가까이 멀라이언 파크가 보였다. 공원 내에는 싱가포르를 상징하는 멀라이언 동상이 있었다. 기묵은 그쪽으로 걸음을 옮겼다.

멀라이언의 상반신은 사자, 하반신은 물고기로 기묘한 모습을 하고 있었다. 멀라이언은 낮의 얼굴과 밤의 얼굴이 다르다고 한다. 낮에는 싱가포르를 오가는 항행선과 새파랗게 펼쳐진 하늘, 열대의 선명한 색깔의 꽃들을 배경으로 용감한 수사자의 얼굴로, 밤이면 열대 특유의 어둠 속에서 조명을 받으며 창백하게 떠오르는 신비스러운 암사자의 아름다운 모습을 보여준다고 했다.

기묵은 멀라이언 앞에 서서 조기장이 무사히 귀국하기를 머리 숙여 기원했다. 그러자 순간적으로 뜨거운 불덩이 같은 것이 가슴 속에서 치밀어 오르는 것을 느꼈다. 그동안 항해를 하며 좋았던 일과 좋지 않았던 일들이 번갈아 떠오르며 기묵의 가슴이 온통 활활 타오르기 시작했다. 참으로 이상한 경험이었다. 가물가물 정신이 혼미해지자 기묵은 머리를 좌우로 크게 흔들어 자신이 항해 중이며 싱가포르에 입항했다는 사실을 떠올렸다. 곰이 무엇이라고 자신에게 떠드는 모습도 보였다. 그런 와중에도 기묵은 멀라이언 앞에서 자신을 지켜주어 폭풍과 황천 속에서 아무런 탈 없이 귀국할 수 있게 빌었다.

"형, 밥 사주기로 했잖아, 시내에는 안 나가 볼 거야?"

곰이 곁에서 자꾸만 궁시렁거렸다. 기원을 마친 기묵은 관상수로 가득 찬 멀라이언 파크를 벗어나 택시를 잡았다. 곰이 운전 기사에게 되지도 않는 영어로 뉴턴 서커스로 가자고 했다. 운전기사가 내려준 곳은 차이나타운 앞이었다. 운전기사가 우리를 영어를 하지 못하는 중국인으로 알고 그만 차이나타운 거리에 내려놓은 것이다.

둘은 뉴턴 서커스에서 밥을 먹으려던 본래의 계획을 변경했다. 둘은 식당 안으로 들어가 마주 보며 자리를 잡았다. 식당의 내부는 생각보다 넓었다. 조명도 하얀 형광등으로 밝았고 테이블도 식탁보가 깔려 있어 깔끔했고 의자도 플라스틱이 아니라 2인용 나무의자였다. 무엇보다 식탁에 놓여 있는 메뉴판에는 한자와 영어가 섞여 있었는데 각종 튀김 종류부터 해산물과 고기 종류까지 메뉴가 다양했다. 중국집에서 파는 것은 자장면이나 짬뽕, 고작해야 탕수육 정도만 알고 있던 기묵은 종업원이 다가오자 당황했다.

기묵이 메뉴판을 자세히 들여다보니 '豚'이라든지 '鷄'라는 글자가 눈에 들어왔다. 옆에는 영어로 치킨 라이스란 단어도 보였다. 요리법과 함께 사용하는 재료도 상세하게 기록되어 있었다. 외국 관광객에 대한 배려 같았다. 기묵은 먼저 맥주를 가져다 달라고 부탁하며 '鷄'라는 한자가 들어간 것을 주문했다.

"형, 음식을 제대로 알고서 시킨 거야?"

곰은 불안한가 보았다.

"자식이 의심은 많아서. 메뉴 밑에 보면 음식 재료를 적어놓았잖아. 한자로 '豚'자가 들어간 건 돼지고기 요리고, '鷄'자가 들어간 것은 닭고기 요리야. 걱정일랑 붙들어 매."

식당은 주방이 열려있는 오픈 주방이었다. 주방 한쪽에서는 흰 모자를 쓴 조리사가 빠른 손놀림으로 비늘을 제거한 생선을 펄펄 끓는 기름솥에서 튀겨내고 있었고 그 옆 화구에서는 또 다른 조리사가 커다란 확을 이리저리 돌리고 있었는데 연거푸 푸른 불꽃이 활활 피어나고 있었다. 그리고 이미 자리를 잡고 있던 테이블에서는 현지인으로 보이는 손님들이 술을 마시며 언성을 높이고 있었기 때문에 실내가 소란스러웠다.

"형, 주방 안 좀 봐. 완전 셰프야!"

뜨거운 확을 이리저리 돌리던 조리사의 모습을 유심히 쳐다보고 있던 곰이 감탄하며 말했다.

"먼저 입가심으로 시원한 맥주부터 마실까요?"

곰이 얼음을 가득 채운 맥주잔으로 눈길을 주며 말하자 기묵과 곰은 동시에 고개를 끄덕거렸다.

"싱가포르 상륙을 축하하며, 건배!"

곰이 기묵과 잔을 부딪치며 말했다. 그러면서 단숨에 들이켰다. 기묵이 다시 곰의 잔에 맥주를 채웠다.

주문한 음식은 금방 나왔다. 팔팔 끓는 물에 닭을 넣은 후 바로 삶아서 한입 크기로 자르고 닭 삶은 물로 지은 노란빛을 띠는 밥과 졸인 간장 소스를 뿌려 내놓은 치킨 라이스는 입맛에 잘 맞았다. 둘은 주문한 음식과 맥주 세 병을 모두 비운 뒤 식당을 나와서 거리를 천천히 걸었다. 마침 주말이라 도로는 쏟아져 나온 인파로 꽉 막혔다.

어둑어둑 어둠이 몰려오자 싱가포르 하늘은 치솟은 빌딩들의 세상으로 변하기 시작했다. 스카이라인은 높이 솟아오른 단순한 실루엣에서 형형색색의 화려하고 몽환적인 불빛으로 변해갔다. 그리고 얼마간의 시간이 흐르면서 아무것도 보이지 않던 시야에 하늘 위 영롱하게 반짝이고 있는 별들이 들어왔다. 기묵은 어둠과 네온과 별빛으로 가득 차 있는 도시에서 크게 심호흡했다.

미로같이 얽힌 차이나타운에도 어둠이 밀려왔다. 거리는 낮보다 더 화려해졌다. 차이나타운은 주변의 근대화된 분위기와는 달리 오래된 전통가옥이 들어서 있었다.

토산품을 취급하는 잡화점의 행렬이 꼬리를 물고 길게 늘어서 있었다. 좁고 복잡한 골목길을 지나다니는 사람들. 차이나타운은 몰려든 관광객과 함께 불야성의 세계를 연출하고 있었다. 같은 하늘 아래 이런 세계도 있구나. 기묵은 다랑어연승선에 승선한 이후의 삶이 풍요로워지고 새로운 체험으로 활기가 솟는 것을 느꼈다.

곰과 함께 주변을 두리번거리며 한참 걷다 보니 차이나타운에서 유일하다는 힌두사원이 눈에 띄었다.

스리 마리암만 사원이라고 했다. 입구의 화려한 색깔의 조각부터 인상적인 사원이었다. 신발을 벗고 안으로 들어가자 외부와는 전혀 다른 세계가 펼쳐졌다. 그곳은 신의 세계였다. 기묵은 신상 앞에 무릎을 꿇었다.

"아니 기묵아, 원양어선을 타겠다고? 어쩌면 그렇게… 전신전화건설국에서 겨우 자리를 잡았는데 갑자기 사표를 내다니. 어떻게 그럴 수 있어? 친구들이 많이 부러워한다고 나한테도 몇 번씩이나 말했잖아."

기묵은 원양어선 승선을 극구 말리던 부모님을 생각하며 향을 피웠다. 사원에서 소원을 비는 사람들에게서 어머니 얼굴이 겹쳐 보였다. 지금쯤 어머니도 아들을 위해서 천마산 중턱에 있는 대각사 대웅전에서 향을 피우며 기원을 드리고 있을 것이다. 아들의 안녕을 위해 부처님과 눈을 맞추고 계실 어머니의 간절한 모습을 그려보았다.

"아버지, 돈도 배경도 없는 제가 현실을 벗어나는 방법은 한 가지밖에 없어요. 그래서 택한 길이예요. 저는 죽었으면 죽었지, 더는 이렇게는 못 살겠습니다."

미국으로 떠나기 전 큰누나와 아버지의 다툼 소리를 들었던 파란 대문도 떠올랐다. 이제는 연락조차 끊어진 큰누나. 미국 어디엔가 살고 있을 큰누님의 외침이 들려오는 것 같았다. 그런데 이제는 자신마저 부모님 곁을 떠났다. 밀려오는 슬픔으로 어머니는 아무도 모르게 자신의 가슴을 쳤을 것이다. 그런 생각이 들자 기묵은 가슴 밑바닥부터 아려왔다. 어머니의 한량없는 사랑을 알고 있지만, 그러나 후회는 없었다.

"어머니, 아버지…."

기묵의 눈에서 뚝뚝 떨어진 눈물이 사원 바닥을 적셨다,

말라카해협

싱가포르 묘박지를 벗어난 제505행복호는 말라카협수로를 따라 항해하고 있었다. 줄기차게 쏟아지는 스콜의 영향으로 배의 요동이 심해졌다.

"형, 아직 안 주무시지요?"

당직을 끝낸 곰이 기묵의 침실 문을 노크했다.

"이거 싱가포르에서 기관장이 준 건데, 형 마시세요."

"오호, 목이 마른데 양주보다 맥주 같은 건 없나?"

기묵은 누워있던 침상에서 몸을 일으켰다.

"형, 무슨 바다가 이렇게 험해요?"

곰이 피곤해 보이는 얼굴로 말했다.

"날씨 때문에 바다에서 스트레스 받으면 빨리 늙는다. 요즈음 지구가 이상기후잖아. 골목 바람 같은 거겠지. 앞으로 몇 시간은 더 항해해야 말라카협수로를 벗어날 것 같은데…."

"어제는 좀 잤나?"

"당직 하나는 반납하고 있어요. 요즘 조기장님이 하던 일까지 받아서 하려니 업무가 폭주하고 있어요."

"용접작업만 처리해주면 되는 거 아냐?"

"그게 일거리가 많아요."

"그럼 오늘도 오버타임을 했겠네."

평상시 같으면 이야기가 길어졌겠지만, 곰은 피곤하다며 침실로 돌아갔다. 그럴 만도 했다. 조기장의 긴급하선으로 조기장이 해야 할 일을 기관부원들이 나누어서 했는데 실습기관사인 곰에게도 온갖 허드렛일이 맡겨지고 전기용접 기술까지 뛰어난 탓에 할 일은 더 많이 생겼다. 기묵은 곰이 돌아간 후 몰려오는 잠을 감당할 수 없었다. 그런 증상은 점점 심해졌다. 노인네들처럼 밥을 먹고 나면 식곤증이 밀려와 걷잡을 수 없이 졸음으로 빠져드는 자신이 한심했다.

기묵은 반바지 차림에 바람막이로 옷을 갈아입고 야구모자를 눌러썼다. 냉장고 안에서 생수병 작은 것을 꺼내 들고 선실을 나왔다. 왼쪽 갑판 통로를 따라 브리지 전면의 갑판으로 나갔다. 항해 중인 배였지만 통로의 불은 환하게 밝혀져 있었다.

기묵은 통로 중간쯤에 멈춰 서서 천천히 팔을 펴고 심호흡을 하며 하늘을 쳐다보았다. 하늘에는 수많은 별이 빛나고 있었다. 부산에 있을 부모님의 얼굴이 떠올랐다. 자갈치 선창에서 손을 흔들며 무어라 말했는데 분명 몸조심을 당부한 말일 것이다.

"나는 어떤 일이 있어도 살아서 돌아가야 한다."

기묵은 나직하면서도 단호하게 중얼거렸다.

부산항을 벗어나며 갑판장은 인도양으로 진입해야만 진짜 뱃놈의 생활이 시작된다고 강조했었다. 부산항에서 싱가포르항까지는 초짜들 바다 적응 기간이며 사관 선원들[64)]이 하급 선원들을 면밀하게 관찰하는 시간이라고 했다. 만약 관찰 기간

64) 국가에서 정한 해기사 자격증을 취득하고 항해사나 기관사로 승선하는 선원들.

동안 사관 선원의 마음에 들지 못하면 싱가포르에서 강제하선이라고 했지만, 막상 제505행복호가 싱가포르에 입항하고 출항하면서 강제하선을 당한 선원은 없었다.

선장의 강제하선 권한은 선원법에도 명시되어 있었다. 선원의 징계에는 훈계, 상륙 금지, 하선이 있었다. 하선은 강제하선에 해당하는 조항이었다. 하선 징계의 법적 해석은 폭력 행위 등으로 선내질서를 현저히 어지럽게 한 경우와 고의로 선박 운항에 위험을 초래하는 행위에 관해서만 선내에서 구성된 징계위원회를 통해서 집행할 수 있었으나 법이란 것이 코에 걸면 코걸이, 귀에 걸면 귀걸이 아니던가. 더욱이 배에서 제왕의 권위를 지닌 선장이 강제하선을 명령하면 그것이 법이 되었다.

제505행복호에서는 암모니아 누출 사고로 다친 조기장의 병가하선 말고는 강제하선으로 승선에 발목 잡힌 선원은 없었다. 그렇지만 기묵은 사관 선원들의 비위를 거스르지 않으려고 애를 썼다. 그러다 보면 남기묵이란 자신의 주체는 사라지고 실습통신사라는 영혼만 매일같이 파도에서 미끄러지는 기분이 들었다. 그래도 기묵은 더 나은 미래를 꿈꾸며 시간을 보냈다.

"여러분 그동안 수고했습니다. 이렇게 무사히 싱가포르항에 도착하고 다시 어장을 향해서 항해할 수 있는 것은 모두 여러분의 뜨거운 열정이 만들어 놓은 결과입니다. 이제부터 우리는 인도양 항해를 시작합니다. 제505행복호 선장으로서 여러분의 안전과 건강을 기원합니다."

싱가포르항을 출항하기 전 제505행복호 황대복 선장은 선원들을 비로소 뱃사람으로 인정했다. 기묵은 아무 탈 없이 뱃사람들만의 의식을 통과한 자신이 자랑스러웠다.

기묵은 바다로 나가는 것이 절체절명의 운명이라고 승선 면접 때 당당히 말했지만, 사실은 어로 노동에 대한 걱정으로 마음이 무거웠다. 그러나 자신이 두려움에 떨고 있다는 사실을 인정할 수 없었다. 바다 어디선가 불쑥 나타나 폭풍 속 용오름처럼 다가올 고난을 생각하면 앞날에 대한 불안을 떨쳐버릴 수 없었지만 말이다.

지금까지 기묵이 지내온 육지에서의 생활을 돌아보면 그것은 보이지 않는 희망과 거래하는 허망함에 지나지 않았다. 그러나 바다에서는 보이지 않는 현상과의 거래 따위는 없었다. 바다는 하루하루 현실과의 투쟁이었다. 검푸른 파도 앞에서는 이기고 지는 것을 떠나 살아남아야만 했다.

바다는 기묵이 선택한 비상구였다. 바다에는 그가 꾸어야 할 꿈이 있고 이뤄내야 할 성취가 있었다. 그리고 기묵은 그 모든 것을 성실하게 해내야 했다. 바다는 그의 운명이었다.

가끔가다 곰이 선실을 찾아왔다.

실습기관사인 곰이 태어난 곳은 대마도가 보이는 영도 중리의 판잣집으로 지독한 가난으로 찌든 동네였다. 그리고 그곳에는 봉래동시장 좌판에서 생선을 팔며 소금 절인 오이처럼 쭈글쭈글해진 어머니와 안강망 선원으로 몇 달에 한 번씩 집을 찾아오는 얼굴에 굵은 주름이 거머리처럼 불거진 아버지, 영양실조로 비쩍 마른 몸에 새 옷이라곤 걸쳐본 적도 없는 친구들이 있었다. 하루하루의 생활은 하염없이 버둥거리는 가난의 늪에 빠져있었다.

곰의 어깨는 넓었고 얼굴 한가운데로 코가 두드러지게 솟아 있어서 완고하고 강인해 보였지만 전체적으로는 흉측한 인상이었다. 그러나 곰은 가난하지만 서로 기대고 도우며 살아가는 사람들 속에서 성장한 까닭에 대도시에서만 살아온 사람들과는 마음 씀씀이가 달랐다. 다랑어연승선을 승선하기 전까지 영도 중리를 한 번도 벗어난 적이 없다는 곰의 가슴에는 세속에 물들지 않은 청정한 에너지가 가득 차 있었다. 선원들은 실습기관사인 곰의 흉측한 얼굴에 대한 선입견 때문에 어울리기를 꺼렸지만, 기묵은 '곰'이라 부르며 마음을 텄다.

"형, 내가 중리 언덕바지 판자촌에서 어떻게 살아왔는지 알아? 일평생 가난에 갇혀 지낸다고 생각해 봐. 그게 바로 지옥이지."

제505행복호가 부드럽게 물결을 헤치고 나가는 말라카수로의 밤바다처럼 왠지 자신도 모르게 곰의 이야기 속으로 빠져들었다.

"가끔 봉래산에 올라가 바다를 바라보며 언제쯤 이곳을 탈출할 수 있을까. 수평선의 끝, 바다를 넘어가면 무엇이 나를 기다릴까 하는 상상으로 종일을 보낸 적도 많았어."

"…."

"사이비 종교의 의식처럼 말이야."

"…."

"그런데 나는 마침내 제505행복호를 타고 영도를 탈출한 거지. 정말 기적 같지 않아?"

곰은 기묵의 의견을 구하듯 하던 말을 잠시 쉬고 숨을 몰아 쉬었다.

"사람들은 그깟 코딱지 같은 다랑어연승선에 승선한 것이 무슨 대수냐고 하겠지. 그건 인생을 개뿔도 모르는 사람들이 잘난 척하는 구라야. 그렇게 말하는 사람은 한 번도, 어디에도 갇혀보지 않은 사람들이지."

곰은 자신의 말에 대꾸를 잃어버린 기묵 앞에서 세상과 고립되어 살아오며 속수무책이었던 자신의 처지를 토로했다.

"황대복 선장의 카리스마 아래 일사불란하게 움직이는 제505행복호는 내가 지금까지 살아온 세상과는 전혀 다른 마법의 궁전이라니까! 평생 배를 탈 수만 있으면 이 직업이야말로 나에겐 최고의 직업이야."

곰은 꿈을 꾸듯이 말했지만 그러면서도 영도 중리의 바닷가와 그곳 사람들을 많이 그리워하는 듯했다.

기묵은 당직시간에 맞춰둔 자명종 알람 소리에 잠에서 깨어났다. 기묵은 한없이 가라앉는 무거운 몸을 가까스로 추슬렀다. 그리고는 누워서 기지개를 켜고 스커틀[65]을 열었다. 파도의 비말과 함께 습기를 가득 머금은 후끈한 바람이 선실로 쏟아져 들어왔다. 습습한 공기의 밤바람이 사정없이 기묵의 얼굴을 스치며 선실 안을 돌아다녔다. 그제서야 벗어놓은 옷가지들이 어지럽게 널려 있는 선실에 불을 밝혔다.

기묵은 잠이 덜 깬 눈으로 멍하니 침대에 걸터앉아 안간힘을 쓰며 밀려오는 졸음을 쫓았다. 며칠째 깊은 잠을 자지 못하는 불면이 계속되고 있었다. 어쩌면 암모니아 가스를 흡입한 후유증일지도 몰랐다. 잠을 깊게 못 자니 당연히 눈도 아프고 머리까지 지끈거렸다. 그런데도 아랫배에 요의가 느껴지며 성기가 저절로 발기했다. 성욕은 참으로 주책이 없는 놈이었다. 시간과 장소를 구별하지 못하는 성욕은 바다인지 육지인지 낮인지 밤인지 관심이 없었다.

기묵은 청바지 위에 셔츠를 대충 걸치고 밖으로 나서려다 뭔가 잊은 듯 다시 안으로 들어갔다. 그리곤 의자 위에 던져둔 야구모자를 집어 눈썹까지 푹 눌러쓰곤 비로소 선실을 나섰다. 시도 때도 없이 날아와 허공에서 갈겨대는 바닷새들의 똥을 피하기 위해서였다. 머리에 바닷새들이 싸지른 똥덩어리를 맞았을 때 그 비릿하고도 축축하게 더러운 기분이란 상상을 초월했다.

기묵은 침실을 벗어나서 스타 보드 현 핸드레일을 향해 걸었다. 생리현상 때문에 항해 당직 시간에 브리지를 비운다는 것은 당직자를 믿고 평온하게 잠든 선원들에 대한 배신행위라

---

65) 선실의 환기를 위하여 선측에 둥그렇게 달려 있는 창문.

고 1등항해사가 몇 번이나 지적했다. 당직에 오르기 전 생리 욕구를 해결해야 했다. 선내에도 화장실이 있었지만, 수평선을 향하여 오줌 줄기를 겨눌 땐 일종의 카타르시스까지 느낄 정도였다. 기묵은 어둠에 싸여 있는 바다를 한동안 멀거니 바라보다 오줌 줄기를 세웠다. 바닷바람에 소변이 손에 튀어 눈썹이 찡그려졌지만, 눈을 질끈 감고 몸까지 부르르 떨었다.

멀리 말라카협수로[66] 곁에 있는 인도네시아 유전에서 유해가스를 태우는 불기둥이 보였다. 불기둥은 인도네시아의 불의 고리처럼 해안을 따라 쭉 늘어서 있었고 유전이 들어서고부터 한 번도 꺼지지 않은 불기둥은 적도의 꽃처럼 느껴졌다. 기묵은 혼잣말로 중얼거렸다.

"멋있는데?"

불기둥은 어둠 속에서 높이 솟구쳤다 사라지길 반복했다. 불꽃들은 너무나 붉어서 바다의 해신들이 눈을 게슴츠레 뜨고 혓바닥을 날름대는 것처럼 보였는데 마치 뒤돌아보지 말고 앞으로만 가라고 악을 써대는 것 같았다.

싱가포르를 떠난 제505행복호는 말라카협수로의 잔물결을 헤치면서 앞으로 나아갔다. 시시때때로 뱃머리 위로 다가온 먹구름이 스콜을 사정없이 쏟아내었다. 빗줄기는 마치 폭포수처럼 갑판을 적시고 뱃전으로 흘러내렸는데 이때만큼은 선원들

66) 인도차이나반도와 인도네시아 사이에 있는 좁은 바다. 이곳을 통과하면 인도양이다.

도 작업을 중지하고 담배를 피우거나 커피를 마시는 브레이크 타임을 즐겼다. 열대 바다에서는 흔한 풍경이지만 스콜이 지나가고 난 바다가 이리 잔잔하니 서울 사람도 모두 뱃놈이 될 거라는 1갑원 한 씨의 농담처럼 말라카협수로는 호수처럼 고요하기만 했다.

갑판부원들은 싱가포르를 출항하자 어구를 정비하느라 바빴다. 하지만 기묵에게 따로 맡겨진 한낮 임무는 선원 몇몇과 함께하는 치핑작업[67]이었다. 치핑은 학구적인 언어이고 뱃사람의 말은 깡깡이다.

제505행복호가 신조선이었으나 정박 중 타선과 마찰 또는 조일 작업으로 도료가 벗겨진 곳이 생겨났다. 기묵은 갑판 난간이나 모서리를 치핑머신으로 갈아내고 깡깡 망치로 녹을 털어냈다. 치핑작업이 끝나면 방오도료[68]와 방청도료[69]를 차례로 덧칠하고 외장용 페인트를 덧바르는 작업을 했다. 그런데 이 일이 그렇게 만만한 작업이 아니었다. 배가 신조선인 까닭에 치핑작업도 교과서에 적힌 대로 정석으로 해야만 했다. 먼저 부식된 부분을 치핑 망치로 두드려 녹을 털고 스크랩으로 부식된 철판을 깨끗하게 긁어냈다. 그런 다음 와이어브러쉬로

---

67) 선체에 부식되어 눌어붙은 녹을 쇠망치로 떼어내는 모든 행위를 통틀어 치핑한다고 한다.

68) 선체 하부에 부착하는 해초 및 패각들의 부착을 방지하기 위해서 칠하는 페인트.

69) 선체의 부식을 방지하기 위해서 칠하는 페인트.

부식된 철판을 광이 나도록 문질렀다. 그리고 나서야 방청도료를 칠했는데 3회에 걸쳐 칠한 면이 마르면 다시 칠하는 작업을 반복했다. 방청도료 작업을 완료하면 도장을 하는데 이때도 3회에 걸치는 덧칠을 해야만 되었다.

이름을 알 수 없는 바닷새 한 마리가 레이더스캐너[70]에 앉았다가 도장작업에 열중하는 선원들의 안전화 끝까지 다가와 종종거렸다. 새우깡 같은 게 있을 리 없으면서도 기묵은 공연히 호주머니에 손을 넣어 뒤적였다. 그런 날이면 기묵은 바닷새 생각으로 하루를 보냈다. 바닷새 이름은 무엇일까. 파랑새일까? 황금새일까? 참새보다 조금 크며 깃털이 화려한 새는 갈매기는 아니었다. 인도양 한가운데까지 먹이를 찾아다니는 본능, 생명을 부지한다는 것은 누구에게나 어디서나 고단하고 지겨운 일이었다.

기묵은 브리지로 올라가기 전에는 언제나 선내 순찰부터 하였다. 바다에서 철판 한 장으로 고립된 스물일곱 명 선원들이 영덕 대게 몸통 속처럼 생긴 선실에서 깊은 잠에 빠져 있었다. 기묵이 선원들의 안전을 위해, 당직을 시작하기 전부터 항상 해오고 있는 일이었다.

기묵은 먼저 왼쪽 통로로 선실을 나와 포트 갑판을 따라 선수 갑판 양묘기까지 가서 리깅해놓은 앙카의 체인이 풀리지는 않았나를 확인했다. 1번 마스트에 내려앉아 구구거리는 브라

---

70) 레이더의 송수신 안테나.

운부비새 울음소리를 음악처럼 들으며 뱃머리 갑판을 둘러보고 물구멍들이 막혀 있는 곳이 있나를 체크했다.

선외벽에 있는 물구멍들은 갑판으로 유입된 바닷물을 빠르게 배출해서 선체의 중심 변화에 민감하게 작용했다. 그래서 때때로 선수 갑판에서 작업을 마친 부주의한 선원들의 담뱃갑이라던가 흘려버린 웨이스트 등이 물구멍을 막지 않았는지 점검하였다.

뱃머리 갑판의 확인이 끝나면 처리갑판으로 내려와 기관실에서 들리는 규칙적인 메인 엔진 소리를 들으며 소등된 선수갑판 창고를 살피고 혹시 누전되는 곳은 없는지 살폈다. 왜냐하면, 선수갑판 창고에는 작업갑판의 전원 배전판이라든지 라인홀러의 전원부 같은 각종 전기 장치의 배전판이 많았고 선박의 벽면들은 모두 페인트 도장이 되어 있어 누전으로 인한 작은 불씨라도 옮겨 붙으면 대형사고로 발전할 가능성이 넘쳐났기 때문이었다. 그러고는 처리갑판의 프리보드가 제대로 작동하는지도 살폈다.

만약 프리보드가 제때에 작동이 안 되면 갑판으로 몰려든 바닷물이 배수되지 않아 선체가 무게 중심을 잃고 브리칭 투가 되며 그렇게 되면 바로 전복으로 연결될 수도 있었다. 이처럼 배에서는 한순간 실수가 커다란 재앙 상태를 불러올 수 있기에 어느 하나라도 무심하게 넘겨 볼 수 없었다. 선교에서 돌아가는 레이더스캐너 기계음을 들으며 처리갑판의 확인이 끝나면 기묵은 이번에는 오른편 통로를 따라 물구멍을 살펴보며 선미까지 직진했다. 그러면서 모릿줄을 저장하는 라인박스의 뚜껑은 완전하게 밀폐되어 있는지, 선미 오른편 현 측에 세워둔 라디오부이와 GPS부이는 잘 고정되어 있는지, 그리고 선미 라인 창고에 쌓아둔 아릿줄 박스가 무너지지는 않았는지를 살폈다. 그리고는 브리지로 올라갔다.

사실 갑판을 왔다 갔다 하다 보면 보이는 게 있기 마련이고 그 모든 것이 기묵에게 공부가 되었다. 기묵은 그런 시간이 좋았다. 혼자 무언가를 발견할 수도 있고 생각도 할 수 있는 시간이었다. 그래서 항상 당직 전 순찰 시간이 기대되었다. 뱃놈으로서 눈이 밝아지는 시간이었다.

싱가포르항 입항 전이었다. 항해 당직 시간 때 1등항해사는 말했다.

"어장에 도착하기 전까지 실습통신사 너는 내 따까리나 해라. 아무리 생각해봐도 그게 좋겠다. 사람마다 삶의 방식이 다 다르지만 풍쟁이 해봐야 비전이 있겠나?"

1등항해사는 황대복 선장에게 말씀드려 허락을 받았다면서 자신의 당직 시간에 기묵에게 브리지에서의 근무를 지시했다.

"알았지?"

1등항해사가 말하는 풍쟁이는 배에서 쓰는 속어였다. 항해사는 지게꾼, 기관사는 엿쟁이, 통신장은 모스 부호를 두드릴 때 손목을 떤다고 풍쟁이라 했다. 그러면서 1등항해사는 그의 어깨를 툭툭 두드렸다.

"배는 선장을 해야 하는 거야."

황대복 선장 의자에 앉아 있던 1등항해사는 그를 내려다보며 말했다.

"제가 선장을 할 수 있습니까?"

"인마! 황대복 선장님 이마에 선장이라고 쓰여 있더냐? 아무도 엄마 뱃속에서부터 선장이라고 이마빡에 쓰고 나온 놈은 없어. 하면 하는 거지."

자칭 타칭 코끼리라고 부르는 1등항해사는 적기 출신의 국립 부산수산대학을 졸업한 항해사로서 이번 미나미 시험조사에 합류했다.

선박 통신사 시험이 어려워 자격증을 가진 통신장을 구하기가 힘들었던 회사였다. 그러기 때문에 자체적으로 인력을 확보하기 위하여 실습통신사란 명목하에 통신사를 양성하고 있었지만 1등항해사 생각은 달랐다.

1등항해사는 기관실의 암모니아 폭발 때 2등항해사와 3등항해사를 제쳐 놓고 기묵이 보여준 활약과 임기응변에 훌륭한 선장이 되고도 남을 재목이라고 판단했다. 게다가 기묵은 동네는 다르지만, 자신과 동향인 부산놈이었다. 1등항해사는 기묵이 통신장으로 배 생활을 하기에는 가진 능력이 아깝다고 생각했다. 그리고는 황대복 선장의 허락을 얻어 항해와 운용에 관한 전반적인 교육을 하기로 마음을 먹었다.

1등항해사는 드넓은 바다에서도 항로라는 길이 정해져 있으며 도로교통법과 같은 해상교통 법규가 있다고 했다. 또 오른쪽을 우현 또는 스타보드, 왼쪽을 좌현 혹은 포트라고 부르며 미국에서는 라이트와 레프트로 표현한다고 했다. 또 배가 마주칠 때 기본 규칙은 항상 상대방의 좌현을 보면서 항해하는 우측 통항이며 항해 방향을 알기 쉽게 배의 앞부분을 선수, 뒷부분을 선미라 부르는데 오른쪽에는 녹색의 등화를, 왼쪽에는 홍색의 등화를 켜야 한다고 알려주었다. 특히 말라카수로에는 통항분리대라는 IMO[71] 국제해사기구에서 정해 놓은 항로가 있으며 말라카수로를 통항하는 배들은 항행 규칙을 의무적으로 지켜야 한다고 했다.

"그럼, 배들이 엄청나게 많이 항해하고 있는데, 저희 배에서 볼 때 항상 다른 배 선미를 보며 항해하는 이유도 다 그런 규칙에 따르기 때문이군요."

뱃머리의 수평선을 주시하던 1등항해사는 기묵을 향해서 시선을 돌리며 고개까지 끄떡였다.

"그렇지, 해상충돌 예방규칙이라 하는 약속에 따르기 때문이지."

기묵이 실습통신사 임무를 수행하면서 항해 당직도 병행하는 생활은 육체적으로 힘든 노동 중에서도 막노동이었다. 하지

71) 국제해사기구로 선박의 항로, 교통 규칙, 항만시설 등을 국제적으로 통일하기 위하여 설치된 유엔 전문기구이다.

만 항해에 관한 새로운 지식을 하나씩 습득해 나갈 때마다 기묵은 자신감이 생겨났다. 그러면서 어릴 적 천마산 정상에서 수평선 너머로 사라지던 배들의 비밀을 하나하나 벗겨낸다는 혼자만의 즐거움으로 힘들고 고된 바다 생활에 적응해 나갔다.

"수고 많으십니다."

기묵이 큰소리와 함께 브리지로 들어서자 실내에는 딸깍거리는 자동조타장치의 잔잔한 소음만이 들려왔다.

전방 30해리까지 탐지하는 알파레이더가 쉬지 않고 돌아가며 말라카협수로를 오가는 항행선 접근을 감시하고 있었고 조타기 곁에는 당직 중인 실습항해사가 부동자세로 제505행복호 뱃머리를 견시하고 있었다.

야간항해에는 책임당직자는 물론이거니와 책임당직자를 돕고 있는 보조당직자도 안전한 항해를 위해 오감과 직감을 총동원해야 했다. 바람과 파도 소리는 말할 것도 없고, 물비린내 가득한 바닷바람에 섞여 있을지도 모르는 냄새까지 놓쳐서는 안 되었다.

그날은 싱가포르항을 출항한 날이었는데 1등항해사의 지명을 받고 기묵이 첫 당직을 설 때였다. 1등항해사는 항해당직자의 마음가짐을 이야기하면서, 어떠한 상황이 발생하더라도 당직사관은 침착해야 한다고 했다. 그러면서 확인하고 다시 확인하고 또 느껴야 한다고 했는데, 특히 그중에서도 가장 중요하게 느껴야 하는 것은 바람이라고 했다. 바람 속에는 많은 것이

존재하는데 그중에서도 냄새가 중요하다는 거였다. 그러면서 1등항해사는 자신이 겪었던 체험담을 들려주었다.

남대서양에서 일어난 일이라고 했다. 1등항해사가 포트 오브 스페인을 기지로 하던 다랑어연승선 초급항해사 시절 입항 항로에서였다고 했다. 칠흑같이 어두운 밤바다인데 난데없이 짙은 해초 냄새를 맡았단다. 섬 하나, 지나가는 항행선도 한 척 없는 바다 한가운데서 해초 냄새라니…. 그 순간 1등항해사는 머리끝이 쭈뼛했다고 했다.

해초인 김이라든가 파래, 혹은 청각은 갯바위에 붙어서 서식하지 않는가. 육지가 보이지 않는 망망한 바다에서 해초 냄새가 맡아질 리 없었다. 하지만 1등항해사의 감은 뱃머리 방향 어둠 속엔 악마의 이처럼 숨어 있는 암초가 있을 것 같았단다. 하지만 작동 중인 레이더 화면에는 물표가 전혀 나타나지 않았다. 1등항해사는 전속으로 달리던 속력을 안전속력으로 완전히 낮추었고 보조당직자인 실습항해사를 톱브리지[72]로 올려 보내 전방을 서치라이트로 살펴보라고 지시했다.

1등항해사는 몰려드는 불안감에 아무런 생각도 할 수 없었다. 1등항해사의 머릿속이 하얗게 탈색되어가고 있을 즈음, 서치라이트 불빛이 해초 냄새의 주범을 발견했다. 아니나 다를까, 불빛 속에는 거대한 모자반 더미가 끝 간 데 없이 바다에 펼쳐져 있었다.

72) 브리지의 지붕을 갑판으로 만들어 놓은 곳.

버뮤다해역에서 대항해 시절 범선을 죽음으로 인도하는 곳으로 악명이 자자한 사르가소였다. 1등항해사는 이처럼 보이지 않는 위험도 냄새를 느끼면 미리 방지할 수 있다고 했다.

기묵이 당직을 서기 위해 브리지 문을 열고 들어갔을 때 2등항해사는 보이지 않았다. 그리고 알파레이더 화면에는 3마일을 경계로 한 충돌방지 위험선이 그려져 있었다. 기묵이 막 조그셔틀을 조정해서 위험선을 6마일로 설정하려는 순간, 2등항해사가 해도실에서 나타났다.

"어? 벌써 올라왔소. 실습통신사는 피곤하지 않소?"

기묵이 브리지로 들어서자 해도실에서 당직 교대 준비를 하던 2등항해사가 말을 걸어왔다.

"아닙니다."

기묵의 대답이 끝나기도 전에 2등항해사는 선수를 향하여 자신의 얼굴을 재빨리 돌려버렸다. 직급은 기묵보다 높아도 나이가 같아서 말을 올리지도 까지도 않는 2등항해사다. 가만히 바라보고 있으면 기분을 언짢게 만드는 좁은 이마와 말상 얼굴을 가진 2등항해사는 황대복 선장과 1등항해사의 관심을 받는 기묵을 드러내놓고 경계했다.

2등항해사가 지닌 맞수 의식이었다. 기묵은 그런 2등항해사를 이해할 수 없었다. 서로 선장 의자를 다투는 것도 아니고 항해사급으로 봐도 자신은 하급 항해사였다. 그리고 정통도 아니었다. 따지고 보면 자신은 실습통신사였다. 결코, 자신은 경쟁 상대가 될 수 없었다. 그런데도 2등항해사는 걸핏하면 눈을 희번덕이고 입을 삐죽거렸다. 경쟁의식이 심한 2등항해사였다. 기묵에게 2등항해사는 언제 터질지 모르는 대인지뢰와도 같았다. 처음에는 기묵도 신경이 쓰여 경계를 했으나 점점 무신경해졌다. 그냥 그러려니 했다.

"수고 많습니다."

기묵은 해골 같은 2등항해사 뒤통수에다 공손하게 인사를 했다. 2등항해사와 함께 당직을 섰던 3등항해사가 잠에 잠긴 목소리로 주변 선박의 움직임에 대하여 인수인계를 했다.

그때 남서쪽 수평선에서 밝은 빛줄기가 하늘을 향해 번쩍거리며 사라졌다. 등댓불이었다. 섬광은 좌현 10도 방향에서 번쩍거리다 사라졌다.

"론도 등대입니다."

3등항해사는 저 등대가 말라카 수로의 인도양 출구에 있는 인도네시아 수마트라 최북단의 등대라고 알려주었다. 섬을 통과하면 인도양이 시작된다고 했다.

"아, 인도양, 하이 씨!"

기묵의 입에서 감탄이 터져 나왔다.

인도양, 하이 씨!

"기묵아, 235도로 항로를 변경하고 세팅해라."

컴퍼스[73)]와 론도섬[74)] 등대의 방위각을 살피던 1등항해사가 기묵에게 항로변경을 지시했다. 1등항해사는 실습통신사라 부르지 않고 암모니아 폭발사건 이후부터 자연스럽게 기묵이라고 이름을 불렀다. 때마침 자바섬 끝을 한바퀴 돌고 온 등댓불이 좌현 선수를 지나서 우현 중간을 스쳐갔다.

"옛써, 변침 코우스 235도."

기묵의 복창이 브리지를 쩌렁쩌렁하게 울렸다.

"자식아, 조용히 말해라. 선장님 깨시겠다."

1등항해사는 기묵의 복창 소리가 너무 크다고 주의를 주었다. 1등항해사는 발꿈치를 든 고양이 걸음으로 좌현과 우현을 오가며 통항선 항로를 감시하고 있었다. 1등항해사의 지시를 받은 기묵이 조타기를 재빨리 왼쪽으로 돌리자 뱃머리도 왼쪽으로 돌아갔다.

기묵은 멀어지고 있는 론도섬 등대에서 시야를 거두기가 어려웠지만 1등항해사는 힐끔 한 번 쳐다만 보았을 뿐 아무런 관심조차 보이지 않았다. 그렇게 제505행복호는 육지와 멀어지며 마침내 인도양으로 진입하기 시작했다. 캄캄한 어둠 속에서 기묵의 마음은 허공을 자유롭게 날던, 언젠가 꿈속에서 보았던 신천옹처럼 둥실둥실 떠올랐다.

---

73) 자이로스코프를 이용하며 지구의 북극을 가리키는 나침반.

74) 말라카협수로 서쪽 입구에 자리한 인도네시아 섬. 이곳을 통과하면 인도양이다.

기묵의 영혼이 바다의 귀족이라는 신천옹처럼 비행하기 시작했다. 그러고 보니 비행하는 모습이 브리지에서 발꿈치를 들고 살금살금 걷고 있는 자신의 걸음걸이와도 비슷했다. 주춤주춤 내딛는 발걸음이 금방 수평선을 넘어 날아갈 것도 같았다. 하얀 파도가 눈 아래로 내려다보였다. 눈으로 파도를 배웅하며 다시 한번 날갯짓을 쳤다. 그때 탁 소리와 함께 뒤통수가 흔들리며 귓전이 멍해졌다. 갑자기 현실이 모호해지며 아무것도 보이지 않았다. 그냥 바다 한가운데 둥둥 떠 있는 느낌이 들었다.

"정신 차려!"

기묵이 넋을 놓고 있는 사이에 방향을 잃어버린 뱃머리가 왼쪽으로 급속히 회두하고 있었고 상황을 확인한 1등항해사가 거침없이 기묵의 등짝을 후려쳤다.

인도양은 대서양, 태평양과 함께 세계 3대 해양이다. 세 곳 중 규모는 작지만 갱선연도가 가장 빠르고 구조도 복잡했다. 인도양은 중생대 남반구의 구대륙이었던 곤드나와 대륙이 남아메리카 · 아프리카 · 오스트레일리아 · 남극대륙 · 마다가스카르 · 인도로 분리되는 과정에서 형성되었다.

북쪽으로는 이란, 파키스탄, 인도, 방글라데시, 동쪽으로는 말레이반도, 인도네시아 순다열도, 오스트레일리아, 서쪽으로는 아프리카와 아라비아반도, 남쪽으로는 남극과 면해 있는 바다였다. 아프리카 남단에서는 대서양과 합류하며 동쪽과 남동쪽으로는 태평양과 합류되었다. 인도양은 학자들 간에도 해역을 규정짓는 문제가 대단히 복잡해서 미정인 채로 남아있었다. 인정되는 통설에 따르면 대서양과는 아프리카 남단의 아굴라스곶에서 남극 대륙해안에 이르는 동경 20도 선을 경계로 한다고 했고 남동쪽 태평양과의 경계는 오스트레일리아 태즈메이니아섬 사우스이스트곶을 기점으로 남극대륙에 이르는 동경 147도 선을 경계로 본다고 했다.

제505행복호가 항로변경을 하는 사이에도 말라카협수로의 정해진 항로를 따라 같은 방향으로만 항해하던 배들은 자신들이 기항할 항구를 찾아 항로변경 변침점에서 뿔뿔이 흩어졌다. 바다는 이제 잔물결조차 보이지 않았다. 마치 내륙 깊숙한 곳에 존재하고 있는 비밀의 호수와도 같았다. 게다가 후덥지근해진 기온으로 온몸이 찐득거렸다.

기묵의 앞가슴에도 등 뒤에도 땀이 쉴 새 없이 흘러내렸다. 그렇지만 제505행복호는 기묵의 수고를 뒤로하며 5,010해리나 떨어진 아프리카 남단 희망봉을 향하여 해면을 부드럽게 미끄러져 나아갔다.

바다에서 1해리는 1,852미터였다. 그러니까, 제505행복호가 목적지까지 항해할 항정의 해리를 킬로미터로 환산하면 9,260킬로미터나 되는 먼 거리였다. 그곳까지 가기 위해 제505행복호는 남위 20도 30분, 동경 58도쯤에 있는 모리셔스 섬에서 진침로 245도로 변침한 다음 마다가스카르와 아프리카 사이 모잠비크해협을 건너 포트엘리자베스까지 직항할 계획이었다.

제505행복호가 항해하는 계절은 인도양에 북동풍의 무역풍이 부는 시즌이었는데 16세기 대항해 시절에는 동남아시아에 진출했던 스페인, 포르투갈, 영국의 상선대가 바람이 북동풍으로 바뀌는 이때를 기다려 바타비아에서 돛대 가득 바람을 품고 항로를 따라 인도양을 횡단해 희망봉을 통과해서 본국으로 귀향했던 희망의 항로였다고 1등항해사는 알려주었다.

제505행복호 항해는 순조로웠다. 육지에서 멀어지고 항해가 길어질수록 기묵의 가슴 속에 쌓아둔 부산에서의 기억들은 희미해져 갔다. 그리고 부산에서의 기억이 사라지는 것만큼 기묵은 현실에서 벗어나 바다에서 자유로워졌다. 시퍼런 파도를 헤쳐가면서 쿵쿵 힘을 쓰는 메인 엔진 소리는 기묵에게 마치 바다가 내쉬는 숨소리처럼 느껴졌다.

해가 저물 무렵 제505행복호 브리지에서 바라보는 노을은 오렌지빛 광휘에 싸여 나타났다가 사라졌고 동남풍으로부터 요람처럼 흔들리는 선실은 기묵에게 편안한 안식을 주었다. 더욱이나 밤이 되면 스타 보드와 포트의 워터라인에서는 우현등과 좌현등에서 흘러나온 어렴풋한 빛에 바닷물이 두 가닥의 깊은 주름을 이루며 곧게 갈라졌는데 그렇게 부서지는 물결 속에 번쩍이는 것들이 있었다. 푸른 빛을 띠고 있는 그것은 반딧불 같기도 하고, 먹잇감을 노리고 광채를 내뿜는 한밤중 짐승의 눈 같기도 했다.

"도대체 저게 뭐지?"

그건 흘수선에서 부서지는 물결 속에 있는 수많은 발광 플랑크톤이 뿜어내는 시그리불이었다. 그러면서도 스크루로부터 뿜어져 나온 물거품은 배 꽁무니에서 소용돌이치는 항적선을 만들며 심연의 정적으로 빨려 들어갔다. 또 어떤 때에는 뱃전 옆에서 불쑥 고개를 내밀며 제505행복호와 속력을 경주하는 병코돌고래무리와 마스트 위 신천옹의 아름다운 비행 아래에서 해가 뜨고 노을이 졌다. 별들이 빛났고 개중에는 개밥바라기별도 있었다.

길게 불어오는 무역풍은 인도양 바다를 더 포근하게 했다. 그동안 바다를 항해하며 쌓인 뭍에 대한 그리움처럼 쏟아지는지 스며드는지도 모르는 별빛…. 별빛은 하늘 제일 높은 곳에서 손에 잡힐 듯 가까워지며 기묵을 우수에 젖게 했다. 제505행복호가 덜덜거리며 파도에 흔들거려도 초나흘 손톱달에서 흘러나온 달빛은 수평선을 따라 번져가다 흰 파도와 마주치고 달빛에 몸을 불린 별들이 다이아몬드 조각처럼 마스트에서 부서졌다. 온통 어둠뿐인 바다에서 막 개화를 시작한 매화처럼 향기가 퍼지듯 빛나는 별빛에 기묵은 자신이 어디에 있는지조차 잊어버릴 지경이었다.

기묵은 점점 자연의 일부분이 되어갔다. 아니 스스로 바다의 일부분이 되었다고 믿었다.

"기묵아, 적도에 가면 적도를 따라 왜, 크리스마스 때 우리가 트리에 장식하는 꼬마전구 있잖아? 그런 빨간 꼬마전구들이 쭉 이어져 있으니 잘 찾아봐."

"진짜요?"

"인마가 중국 놈 팬티를 입었나, 너는 내 말이 거짓말 같나?"

범선시대의 대양항해는 대부분 적도 무역풍을 탔다. 중위도[75)]에서 부는 바람은 지구의 자전으로 한 방향으로만 불었다. 북반구에서는 북동풍이, 남반구에서는 남서풍이. 바람의 힘만으로 항해하던 시절의 적도무풍대란 말이 있듯이 바람이 없는 적도는 범선의 무덤이었다.

바람 한 점 없는 바다에서의 돛폭은 힘없이 늘어지고 아무런 동력을 갖지 못한 배는 항해를 멈추고 표류했다. 표류 기간이 길어지면 식량도 동이 나고, 물탱크의 바닥도 드러났다. 기아와 갈증은 절망과 공포감을 키웠다. 선원들이 차례로 죽어갔고 찢어진 돛만 남은 배는 유령선이 된 채 해류를 따라 적도 해역을 맴돌았다. 그래서 적도를 통과하는 선원들은 그들을 위로하기 위해 적도제라는 것을 지냈다. 바람이 불기를 기원하는 마음으로 제를 지내고 오랜 항해에 정신과 육신이 지친 선원들에게 술과 음식을 풍족하게 제공했다. 긴 항해의 스트레스를 해소하는 현명한 이벤트였고 뱃사람들만의 축제였다.

적도를 통과하는 새벽이었다. 기묵은 1등항해사를 따라 항해등 빛이 스며드는 계단을 조심조심 걸어서 톱브리지로 올라갔다. 톱브리지에 오르자 갑자기 시야가 밝아지며 여명으로 밝

75) 저위도와 고위도의 중간지대로 위도 약 20도에서 50도 사이의 지역.

아오는 수평선이 희끄무레하게 보였다. 하늘에는 몇 개의 별이 보였다. 스타파인더[76]에서 계산해 놓았던 별이었다. 1등항해사는 그중 제일 밝은 남십자성을 겨누어 고도를 관측하기 시작했다. 1등항해사가 육분의[77]에서 눈도 떼지 않은 채 기묵을 향해 질문을 던졌다.

"적도를 왜, 적도라 하는가 하면? 말 그대로 빨간 길 아니냐? 우리가 태양을 어떻게 표현을 하냐. 빨갛다고 하잖아. 적도는 태양의 고도가 가장 높은 대권이지. 당연히 가장 뜨거운 곳이지. 그런 강렬한 이미지가 적도란 이름을 붙이게 했을 것 같은데 너는 어떻게 생각하느냐?"

"…."

그러면서도 육분의 눈금을 미세하게 조정하던 1등항해사가 이윽고 "마크"라고 외쳤다. 기묵은 재빨리 1등항해사 외침소리를 따라 "마크"를 복창하며 스톱워치를 눌렀다. 기묵은 1등항해사가 불러주는 별의 이름과 고도를 여명에 의지해서 적어놓고 측정 시간을 정확하게 기록했다.

전통적으로 선박 위치 확인은 태양이 정중하는 하루에 한 번, 그리고 항성을 이용한 선위는 태양 박명 시간과 일몰 시각에 두 번 관측했다. 이들을 육분의란 천체고도 관측기구로써 태양이나 항성의 잔상을 수평선까지 끌어내려서 하나의 위치선으로

76) 천문항해에서 항해용 별자리를 찾기 쉽도록 판으로 만들어 놓은 것.

77) 손으로 잡고 순간적으로 간편하게 수평각 또는 수평각을 관측할 수 있는 관측기로 항해 중 위치 결정에 이용된다.

계산했다. 그런 다음 똑같은 방법으로 3개의 위치선을 구했다. 구한 세 개의 위치선을 서로 교차시켜 얻은 삼각형을 오차 삼각형이라 하는데 그 중심점이 선박의 관측 위치였다. 이렇게 대양에서 배의 위치를 알아내는 방법을 천문항법이라고 했다.

제505행복호에는 N · N · S · S[78]라고 하는 최신 위성항해 장비가 있었다. 한 시간에 한 번씩 선박 속력을 입력하면 자동으로 항해인공위성 각도를 측정하여 선위를 알려주지만 황대복 선장은 항해사라면 싸이팅[79]은 알고 있어야 한다고 고집했다. 황대복 선장은 배에서 제왕이고 선장이 까라면 까야 했다. 항해사들은 귀찮고 피곤해 했지만, 항해에 관한 것이라면 무엇이든 배워야 하는 기묵이었기에 황대복 선장의 고집은 오히려 고마운 일이었다.

지구를 남과 북으로 나눌 때 지구 표면의 중심에서 북으로 10도 간격으로 아홉 개의 선을 북위, 남으로 10도 간격으로 아홉 개의 선을 남위라 했다. 적도는 그 기준선인 제로의 선을 말한다.

제505행복호가 적도를 통과하는 날은 바람 한 점 없는 그야말로 해수면이 거울 같았다. 항해의 추진력을 디젤엔진으로 얻는 현대의 적도제 의미는 퇴색했지만, 범선 항해 때부터 이날 하루만은 휴무였다. 갑판에는 웃음이 선명한 돼지머리를 중심

78) 1950년대 개발되어 미 해군에서 1964년부터 운용한 인공위성을 이용한 전파항법 시스템.

79) 별자리의 관측.

으로 고사 음식이 차려졌고 구레나룻까지 면도한 황대복 선장과 선원들은 깨끗한 옷으로 갈아입고 해신에게 머리를 조아렸다. 선실에 틀어박혀 좀처럼 얼굴을 보기 어려웠던 황대복 선장이 선원들에게 술잔을 일일이 채워주었다. 범선시대에도 그랬다. 선장이 선원들의 건강과 안전 항해를 비는 마음은 예나 지금이나 마찬가지였다. 적도제 고사를 모시고 나자 배 생활을 처음 하는 선원들은 뱃머리로 우르르 몰려갔다. 현상금이 붙은 적도의 빨간 꼬마전구를 찾기 위해서였다.

"실통사님, 정말 적도란 것이 보이기는 보이는 겁니까?"

떼돈을 번다는 풍문에 꼬여 배를 탔다는 갑판원 갑수 씨였다. 부산 토박이로 연산동에서 술집 삐끼를 하다가 브로커에게 뒷돈을 밀어주고 승선했다고 했다. 선수 갑판으로 다가가는 기묵에게 기대에 가득 찬 목소리로 물었다. 기묵의 눈길이 갑수 씨의 얼굴을 훑고 수평선으로 돌아갔다.

"1등항해사님이 그렇다고 말씀하시니까, 있겠지."

혹시나 하는 마음에 갑수 씨는 눈을 가늘게 뜨고 수평선을 바라보았다. 맑디맑은 하늘로부터 쏟아지는 햇살이 파도 한 점 없는 수면에서 찰랑거리고 있었다. 하지만 그 속에서는 떠다니는 밧줄 한 가닥도 찾을 수 없었다. 그런 모습을 지켜보던 승선 이력이 많은 선박 사관들은 갑판에서 술잔을 만지작거리면서 지긋이 미소를 지었다.

적도를 통과하고도 이틀이 지났지만, 풋내기 선원들은 시간만 나면 뱃머리로 몰려들었다. 적도를 제일 먼저 발견한 사람에게 황대복 선장이 내건 조니워커 레드 1병이 주어지기 때문이었다. 풋내기 선원들은 그것을 먼저 차지하려고 경쟁을 벌였다. 3등항해사가 기묵에게 넌지시 알려주었다. 자신도 처음 승선했을 때 적도를 지나가며 선임 승선자들에게 깜박 속았다고 했다.

적도에서 빨간 전구 찾기는 풋내기 선원들이 수평선과 이야기하면서 바다와 친해지라는 선배 뱃사람들의 친절이기도 했다. 이날도 제505행복호에서 빨간 전구를 발견한 선원은 없었다. 풋내기 선원들 얼굴에서는 실망감이 감돌았지만 고된 일과에 치여 금새 잊혀졌다.

적도를 통과해서 남서진하는 제505행복호 선위는 어느새 북위에서 남위로 바뀌었다. 기묵은 갑판을 순찰하면서 뺨을 스쳐가는 바람에서 대기 기온이 점점 시원해져 가는 것을 느꼈다. 수평선 부근에 몰려 있던 구름 덩어리들이 점점 고도를 높이고 있었고 흘수표를 스쳐가는 바닷물의 색감도 더 짙어졌다. 그동안 보이지 않았던 이름 모를 바닷새들이 나타났다가 사라지고 어쩌다가 줄을 지어 회귀하는 철새 무리까지 관찰되곤 했다.

제505행복호 위치가 적도로부터 남쪽에 위치할수록 밤하늘의 남십자성은 뚜렷해졌다. 이따금 반짝반짝 빛을 내며 부서지는 파도 속 야광충이 남십자성과 어울려 환상적이고 아름다운 춤사위를 보여주곤 했다. 그렇게 평화롭게 항해가 이어지던 어느 날이었다. 남위 5도에서 작은 사이클론[80]이 생겼다. 사이클론은 열대 폭풍의 또 다른 이름으로 인도양 북부, 아라비아해, 벵골만에서 발생하는 것으로 열대성 저기압을 지칭했다. 열대 폭풍을 태평양에서는 타이푼, 대서양에서는 허리케인이라고 불렀다. 특히 타이푼은 한국과 일본에서는 태풍이라고 했다.

태풍은 빙글빙글 돈다고 중국에서는 구풍이라고 하기도 했는데 아랍어의 투판이란 것에서 유래되었다고 한다. 그리고 허리케인은 에스파냐어로 우라칸인데, 이것은 카리브해 연안에 사는 민족이 숭배하는 폭풍의 신 우라칸에서 온 말이다. 와락 두려움이 몰려왔지만, 다행히 남위 5도에서 생겨난 사이클론은 제505행복호 항로와는 반대 방향으로 진행하면서 벵골만을 향하여 북상했다.

제505행복호가 인도양에서의 첫 항로변경 포인트인 남위 20도 30분, 동경 58도에 있는 모리셔스를 일주일쯤 앞둔 날이었다. 모리셔스는 인도양의 숨은 보석으로 마다가스카르에서 4백 해리 정도 떨어져 있는 작은 화산섬이었다. 16세기까지는 인도양을 횡단하던 동인도회사 범선들이 오랜 항해 끝에 땅 냄새와 여자의 살 냄새를 맡으며 정박하던 힐링의 섬이었다. 그 후 네덜란드가 섬을 점령하면서 자신의 나라 왕자 이름을 따서 모리셔스라고 불렀다.

---

80) 태평양에서는 타이푼, 인도양에서는 사이클론, 대서양에서는 허리케인, 오세아니아에서는 윌리윌리라 부른다.

섬 주변 곳곳을 다양한 산호가 둘러싸고 있어 기묘한 빛깔의 바닷물 색은 세계 여러 나라의 관광객을 끌어들였다. 스노클링이나 스킨스쿠버 등 수상 레저 스포츠의 적지였다. 내륙 또한 화산봉우리들과 광활한 사탕수수밭이 어우러져 독특한 장관을 자아내고 있었다. 모리셔스는 독특한 풍광으로 알랭 들롱 주연의 프랑스 영화 <태양은 가득히>의 올 로케이션 장소가 되기도 했다. 또한 날지 못하는 새의 일종인 도도새가 살았던 곳이기도 했다.

모리셔스섬에 살다 멸종한 도도새처럼 불행하게도 부산 뱃사람 한 명이 지구상에서 사라지는 일이 발생했다. 그 끔찍하고 비참한 사건은 제505행복호에서 발생했다. 기묵이 케이프타운 해양기상국으로부터 기상예보를 수신하기 위해서 브리지에서 메인 전원 스위치를 넣고 있을 때였다. 갑판에서 청소 중이던 선원들이 갑자기 웅성거리며 급냉실 문 앞으로 몰려들었다.

기묵은 불안감을 느끼며 갑판을 내려다보았다. 뭔가 좋지 않은 일일 것이라는 예감만이 막연하게 그의 머리를 떠돌 뿐 특별히 추측될만한 다른 생각은 떠오르지 않았다. 배에서는 절대 침묵이 관습이었다. 그런데도 선원들이 웅성거린다는 것은 두 가지 중 하나였다. 몹시 급한 일이거나 아니면 매우 불길한 일이었다.

쉰 살이 넘었는데도 독신이었던 1갑원 종철 씨는 부산 용호동 토박이로 형제원 출신이었다. 자신이 어떻게 형제원에 있게 되었는지는 기억에 없다는 1갑원은 그곳에서 17살까지 생활하다 도망 나와 그 길로 배를 타기 시작했다고 했다. 남지나해에서 상어를 잡던 배를 시작으로 안강망과 젓새우 배까지 국내에서는 타보지 않은 배가 없었는데 그러다 원양어선을 타게 되었고 그 배가 마구로 배였다고 했다. 그는 부산사람답게 뒤끝이 없고 말, 행동, 표정이나 사람됨에서 바다 냄새를 풀풀 풍기는 진짜 뱃사람이었다. 다부진 몸매와 예리한 눈빛의 1갑원은 어려서부터 다랑어연승선에 승선한 뱃사람으로 갑판장이 되어도 수십 번은 되어야 했다. 그러나 항상 술이 문제였다. 그런 그가 항해사들 몰래 안줏거리를 마련하다 급냉실에서 실족을 한 것이었다.

기묵은 화가 치밀었다. 술이 마시고 싶으면 자신에게 이야기하면 선장 모르게 술을 주겠다고 그렇게 이야기를 했는데도 불구하고 사건을 만들었던 거였다. 배에서 술 관리는 1등항해사가 하지만 기묵이 1등항해사의 지시를 받아서 직접 술을 관리했기 때문이었다.

갑판장이란 직책은 선박에서 1등항해사와 함께 배에서 가장 신뢰할 수 있고 또한 충성심을 보여야 하는 선장의 왼팔과 오른팔이었다. 술을 좋아하고 술을 마시면 분별력이 없어지는 종철 씨는 책임감이 부족하다는 이유로 갑판장 진급에서 매번 제외되었다. 그럴수록 그의 주량은 늘어났다. 주사도 번번이 피워, 좁은 다랑어연승선 바닥에 이미 소문이 파다했다.

종철 씨의 능력은 탐이 났지만, 승선시키려는 회사가 없었다. 종철 씨를 보다 못한 황대복 선장이 1등항해사 시절 함께 바다에서 고생한 인연을 소중하게 여겨서 1갑원[81] 직책으로 승선시켰다. 종철 씨가 술을 마시지 않을 땐 갑판장을 능가하는 뱃사람의 기품과 뱃놈의 카리스마를 보여주었지만 제 버릇은 고치지 못하는 종철 씨였다. 얼마간 술을 마시지 않던 종철 씨가 다시 술을 마시기 시작했다.

선박의 안전사고는 술 때문에 발생하는 일이 대부분이므로 항해사들은 술 통제를 심하게 했고 종철 씨도 처음에는 황대복 선장과 승선할 때 한 언약 때문인지 술을 마시지 않았다. 종철 씨에게는 고통일 수밖에 없었으나 감수하지 못하면 1갑원으로 제505행복호에 승선할 수 없었다. 하지만 무료함을 달래지 못했다. 술은 종철 씨를 이 세상에 머물게 하는 닻이었다. 바다 깊이 놓여져 있던 닻이 사라지면 결국엔 배가 좌초하듯이 술에 통제당한 1갑원은 기묵과 다른 항해사들의 눈을 피해서 술을 마시게 되었다. 그렇게 하여서라도 자신의 표류를 멈추려 했던 것인데 모자라는 안줏거리를 마련하려고 어창으로 내려가다 사다리에서 실족하며 추락해 버린 것이었다.

급냉실 바닥에 1갑원이 널브러져 있었다. 꼼짝하지 못한 채 차가운 급냉실 바닥에 엎드려 있는 모습은 불쌍하기도 하고 한

---

81) 갑판장 밑의 직책으로 갑판장을 보조하여 선원들을 지휘 통솔한다.

편으로는 참혹했다. 기묵은 1갑원의 몸을 일으켜 세웠다. 1갑원은 이를 앙다물고 신음을 삼켜가며 일어섰지만, 앓는 소리가 절로 흘러나왔다. 기묵의 어깨에 의지한 채 걸음을 떼지 못하고 커다란 눈만 껌벅거렸다. 1갑원은 중지를 자신의 입술에 가져가며 아무 소리 말라고, 제발 아무 소리 말라고 손사래까지 쳐가며 부탁했다.

기묵은 시꺼멓게 물이 밴 1갑원이 발목이라도 삐었을까 봐 착용하고 있는 안전화와 작업용 장갑을 벗겼다. 굳은살 박힌 투박한 손과 고린내 진동하는 발이 드러났다. 기묵은 목이 꽉 메여 왔다. 1갑원의 발에는 긴 세월 동안 어로 노동으로 살아온 흔적이 가득했지만, 별다른 이상은 발견할 수 없었다. 선원들은 기묵의 지휘로 담가[82]를 만들어 호이스트[83]를 이용하며 1갑원을 침실로 옮겼다.

"사는 게 재미없어서…. 아무튼, 미안해."

평소의 1갑원답지 않은 어정쩡한 변명이었다. 1갑원은 급냉실에서 미끄러지며 바닥에 부딪힌 탓에 고르지 못한 숨소리를 내며 기묵에게 진통제를 달라고 호소했다. 아마도 급냉실에서 미끄러진 충격으로 허리를 접질렸거나 아니라면 갈빗대에 실금이 갔거나 부러졌을 것이다. 저 커다란 몸뚱이가 미끄러졌으니, 거기에다 술까지 마셨으니 근육질의 1갑원이라도 온전할

82) 환자나 물건을 실어 나르는 기구. 네모난 거적이나 천 따위의 양변에 막대기를 달아 앞뒤에서 맞들게 되어 있다.

83) 비교적 가벼운 물건을 들어 옮기는 기중기의 하나.

리 없었다. 종철 씨의 추락 소식을 듣고 황대복 선장도 선실을 찾아왔다.

"종철아, 자넨 대체 어떻게 된 사람이야? 정말 그렇게밖에 살 수 없어?"

황대복 선장의 닦달에 1갑원은 한숨을 푹 내쉬며 고개를 떨구었다.

"어인 일이세요. 약속을 못 지켜서 죄송합니다."

황대복 선장은 걱정인지 비난인지 알 수 없는 표정으로 눈만 끔뻑이고 있는 1갑원의 얼굴을 향해 담배 연기를 길게 뿜어내었다.

"진짜로 이리 살면 되겠나?"

뭔가 하고 싶은 말이 있었겠지만 황대복 선장은 우선 이 난감한 사태를 어떻게 해결해야 할지 몰랐다. 유람선이라면 모를까 원양어선인 다랑어연승선에 의사가 있을 까닭이 없었다. 배에서 1갑원에게 할 수 있는 응급처치란 진통제 몇 알을 건네는 것과 저절로 몸이 회복할 수 있도록 기다리는 것이 전부였다.

기묵이 잠을 자려고 벌써 두 시간째 눈을 붙이고 있었지만 그럴수록 의식은 더욱 또렷해졌다. 기묵은 침대에서 벌떡 일어나 방에 불을 밝혔다. 시간은 이미 열 시를 넘어가고 있었다. 어차피 새벽 당직 전에 잠자긴 틀린 것 같았다. 침대에 걸터앉아 읽다가 던져둔 무협지를 펼쳐 들었지만 눈에 들어오지 않았다. 1갑원의 병세가 궁금했다. 그러나 잠시 후 기묵을 궁지로 몰아넣은 것은 막연한 공허감이었다. 기묵은 바다를 떠돌며 살아가야 한다는 것이 얼마나 적막하고 고독한 일인가를 새삼 실감하고 있었다. 기묵은 자리를 털고 일어나 1갑원의 침실을 찾아갔다.

종철 씨는 선실의 불을 수면등까지 꺼놓고 있었다. 기묵이 선실로 들어서는데도 1갑원은 어찌된 영문인지 벽 쪽으로 얼굴을 둔 채 요지부동이었다. 아마도 이런저런 변명을 하기 싫어서 그런가보다 싶었다. 기묵은 가만히 선실의 문을 닫고 나왔다.

다음 날 1갑원은 풋과일처럼 시퍼렇게 멍이 든 얼굴에 일회용 밴드를 덕지덕지 붙이고 갑판에 나타났다. 기묵이 몸 상태가 어떠하냐고 묻자 겸연쩍은 듯 헛웃음을 허허 흘리며 괜찮다고 했다. 그런데 그날따라 다른 날과는 달리 1갑원은 기묵의 손을 꼭 잡더니, 무언가를 부탁하려는 듯 바라보았다.

"사실은 나도 몸 상태를 잘 몰라. 분명히 다치긴 다쳤는데, 기묵아 네가 보기엔 어떻냐?"

"어떠냐니요?"

그제야 기묵은 1갑원의 목소리가 평소와 조금 다르다는 느낌을 받았다. 1갑원의 목소리는 어딘지 모르게 불안하고 초조하게 들렸으며 다른 한편으로는 떨고 있는 것처럼 느껴지기도 했다.

기묵은 1갑원의 질문에 반문하며 얼굴을 바라보았다. 이상

했다. 평소 활기차고 파이팅이 넘치던 1갑원의 모습이 아니었다. 1갑원은 기묵의 얼굴을 대하자 급냉실에서 미끄러지며 바닥으로 처박히던 순간이 되살아나는지 양어깨를 움츠렸다.

"기묵아, 어제는 고마웠어."

기묵은 1갑원의 얼굴에서 두려움을 보았다. 무엇이 이 뱃사람을 이토록 무기력한 슬픔에 빠져들게 하는지 의아했다. 기묵은 무슨 말을 해주어야 좋을지, 어떻게 기분을 풀어주어야 좋을지 몰라 작게 고개만 끄덕였다. 그러다 갑자기 기묵의 뇌리에 1갑원의 말이 섬뜩하게 다가오며 자신의 손을 잡은 1갑원의 손을 통해 차가운 기운이 전해졌다. 기묵에게 하는 고마웠다는 말도 뭔가 평소답지 않는 인사말이었다. 기묵은 이상하게도 죽음이라는 단어가 떠올랐다. 기묵은 자신도 모르게 1갑원의 손을 슬그머니 뿌리쳤다.

수장된 뱃사람

사람의 운명이란 알 수가 없다. 운명은 튀어나오기 전 탄창에 넣어둔 총알과 같다. 시간이란 언덕 밑에 몸을 숨기고 있던 저격수는 목표물을 향해 망설임 없이 방아쇠를 당긴다. 총구를 떠난 총알이 목표물의 어느 부위를 가격하느냐에 따라 사람의 운명은 모습이 바뀌는 것인데 1갑원에게 날아온 총알은 정확하게 그의 심장을 관통했다.

다음 날 갑판 일과가 시작되어도 1갑원이 보이지 않았다. 그 다음 날도 보이지 않았다. 1갑원은 벌써 이틀 전부터 작업에 참여하지 않고 있었다.

"약은 먹고 있는가요?"

1등항해사가 갑판장에게 1갑원의 근황을 물었다.

"옆구리가 결린다고 해서, 그냥 며칠 더 쉬라고 했습니다."

갑판장은 별일 아니라는 듯 말했지만 차기 선장 자리를 넘겨받아야 할 1등항해사의 입장은 달랐다.

1등항해사는 황대복 선장에게 선원 통솔을 잘못한 부주의로 심한 질책을 들어야 했다. 그것은 엄청난 일이었다. 자신의 미래를 결정하는 황대복 선장의 기분을 어떤 것 하나라도 상하게 하면 안 되었다.

1등항해사가 자기 일로 선장에게 주의를 받았다는 소식은 1갑원에게도 전해졌을 것이다. 황대복 선장과 개인적으로 친분이 있다고는 하나 벼룩도 낯짝이 있는 법이다. 황대복 선장이 선내에서 술을 통제하고 있었는데 술을 직접 관리하는 1등항해사 몰래 술을 마시고 사고까지 쳐놨으니, 1등항해사 앞에 자신의 얼굴을 드러낼 수 없었을 것이다. 그러나 1갑원 본인은 알고 있었을 것이다. 자신의 병이 자꾸만 깊어지고 있고 그믐밤의 밤바다처럼 천천히 사위어 간다는 것을. 1갑원은 그렇게 자기 죽음을 향해 홀로 걸어들어가고 있었다.

사고가 발생하고 이틀은 별 탈 없이 지나갔다. 그러나 일은 사흘째 되는 한밤중에 벌어졌다. 기묵이 당직을 서고 있던 미드와치였다. 얼굴마저 새하얗게 질려버린 갑판장이 브리지로 뛰어 올라왔다.

"실습통신사, 1등항해사님은?"

해도실에서 위치를 확인하고 있던 1등항해사가 대답했다.

"무슨 일이십니까, 갑판장님."

"큰일 났습니다."

"뭐가요?"

항해 중인 선박에서 갑판장이 브리지에 나타나는 경우는 드물었다. 특히 원양어선의 브리지는 신성불가침 영역이다. 브리지란 곳은 하나님과 같은 선장이란 해신을 모시고 있는 곳이기 때문이다. 보통 선박에서는 갑판작업의 중요한 결정을 갑판장이 요청하더라도 먼저 2등항해사에게 보고를 했다. 그러면 2등항해사는 다시 1등항해사에게 보고하고 1등항해사는 선장의 허가를 받아 갑판장을 브리지로 부르거나 선내 방송을 통하여 알려주었다. 원양어선에서 브리지란 그런 곳이다. 그런 곳에, 그것도 한밤중에 갑판장이 직접 브리지를 방문한다는 것은 말하지 않아도 위급상황이었다.

갑판장이 숨을 헉헉 몰아쉬며 이야기를 했다.

"종철이가 죽을 것 같습니다."

다른 때 같으면 시끄럽다고 화를 낼 1등항해사가 갑판장의 호들갑에 목소리를 낮추었다.

"무슨 소리요? 상황을 차근차근 이야기해 보세요."

갑판장은 처음엔 꿈인 줄 알았다고 했다. 끙끙 앓는 소리에 잠이 깼는데 앓는 소리는 종철 씨의 침실에서 흘러나왔다. 이상한 예감이 들어서 침실 커튼을 걷어보니 1갑원이 토사물로 범벅이 된 채 숨을 몰아쉬고 있었다는 것이다.

1등항해사 곁에서 갑판장 이야기를 듣고 있던 기묵의 가슴도 철렁 내려앉았다. 아주 짧은 순간이었지만 1갑원의 손을 통해 느껴졌던 섬뜩함이 다시 느껴지는 것 같았다. 돌이켜보면 싸늘한 운명의 총알 같은 느낌이 머리카락을 쭈뼛 세웠던 그때, 기묵은 1갑원의 주변에서 유령처럼 어슬렁거리는 막연한 불행을 느꼈었다. 그러나 곧 그 서늘함을 떨쳐버리기 위해 고개를 세차게 저었다.

"기묵아, 선장님께 알려라."

1등항해사는 선장님에게 통보하라는 지시와 동시에 갑판장과 함께 브리지 계단을 뛰어내려갔다.

"무슨 일이야?"

잠에서 깨어난 황대복 선장도 1등항해사와 함께 선원 침실로 향했다.

선실의 통로 문을 열자, 선원들의 땀 냄새와 퀴퀴한 선실 특유의 냄새가 섞여서 밀려 나왔다.

1갑원의 머리맡 위에 있는 수면등이 선체 진동으로 가볍게 떨리고 있었고 불빛 아래에 드러난 창백한 얼굴과 각진 턱, 검게 탄 살갗 밑으로 양말을 신지 않은 맨발이 보였다. 1갑원은 머리카락이 헝클어진 채 죽음의 명령을 거부하는 듯 양손으로 머리를 쥐어뜯고 있었다. 그때마다 1갑원의 이마는 깊은 주름으로 더욱더 깊어지고, 헐떡거리는 숨결로 어깻죽지가 사정없이 들썩였다. 베갯잇은 축축하게 젖어 있었는데 그것은 1갑원이 흘린 눈물 자국이었다.

기묵은 죽음과 가장 가까워진 사내를 보고 있었다. 각진 얼굴의 어두운 그늘에 시퍼렇게 붙어있는 파도를 본 것이다. 그렇다면 언젠가는 등이 완전히 굽어진 물짐승의 얼굴도 보일 것이다. 인도양에서 마주치는 사이클론의 눈에서 세이렌의 노래도 곧 들릴 것만 같았다. 새벽 여명이 밝아오기 전 내일에서 비켜난 하루살이처럼 수면등 불빛 따라 흘러드는 비장함과 우울감이 선실 안을 떠돌고 있었다.

"종철아, 정신 차려 봐!"

갑판장이 1갑원을 애타게 불렀다.

"1갑원! 뭐 잘했다고 입을 닫고 있어. 빨리 말 좀 해봐."

1등항해사도 고래고래 고함을 질렀다.

"이러면 정말 실망할 거요!"

1갑원은 아무 대답도 못하고 끙끙 앓는 소리만 내고 있었다. 그러지 않아도 툭 튀어나온 미간이 더욱 불거져 보였다. 그런데 추락 후유증이라면 일찍부터 증상이 나타났어야 했었다. 뇌출혈이나 뇌진탕, 갈비뼈가 부러지며 허파를 찌르지 않았다고 하여도 추락의 후유증이 바로 나타났어야 했다. 하지만 벌써 일주일이나 시간이 지났다. 추락 소동으로 1갑원이 가지고 있던 기저질환 중 하나를 놓쳐버린 것은 아닐까? 기묵의 섬뜩한 추리가 이어졌다. 왜 이렇게 지독한 무력감 속으로 빠져들어가는 걸까? 이 형체도 알 수 없는 절망은 대체 어디에서 오는 것일까? 기묵은 세차게 머리를 가로저었다. 하지만 1갑원이 어창으로 추락하던 날, 자신이 머리나 가슴 주위를 만지거나 살폈을 때 특별한 증상은 없었다. 기묵으로서는 참으로 답답한 노릇이었다.

고열로 호흡이 곤란한 1갑원은 의식마저 오락가락했다. 백짓장처럼 창백한 얼굴에서 눈빛만 고통으로 붉게 변해 있었다. 그러다가 잠시 정신이라도 돌아오면 살려달라고 1등항해사에게 매달렸다.

1등항해사는 1갑원의 러닝셔츠를 벗기고 체온을 쟀다. 1갑원의 웃통은 식은땀으로 번들거렸는데 힘든 노동으로 다져진 몸이라 지방이라곤 전혀 보이지 않았다. 눈에 띄는 외상은 없었다. 그런데 바닥으로 미끄러지며 다친 곳이라 예측하기 어려운 하복부 주변이 불룩했다.

1등항해사는 망설이는 듯하다가 오른쪽 골반 쪽을 슬그머니 힘주어 눌렀다. 그러자 1갑원의 미간이 저절로 찌푸려지며 반대편으로 얼굴을 돌렸다. 1등항해사가 손끝에 힘을 더하는 것에 비례하여 앓는 소리는 점점 더 커졌다. 고통을 참는 1갑원은 목정맥이 굵게 불거지고 손등의 힘줄마저 툭툭 불거져 올라왔다.

마침내 1등항해사가 자신의 의견을 말했다.

"급성 맹장염으로 추측이 됩니다."

황대복 선장은 곤혹스러운 표정을 감추지 못했다. 그러면서 황대복 선장은 1갑원의 오른쪽 다리를 꺾어보라고 지시했다. 1등항해사는 오른쪽 다리를 높이 들어서 가슴 쪽으로 가져갔다. 악 하는 소리와 동시에 1갑원은 고슴도치처럼 몸을 움츠리며 급히 손까지 흔들었다.

"맹장이 터져서 복막으로 번진 것 같습니다."

"…."

황대복 선장도 오랜 승선생활을 한 사람이다. 틀림없이 자신도 무언가 짚히는 촉이 있었을 것이다. 갑자기 침묵과 적막이 선실을 지배했다. 1갑원의 창백한 얼굴과 1등항해사를 번갈아 지켜보던 황대복 선장은 두 팔을 가슴 앞으로 모으고 묵묵히 팔짱을 꼈다. 잠시 침묵이 흘렀다. 무언가를 결정한 듯 가장 먼저 침묵을 깬 건 황대복 선장이었다.

"통신장, 비상주파수로 케이프타운 라디오를 잡아보세요."

황대복 선장이 안타까운 표정으로 1갑원의 모습을 바라보다가 선실에서 벗어났다. 그러면서도 기묵에게는 환자의 체온을 주기적으로 체크해서 보고하라는 지시를 했다.

"지금은 39도입니다."

"맹장염 지연제와 테라마이신을 먹이고 1등항해사는 체온이 떨어지게 포도당 주사를 놔. 실습통신사, 너는 얼음찜질을 하며 고열 상태를 주시해."

맹장염에는 급성과 만성이 있었다. 만성은 선내에서 발병이 되더라도 진행상태가 느렸다. 비상 응급치료 약으로 지어온 맹장염 지연제와 항생제를 투여하면 대부분 곪은 부분이 굳어버려 자연 치유가 되는 경우가 많았고 그렇지 않더라도 병원으로 이송할 시간은 벌 수 있었다. 그러나 급성 맹장염은 발병 즉시 병원으로 옮기지 않으면 안 되었다. 곪은 주변이 복부 안에서 터지면 그대로 복막염으로 발전하여 목숨이 위태로운 상황까지 가게 된다.

기묵은 1갑원에게 무슨 일이라도 생긴다면 모든 게 자신의 잘못이라고 생각하자 현기증이 일어났다. 기묵은 이미 좋지 않은 일이 벌어질 것이라는 예감이 있었기 때문이다. 1갑원의 맹장염이 급성으로 발전했고 곪아버린 맹장이 터지며 급성복막염으로까지 갔다. 물론 그것은 분명히 1갑원 자신의 실수였다.

곰탱이 같은 1갑원은 음주의 죄책감으로 발병상태를 말하지 않고 천연덕스럽게 발병을 숨겨오다가 병을 키워 버렸다. 급성 맹장염은 이미 추락 사건이 일어나기 전부터 몸속에서 발병하고 있었기에 본인은 맹장염의 예증을 느꼈을 것이다.

1갑원은 뱃생활을 오래 해온 뱃사람이었다. 일단 배를 타고 바다로 나온 이상 第505행복호가 입항할 때까지는 방법이 없다는 걸 너무나 잘 알고 있었다. 그저 마음으로만 빨리 케이프타운으로 입항하길 바라며 통증을 참았고, 통증을 달래보려고 술을 마셨다. 그러나 안 좋은 일은 연달아서 일어나듯 1갑원의 맹장염은 공교롭게 추락사고와 겹치면서 되돌릴 수 없는 위급상황이 되어 버렸다.

황대복 선장은 이곳저곳으로 응급의료를 요청했다. 육지에서는 전화 한 번으로 쏜살같이 달려오는 119가 있다. 하지만 그건 지상에서의 응급상황이었다. 119구급대가 배로 달려온다는 것은 꿈도 꿀 수 없는 일이었다. 선내 분위기가 점점 침울하게 가라앉았다. 황대복 선장에게는 참혹했고 1갑원에게는 잔인한 현실이었다.

일본의 보안청이나 미국의 코스트 가드처럼 第505행복호 주변에 해상 응급의료지원이 가능한 시스템을 갖춘 나라가 있을 턱이 없었다. 모리셔스, 레이온섬, 마다가스카르는 코스트 가드란 개념조차 없는 빈국의 섬나라였다. 아프리카의 남아공은 너무 멀리 떨어져 있었다. 상황은 점점 안 좋은 쪽으로 진행되었고, 무선에 의한 치료 조언은 가장 가까운 항구로 입항하라는 거였으며 통증을 줄이기 위하여 온열 찜 요법을 권하는 신통치 않은 치료법에 황대복 선장은 난감하기 그지없었다. 50년을 살아오면서 편안하고 만족스럽게 눈을 뜬 적이 거의 없다는 것을 증명이나 하듯 1갑원은 다음 날 여명이 밝아올 무렵 춥다는 말만 남기고 제505행복호 선원들의 고리에서 이탈했고 자신이 출발했던 생명의 본래 자리로 돌아갔다.

2등항해사와 함께 기묵은 1갑원이 남긴 물품들을 정리했다. 소지품은 단출했다. 제505행복호에서 선용품으로 지급한 담배 몇 갑과 세면도구, 출항 전 자갈치시장에서 구매한 속옷 몇 벌과 작업복 등이 전부였다.

기묵은 1갑원의 소지품을 정리하면서 유품들로부터 고개를 돌리고 싶지 않았다. 하나하나 똑바로 기억해야 한다고 생각했다. 물론 쉬운 일은 아니었다. 하지만… 하지만 그렇게 하지 않는다면 자신이 바다를 택한 이유를 잊어버릴 것만 같았다. 1갑원 종철 씨의 유품 정리는 영원히 그의 기억 속에서 사라지지 않을 흉터였다. 50년을 밖으로만 떠돌며 살아온 1갑원의 삶은 참으로 가벼웠다. 기묵은 유품 가방의 지퍼를 채워 봉인하면서 그동안 참고 있던 울음을 터뜨렸다.

그날 밤 기묵의 침실을 찾아온 곰이 말했다.

"나는 바다에서 죽지 않을 겁니다. 그래서 1갑원처럼 비참한 뱃사람은 되지 않을 거예요. 나는 당당하고 멋진 뱃사람이 되어 부산항으로 귀항할 거야!"

1갑원의 죽음은 곰에게도 충격이었다. 기묵은 자신도 1갑원처럼 바다에서 죽을 수 있다는 것을 절감했다. 곰은 절대로 바다에서 죽지 않겠다고 분명한 말로 표현하고 있지만 그건 바다를 선택한 모든 뱃사람의 두려움이었다. 바다를 삶의 무대로 택한 이상, 자신도 1갑원과 같은 죽음에서 비껴갈 수 없다는 공포감이기도 했다.

유품 가방 정리와 함께 폭풍 속 파도 같았던 1갑원의 생은 영원으로 소멸하였다. 기묵 또한 결국 시간을 두고 이 세상에서 사라지겠지만, 1갑원이 남겨 놓은 삶의 고통은 소멸해버린 종철 씨만의 몫이 아니었다. 오히려 바람과 파도에서 서성거리는 모든 뱃사람들이 나누어 가져야 할 통점이었다. 1갑원의 죽음이 어떤 모양새로 또 다른 선원들 앞에 나타날지 알 수 없었다. 고통에 몸부림치며 기묵의 손을 잡던 1갑원의 모습이 떠올랐다. 햇빛에 거슬려 거무튀튀했던 얼굴이 고통으로 하얗게 변해가던 1갑원…. 그가 뱃사람이 아니었더라면, 만약 육지에 있었더라면, 이처럼 허망하게 죽지는 않았을 것이다.

1등항해사가 장례추진위원이 되었다. 사건이 일어났으니 마무리는 해야 했다. 1등항해사는 승선 경험이 많았던 까닭에 장례를 어떻게 집행해야 하는지 잘 알고 있었다. 1갑원을 안치하기 위해서 어창 바닥 판자를 뜯어서 대패로 밀고 사포질을 했다. 선원들은 그렇게 만든 칠성판 위에 1갑원을 누이고 갑판으로 옮겼다.

1갑원을 염하기로 한 이날은 바다가 포근하고 잔잔했다. 마치 포세이돈의 외투자락을 닮은 시퍼런 뱀이 허공을 휘젓는 것처럼 하늘과 수평선과 바다가 유난히 푸르렀다.

어창으로 추락한 1갑원이 마지막으로 내밀던 술잔처럼 허공이 저렇게 맑고 깨끗하다니, 기묵은 왈칵 눈물이 솟았다. 기묵은 푸른 하늘 아래에서 호버링 중인 군함새를 보았다. 군함새의 허기진 마음이 허공을 끌어안고 수면 위로 가라앉았다 떠오르기를 반복했다. 폭염의 망망대해에서 새로 산다는 것은 어떤 것일까, 허기진 웃음을 뱃속에 감춘 채 거친 숨결을 뿜어내는 군함새로 산다는 것은 어떤 것일까, 기묵이 이런저런 상념에 잠시 빠져 있던 그때였다. 뱃머리에 부딪힌 날치 떼들이 시퍼런 파도를 딛고 화르르 허공으로 날아올랐다. 군함새가 과녁을 향해 날아가는 화살처럼 날렵하게 강하했다.

돌이켜보니 푸르다는 것은 순정하다는 것. 진땀을 흘리며 선실 바닥을 뒹굴던 종철 씨의 마음도 느껴지고 환하게 웃던 그의 얼굴도 떠올랐다. 시절 인연이 닿아 한솥밥을 먹었지만, 지금부터는 아무도 기억하지 못하게 될 종철 씨 입가에 철썩거리던 파도 소리 닮은 웃음도 생각났다.

그랬다. 눈이 내리는 한겨울 동백나무가 동박새를 품듯 파도를 뒤집으며 다랑어를 쫓는 선원들이라면 누구인들 모를까. 주름진 이마를 찌푸리며 떠오르는 생각들이 철썩이며 되돌아가는 것은 그리움이거나 간절함 같은 것, 가슴에 번져가는 슬픔이라는 것을.

이날 따라 높은 기온 탓에 사체의 부패가 빨랐다. 빨리 염부터 해야 했다. 그러나 염을 한다고 하자 선원들은 하나둘 꽁무니를 뺐다. 살아있을 때는 격이 없던 동료였지만 막상 사체를 만지려니 꺼림칙했을 것이다. 2등항해사나 3등항해사도 뒤로 빠졌다. 할 수 없이 황대복 선장과 1등항해사, 갑판장, 그리고 1갑원과 형과 아우를 호칭했던 갑판원 만석 씨와 또다른 갑판원 갑수 씨 그리고 기묵이 참여했다.

기묵은 칠성판 주위로 휘장을 쳤다. 1갑원이 누워있는 칠성판 주변은 쏟아지는 한낮의 햇살로 환했다. 기묵은 햇살에 반사된 1갑원의 얼굴이 밀랍처럼 새하얗게 보여 순간적으로 머리끝이 쭈뼛했다. 휘장의 안은 밖과 다르게 또 다른 적막이 고여 있었다. 흰 천에 쌓여 있는 1갑원의 모습이 생경했다.

기묵은 선원수첩에서 스캔한 1갑원의 사진을 머리맡에 고이 놓았다. 사진 속 1갑원의 표정이 살갑지만은 않았다. 제505행복호 승선을 위하여 새로운 수첩을 발급받을 때 마지못해 찍은 사진 같았다. 그때 기묵은 환청같이 1갑원이 자신에게 하는 소리가 들리는 것 같았다. 1갑원은 기묵에게 자주 큰소리를 쳤다. 바다라면 자기가 침을 안 뱉은 바다가 없다고 했다. 오대양 어디를 가든 자신의 애인이 있고 그 애인이 낳아 기르는 자식들이 있다고 했다. 그만큼 오랫동안 전 세계 바다를 떠다녔으니 자신의 뒤만 따라오면 안전할 거라고 큰소리 치던 1갑원의 목소리가 들려왔다. 그가 건네는 미안하다는 말 같기도 했고 자신의 몫까지 잘 살아달라는 말 같기도 했다. 엄밀하게 말해서 그것은 오히려 기묵이 1갑원에게 하는 말일지도 몰랐다. 아니 그것은 기묵이 1갑원에게 하는 말이었다. 기묵은 자신의 마음에 힘을 더하듯 숨을 크게 내쉬었다. 하지만 긴장한 탓에 눈물은 나오지 않았다.

휘장 안에는 알코올이 가득 든 통 하나와 깨끗한 수건이 준비되어 있었다. 기묵은 황대복 선장이 즐겨듣는 카세트의 버튼을 눌렀다. 나무아미타불… 나무아미타불… 카세트에서 흘러나오는 스님의 독경 소리에 바다의 시간이 멈춰지는 듯 현실감이 서서히 사라졌다.

황대복 선장은 시바스 리갈 두 병을 내놓았다. 안주도 없는 독한 양주를 염습에 참여한 선원들에게 잔이 철철 넘치도록 따라 주었다.

"마셔라."

황대복 선장이 자신부터 한 잔 마셨다. 황대복 선장은 슬퍼하거나 고통스러워하지 않았다. 매일매일 아침에 갑판 일과를 지시하듯이 표정은 평소와 다르지 않았다. 좀체 자신의 속내를 내비치지 않는 황대복 선장의 성격이기도 했다.

황대복 선장은 선원들이 보기에 차갑거나 매정하게 느껴질 수 있었다. 하지만 선박을 지휘하고 통솔하는 처지에서 선장이 감정으로 흔들리는 모습을 선원들에게 보여줄 수는 없는 법이었다. 어기가 시작되지도 않았는데, 선내에서 발생한 사망사고는 선내 분위기를 엉망으로 만들 수 있었다. 이럴 때일수록 선장이 의연한 모습을 보여야만 했다. 무슨 방법을 쓰든 선내 분위기를 사고가 일어나기 전으로 빨리 돌려놓아야 했다. 제505 행복호 총괄 지휘자인 황대복 선장은 어떤 사태가 벌어져도 초연해야 했고, 초연할 수밖에 없었다.

"술이라면 지긋지긋해."

"너무 욕하지 마세요. 술이라면 자다가도 벌떡 일어나던 1갑원이었어요. 지금도 몰라요. 슬그머니 일어나서 술 좀 달라고 할지도요."

갑판장이 1갑원을 빗대어 말하자 갑수 씨는 자신이 그렇게 말해놓고 헐헐거리며 웃었다.

기묵은 독한 양주가 빈속으로 들어가자 삽시간에 얼굴이 벌겋게 달아올랐다. 사실 기묵은 술기운이 조금만 있어도 살갗이 근질거리며 부풀어 오르는 체질이라 술을 마시지 못했다. 겨우 맥주 한 잔이 정량이었다. 하지만 오늘따라 각성제를 먹은 듯 정신이 또렷하게 맑아져왔다.

"시작하자."

황대복 선장은 칠성판 주위로 향을 다발로 피웠다. 메케한 향 연기가 피어올라 콧속으로 스며들기 시작했다. 1등항해사가 1갑원을 덮고 있던 천을 걷어내었다. 푸르스름한 얼굴의 1

갑원은 살아있을 때보다 몸집이 줄어든 것처럼 느껴졌다. 파도가 넘쳐드는 다랑어연승선 갑판에서 뼈가 굵은 1갑원이었다. 악질상어가 이빨을 딱딱 부딪치며 펄떡이는 갑판 위를 활기차게 걸으며 선원들에게 겁쟁이들이라고 고함을 치던 1갑원은 그 어느 때보다 작아 보였다. 사후경직이 지나서 근육이 풀어진 눈은 뜬 듯 만 듯 하였고 입가에는 약간의 위액이 흘러나온 자국이 있었다.

"1갑원, 미안합니다."

1갑원의 사체를 덮은 천을 걷어내며 1등항해사가 읊조렸다. 이미 사체는 부패가 진행되고 있었다. 향을 다발 채로 피우고 있는데도 역한 냄새가 났다. 하지만 기묵은 무섭거나 두려운 느낌은 없었다.

"잘 가시요."

황대복 선장이 1갑원의 벌어진 입을 맨손으로 쓸어내리며 중얼거리듯 말했다. 벌어졌던 입이 다물어지자 그때야 1갑원이 사람들을 바라보며 고맙다고 피식 웃는 것 같았다. 저 소리 없는 웃음, 1갑원의 푸근함과 진실함이 그대로 녹아 있었다. 기묵은 저 웃음이 앞으로 고달프고 힘겨운 바다 생활에서 자신을 지켜줄 힘이 될지 모른다는 생각이 들었다.

갑판장이 1갑원의 옷을 가위로 잘라가며 벗겼다. 급성 맹장염이 복막염으로 발전한 탓인지 복부가 불룩하게 팽창해 있었지만, 몸집이 평소보다 작아진 1갑원은 아기처럼, 세상에 처음

올 때 모습을 한 채 영원의 세계로 돌아갈 채비를 하고 있었다.

기묵은 양동이에 부어 놓은 알코올로 1갑원의 몸을 공들여 닦기 시작했다. 황대복 선장은 얼굴을, 갑판장은 팔을, 1등항해사와 갑수 씨는 발바닥과 종아리를 정성 들여 닦아냈다. 나이도 어린데 죽어있는 1갑원 앞에서 조금도 위축되지 않는 갑수 씨를 보면서 기묵은 그가 육지에서 어떤 삶을 살아왔을지 짐작이 되었다. 그러나 그런 생각도 잠시, 기묵은 생명의 온기가 사라진 1갑원의 싸늘하고 딱딱한 살갗의 감촉에 눈앞이 흐려졌고 목이 말라왔다. 그는 황대복 선장이 따라준 위스키를 단숨에 들이켰다. 목을 타고 흐르는 격한 느낌에 컵을 내려놓다가 탁자 위에 놓여 있던 양주병을 팔로 건드렸다. 양주병이 구르며 탁자에서 떨어져 기묵의 발등을 찍었다. 악! 그 순간 기묵의 가슴으로부터 쏟아져나온 비명이 뜨거운 눈물이 되어 볼을 타고 흘렀다. 기묵이 흘린 눈물이 1갑원의 가슴에 떨어졌지만, 누구 하나 그것을 지적하지 않았다.

황대복 선장은 1갑원에게 자신이 입으려고 준비했던 속옷을 입혀주었다. 그 위에 이제는 홀로 떠돌지 말라고 속옷 위에 회사 마크가 선명한 유니폼을 입혔다. 그리고 붕대를 꼬아 만든 노끈으로 어깨와 가슴, 팔꿈치, 손목, 허벅지, 종아리, 발목 등 일곱 곳을 묶었다. 마지막으로 1갑원이 싱가포르 외출 때 신었던 구두를 신겼다. 마침내 염습이 끝나자 황대복 선장은 태극기로 1갑원을 덮었다.

황대복 선장은 제상을 차리게 하고 제주가 되어 선원들과 함께 고인이 된 1갑원의 명복을 빌었다. 그렇게 일련의 장례 절차가 끝나자 선원들은 1갑원의 부패를 막기 위해 냉동시설이 되어 있는 어창에 안치했다.

고요했던 바다가 다시 사나워지기 시작하면서 파도가 커졌다. 파도가 커진다는 것은 바람이 분다는 의미이다. 바람은 뱃사람에게 기쁨이기도 했고 슬픔이 되기도 했다. 무풍대에 갇혀 무한정 표류하던 범선이 있었다. 일사병으로 선원들이 픽픽 쓰러지고 더위에 정신을 놓쳐버린 선원들은 하나둘 바다로 뛰어들었다. 선원들이 해신에게 숫양의 머리를 제물로 바치며 바람을 보내달라고 빌자 마침내 늘어져 있던 돛폭이 펄럭거리기 시작했다. 절망에 빠져 있던 선원들은 발로 갑판을 쿵쿵 구르며 환희에 젖었다. 바람이다! 늙은 선장은 중얼거렸다. 바람은 이제부터 늙은 선장에게 서러움이었다. 두려움이 허옇게 흘러내리는 파도 끝에서 낡고 삐걱거리는 관절로서는 몸의 중심도 잡기 어려웠지만 사내는 목젖이 찢어지도록 외쳤다. 가자, 남쪽으로.

범선 항해 시절이나 전쟁 때에는 선박에서 사망자가 발생하면 곧바로 수장했다. 현대에도 선장이 수장할 수 있는 권한은 유효했다. 선원법 제17조는 선장의 권한 중 수장권에 관한 조항이다. 선박이 공해에 있거나 사망 시간이 24시간이 지나고 사체를 선내에 보존할 수 없거나 입항 항에서 사체의 반입을 금지할 때는 선장이 사망한 선원을 수장할 수 있으며 수장한 사체가 떠오르지 않도록 조치해야 한다고 명시되어 있었다. 그러나 시대가 바뀌고 사람들의 가치관도 바뀌었다.

대부분 유족은 한국으로 운구를 원했다. 하지만 1갑원은 일찍이 조실부모한 고아였다. 험난한 세월 이곳저곳 월세방을 전전하며 독신으로 살아왔다. 시신을 인수할 친지나 가족이 나타나지 않는다는 본사와의 며칠간 협의 끝에 장례에 관한 모든 일은 황대복 선장이 위임을 받아 수장하기로 결정이 되었다. 바다의 심연은 이 세상과 다르게 어둡고 조용할 것이다. 한평생 바다를 떠돌며 살아온 부산남자 종철 씨의 삶은 허망하기 그지없었다.

마다가스카르

제505행복호의 목적항 남아프리카 케이프타운[84] 항구는 멀었고 또 케이프타운에서는 1갑원의 시신 반입을 금지할 수도 있었다. 그리고 전염병으로 사망한 것은 아니었지만 무연고자인 종철 씨의 시신을 인수할 친족이 나타나지 않으니 수장할 도리밖에 없었다.

제505행복호의 항로에는 모리셔스[85]란 섬이 있었다. 모리셔스섬을 좌현으로 항로를 변경하고 하루를 더 항해하면 해발 3,070미터 레위니옹이란 화산섬이 나타난다. 황대복 선장은 바다로부터 까마득하게 수직 벼랑이 솟아있는 레위니옹섬[86]을 묘비석으로 삼아 4,251미터 심해 해구에 1갑원의 안식처를 마련하기로 했다.

마침내 새벽 한 시경 제505행복호 엔진이 숨을 죽이자 표류하는 뱃전에 부딪힌 물결의 파동만이 인도양 적요를 흩트렸다.

기묵은 하늘을 바라보았다. 달도 뜨지 않은 그믐밤이었다. 삼태성을 둘러싼 오리온좌가 천구의 중간에 비스듬히 걸려 있었다. 열대 해역 오리온좌는 정중하지 않고 마치 1갑원의 삶처럼 천구의 정중을 비켜나서 비스듬히 걸려 있었다. 시리우스도 보였다.

항성 가운데서도 가장 밝은 별이 시리우스였다. 늑대별이라

---

84) 남아프리카공화국 웨스턴 케이프주 주도.

85) 아프리카 동쪽 인도양 남서부에 있는 섬나라.

86) 아프리카 동부 마다가스카르섬에서 동쪽으로 850킬로미터 떨어진 매스칼린 제도에 속한 섬.

고도 부르는 시리우스는 푸른빛을 발하며 영롱하게 빛나고 있었다. 안타레스, 두베, 스피카, 리겔켄트, 알드바란…. 기묵은 새벽 천측시간에 배운 별들의 이름을 떠올렸다. 1등항해사는 항해용 항성 이외에도 50개가 넘는 별들의 이름을 정확히 알고 있었고 기묵에게도 알려주었다. 그 별들을 1갑원과 함께 바라보던 날들이 있었다. 그런 밤에는 기묵에게 자신이 살아온 삶의 조각들, 형제원 시절부터 배를 타며 떠돌았던 바다 이야기들을 꺼내놓곤 했다.

종철 씨의 이야기를 듣고 있다 보면 그의 거짓이 없는 마음이 느껴져 기묵은 자신도 모르게 깊은 한숨을 내쉬거나 눈물을 흘렸다. 힘없이 늘어뜨린 긴 팔이며 수평선 너머로 넘겨놓은 망연한 시선에서 그가 살아온 비애를 함께 느꼈다. 그러면서도 그가 지금까지 살아온 삶의 태도는 자신의 운명에 대하여 수동적인 것만은 아니라는 걸 기묵은 알 수 있었다. 자신의 지혜와 경험을 동원해 삶의 어려움을 돌파하려는 능동적인 자세였다. 그럴 때면 그런 주체적인 사내가 행복해지기를 마음속으로 기도하며 세상의 중심에서는 비켜있을지라도 자신의 삶에 혼신의 힘을 다하는 사내에게 삶의 자세를 배우곤 했다.

마침내 1갑원과 이별할 시간이 되었다. 레위니옹 화산섬을 정확히 200마일 앞둔 배타적경제수역이었다. 지나다니는 항행선은 한 척도 보이지 않았다. 다랑어연승선 우현 갑판에는 낚시에 걸린 다랑어를 쉽게 뱃전으로 인양하기 위해 해수면과 같은 높이의 현문이 설치되어 있었다. 작업이 없는 시간에는 혹시라도 발생할 선원들의 추락을 막기 위하여 막아두었던 현문을 열었다. 현문을 통해 보이는 갑판이 수평선과 수평을 이루어 바다와 좀 더 가까워졌다.

황대복 선장은 현문 앞에다 1갑원의 시신을 놓았다. 미나미 바다에서 다랑어가 피워줄 만선의 꽃도 보지 못한 채 1갑원은 현문을 통하여 시원의 자궁, 바다와 한 몸이 되려 했다. 선원들이 영면의 세계로 돌아가는 1갑원을 위해 차례로 향을 피우고 술을 따랐다. 그러는 동안 1등항해사는 제505행복호 선원들을 대표해서 자신이 직접 지은 조시를 낭송했다.

> 바다를 택한 선원이라면 왜, 라는 걸 알지
> 신천옹은 왜, 바람을 차고 비상을 꿈꾸는지
> 고래는 왜, 바다를 떠돌면서 보내는지
> 뱃사람은 왜, 혼자 울어야 하는지
> 파도는 왜, 앞 파도를 미는지
> 죽음은 왜, 자신만의 것인지

뱃고동이 연거푸 울렸다. 갑판은 삽시간에 눈물바다로 변했다. 언제나 표정이 없던 황대복 선장의 눈가에도 눈물방울이 맺혔다. 그 모습을 보고 있던 기묵은 입속이 바싹바싹 마르는 것 같았다. 황대복 선장이 지내왔던 바다에서는 이미 죽고 사는 문제는 아무것도 아니었으리라고 기묵은 생각했다. 그동안 그렇게 위대하게 보였던 황대복 선장이 오늘 밤엔 왜 저리도 애처로이 느껴지는지….

"렛고."

황대복 선장의 지시로 선원들은 1갑원을 안치한 칠성판을 현문 밖 바다로 밀어 넣었다. 1갑원은 50킬로그램 침강용 침자에 의해 심연으로 재빨리 가라앉았다. 모든 건 순간이었다. 1갑원이 심연으로 사라진 해면에는 몇 방울의 물거품이 부글거렸다. 이제 1갑원은 봉인된 해저 바닥에서 해수면 위를 떠다니며 번성하는 모자반 숲을 가로지르는 햇살이라든가, 춤추는 노무라깃해파리와 자신의 생을 꿰뚫고 푸름으로 물든 바다를 바라만 볼 것이다. 그렇게 지나가는 시간은 결국 아득해질 것이다. 자신이 지닌 적멸의 슬픔과 적멸의 위로, 마침내 적멸의 기쁨까지도.

기묵은 인생이 허무하게 느껴졌다. 시간을 다시 되돌릴 수만 있다면 그깟 술이 무슨 문제이겠는가. 1갑원이 마시고 싶은 주량만큼 양껏 술을 지급할 것이었다. 술을 훔치려 어장에 접근할 마음이 들지 않도록 소주를 상자째 침실로 밀어 넣어줄 것이다. 1갑원이 심연의 깊은 어둠 속으로 사라지자 한동안 텅 빈 적막감만이 제505행복호 갑판을 배회했다. 그렇다고 해서 마냥 바다에 떠 있을 수만은 없었다. 항해하던 배는 계속해서 항해를 이어가야만 했다. 제505행복호 마스트에서 재차 뱃고동이 울렸다.

배는 희망봉을 향하여 전속으로 달리기 시작했다. 항해 당직을 마친 기묵은 윙브리지 아래쪽 통로에 마련된 나무의자에 등을 기댄 채 넋을 놓고 있었다. 수평선 너머로 넘어가는 저녁노을이 좋았던 까닭이다. 그때 켜 놓은 작은 카세트에서 툭툭 드르르 툭툭 드르르 딩동댕동 댕댕댕 전주가 흐르더니 이름 모를 가수의 쇠를 긁는 듯한 노랫소리가 들려왔다. 가슴에 작은 구멍을 뚫려 있어 그곳으로 뱃속의 창자를 끄집어내는 듯한 목소리였다. "소쩍새 울먹인다. 세상 것들 아무리 모여도 감당 못할 소쩍새 울먹인다. 뒷산 갯골 죽지 않고…" 이렇게 노래할 때까지는 그냥 그랬다. 이후 "남몰래 어둠을 쓸어 내지르는 소리 하얗게 이고 물 마른 몸 겨우 세워 일어서는 불꽃…"으로 이어졌다.

기묵은 그 노랫가사를 들으며 부산 송도로 순간이동을 해서 천마산 꼭대기에서 울고 있는 소쩍새 소리를 들었다. 자신도 모르게 눈물이 흘러내렸다. 눈물이 무슨 폭포수처럼 얼굴을 타고 흐르는데 멈춰지지 않았다. 결국 그냥 엉엉 소리내어 울고 말았다. 그런 와중에도 기묵은 부산항을 벗어나며 너희는 뱃놈이라고 소리치던 1갑원의 얼굴이 떠올랐다.

"삶이 저렇게 허망한 거라면, 인생이 고난의 연속이라면, 하루를 살더라도 아름답고 즐겁게 살겠다."

기묵이 자신도 모르게 중얼거리는 사이 해면은 고요해졌고 1갑원이 마지막으로 남겨 놓은 물결의 파문도 사라졌다. 오대양을 헤집으며 만선의 기쁨으로 땀 흘리던 1갑원의 육체는 기꺼이 플랑크톤의 밥이 될 것이고 이곳을 지나가는 다랑어연승선 갑판에 유령이 되어 찾아올 것이다. 그리고 브리지로 다가와서는 인도양을 거쳐 출어하거나 입항하는 선원들에게 떨리는 목소리로 물어볼 것이다.

"이보게, 제505행복호는 만선을 했는가?"

음복으로 마신 술에 취기가 올라온 것인지, 자신의 감정에 취한 것인지, 가슴 밑바닥에서부터 차오르는 슬픔을 느끼며 기묵은 꺼이꺼이 울음을 토해냈다.

"가자."

황대복 선장은 1등항해사에게 항해할 것을 명령했다. 1갑원의 갑작스러운 죽음으로 선내 분위기가 무겁게 가라앉았다. 선원들은 죄인이 된 것처럼 서로 마주쳐도 먼저 입을 열지 않았다. 하늘도 부산 뱃사람 종철 씨의 죽음을 슬퍼하는지 때를 맞춰 수평선에 널려 있던 비구름이 갑판으로 몰려들며 굵은 빗방울을 뿌려댔다. 저기압이 아프리카 서편 대서양에서 남위 30도를 따라 중심기압 978헥토파스칼[87]의 한랭전선을 달고 동진하고 있었는데 시간이 지나면 아프리카 동편의 고기압과 모리셔스 부근 해상에서 충돌할 것이었다.

이미 기상악화의 징조는 며칠 전부터 있었다. 저녁놀이 절

87) 기상학에서 사용하는 기압의 단위 1pa는 1m의 넓이에 1N의 힘이 작용할 때 압력을 말하며 1hpa의 100pa이다.

벽 같았다. 수평선이 급하게 어두워지며 아득해지곤 했다. 하루를 몽땅 끌어와 순식간에 불타는 바다는 제505행복호를 난파로 인도하는 악마의 전초병 같았다.

황대복 선장도 이제 와선 어쩔 수가 없었다. 무조건 폭풍을 돌파하는 수밖에 다른 방법이 없었다. 예상기상도에는 등압선으로 뭉쳐져 있는 저기압이 아프리카의 나미비아쯤에서 제505행복호 뱃머리를 마주 보고 서 있었다. 바람의 방향도 인도양에서는 북동풍이던 바람이 좌회전하면서 북풍으로 바뀌어 불기 시작했다. 파도 소리와 함께 브리지 창문을 두들기는 바람은 마치 이카로스가 날기 위해서 이를 앙문 듯 윙윙거렸다. 기묵은 수평선을 쳐다보며 깊은 고민에 빠져 있는 황대복 선장의 눈길에서 어떤 심상찮은 기미를 엿보았다.

불시에 기묵의 가슴이 덜컥 내려앉았다. 큰누님이 미국으로 떠나고 난 후부터 생겨난 버릇이었다. 어린 시절부터 기묵은 주변의 상황이 긴장되는 것을 그렇게 싫어했다. 싫어했다기보다 두려워했다. 그런 분위기에 노출되면 자기도 모르게 가슴이 덜컥덜컥 내려앉곤 했다. 그렇게 믿고 따르던 큰누님이 어느 날 갑자기 기묵을 떠나버린 후유증 때문이었다.

마다가스카르와 아프리카대륙 사이에 있는 해협을 모잠비크해협이라고 한다. 해협에는 아굴라스해류[88]라는 바닷물 흐름이 북에서 남으로 3노트 속력으로 흘렀다. 모잠비크해협은

88) 남대서양의 서풍피류와 아프리카 남동 연안을 흐르는 해류.

인도양과 대서양이 만나고 남빙양에서 심해류를 타고 흘러온 차가운 바닷물이 솟구치는 바다였다. 대서양과 인도양의 바람이 아프리카대륙에 부딪히며 소용돌이치는 인도양의 날씨는 그야말로 변화무쌍했다.

그 바다를 사람들은 악마의 바다라고 불렀다. 오죽했으면 희망봉이란 이름을 가진 곳이 생겼겠는가? 제505행복호가 저기압 속에서 흔들릴수록 인도양은 자신의 본래 모습을 보여주었다. 기묵의 몸도 선체의 롤링으로 흔들리기 시작했다. 그동안 기묵이 지니고 있던 아프리카적 기대감을 부수어버리기라도 하듯, 1갑원의 어처구니없는 죽음에 분노라도 하듯, 폭풍은 거세게 불어오며 풍향기를 찢어발겼다.

"바람이 많이 불어올 거야. 모든 출입구를 밀봉하고 선원들은 선내에서 외부 출입을 삼가 시켜."

황대복 선장이 예측한 대로 날씨는 점점 나빠졌다. 기압계 수치가 뚝뚝 떨어지자 바람은 세기를 더하고 파도는 높아질 대로 높아져 골과 골 사이가 깊어졌다. 어쩌다 몰려오는 파도 주기를 타지 못하면 선체가 중심을 잃고 심하게 기울어졌다. 그럴 때마다 당직을 서던 선원들은 좌현 귀퉁이에서 중심을 잃고 우현 귀퉁이로 튕겨 나갔다.

그러나 바다에서 잔뼈가 굵은 황대복 선장은 노련했다. 제505행복호 중심을 파도에 뺏기지 않도록 조타 지시를 했다. 황대복 선장은 브리지에서 롤링에 몸을 좌우로 흔들며 장승처럼 버티고 있었다. 황대복 선장이 혼잣말로 중얼거렸다.

“987헥토파스칼이란 말이지, 이거 된통 걸렸는데.”

“선장님, 그럼 피항입니까?”

“응, 아무래도 피항을 해야겠어. 기관실에도 메인 엔진 상태를 잘 유지하라고 해.”

황대복 선장은 평소와 마찬가지로 웃음기 없는 표정으로 지시를 내렸다. 황대복 선장의 포커페이스는 늘 존경스러웠다. 그러면서 대단한 사람이라는 생각을 떨칠 수가 없었다. 사람이 희 · 노 · 애 · 락을 표현하지 않는다는 것은 바보이거나 경계를 넘은 사람일 것이다. 물론 30여년간 원양어선 생활에서 많은 죽음도 봤을 것이며 숱한 죽음의 고비도 넘겼을 것이다. 하지만 사람인 이상 감정이란 것이 있을 법 한데도 일말의 감정노출조차 금하는 절제력과 카리스마가 선원들이 황대복 선장을 믿고 따르게 하는 힘이 아닐까 싶었다.

“기묵아, 변침코스 270도.”

황대복 선장은 피항 나침반 방향을 지시하고 기압이나, 바람의 방향과 힘에 변화가 생기면 보고하라며 브리지를 내려갔다. 기묵은 1등항해사에게 궁금증을 물었다.

“선장님이 바람 불 것 같다고 말씀하셨는데 987헥토파스칼이면 어느 정도 바람이 부는 겁니까?”

1등항해사는 담배를 붙여 물더니 입을 열었다.

“네가 처음이라서 잘 모르는데 선장님이 태연한 척 말씀하

셔도 속으로는 덜덜 떨고 있을 거다. 뱃사람들은 이런 날씨를 황천이라고 해. 뷰우포트[89] 풍력계급으로 9~10에 속하는 30M/SEC 이상 바람이 불어오는데 바람을 정면으로 맞으면 사람도 똑바로 서 있지 못하니 바람에 날려가지 않도록 기묵아, 너도 조심해라."

1등항해사는 담배 연기를 기묵의 얼굴에 훅하고 뿜어냈다. 그런 행동으로 보아 1등항해사도 잔뜩 긴장하고 있었다.

"독하기로 이름난 양반이 피항한다고 항로변경을 다 하니, 아무튼 조심해야 해. 이곳 바다가 괜히 악마의 바다라 불리며 곶의 이름이 왜, 희망봉이겠나. 잘 생각해봐라."

그랬다. 희망봉이란 이름이 붙은 곳은 세계에 단 두 곳밖에 없었다. 한 곳은 남미 최남단에 있는 케이프 혼[90]이라고 했다. 흰 수염 노인의 정원이라는 별칭을 가진 드레이크해협[91]은 파도의 높이가 50미터가 넘을 때도 있었다. 그런 바다에서 드레이크해협을 150톤이나 200톤급 범선으로 항해하다가 육지를 발견한 기쁨이 바로 희망이었다고, 왜 그렇게 안 불렀겠냐며 1등항해사는 말했다. 또 한 곳의 희망봉은 이곳인데 복잡하게 얽혀 흐르는 해류와 지형의 영향으로 삼각파도나 사각파도가 일어나기 때문이라고 설명해주었다.

89) 프란시스 뷰우포트가 제창한 풍력계급으로 지상 약 6~10미터 풍속 0~61.2미터퍼세크를 18계급으로 구분한다. 보통 풍력계급 8이상을 태풍이라고 한다.

90) 칠레령 혼섬의 남쪽 끝에 있는 곳.

91) 남아메리카의 남단과 남극대륙 사이의 바닷길로 대서양과 태평양을 연결해준다.

"삼각파도란…"

1등항해사는 한참 뜸을 들이다 목이 타는지 생수병을 통째로 들이켰다. 파도가 뾰족하게 삼각으로 생겨서 삼각파도라 부르는 것이 아니라며 1등항해사는 갑자기 기묵에게 질문을 던졌다.

"내가 너에게 알려준 것 같은데 파도의 방향을 어떻게 정하는지 아나?"

"예, 바람은 불어오는 방향, 해류는 흘러가는 방향, 파도는 몰려오는 방향을 표시한다고 1등항해사님이 알려주셨습니다."

1등항해사의 얼굴이 밝아졌다.

"그래 잘 기억하고 있구나. 대부분 파도는 불어오는 바람 방향과 일치하지만, 삼각파도는 바람과 해류 그리고 알 수 없는 어떤 복합적 영향으로 파도 방향이 없다는 것이다. 다시 정리하면 바람은 뱃머리에서 오는데도 파도는 선수, 선미, 좌현, 우현에서 동시다발적으로 몰려오기에 삼각파도란 이름이 붙었다. 삼각파도에 걸리면 황천에 사용하는 항법인 히부 투[92]나 스커딩[93]을 할 수가 없어 브로칭 투[94]가 된 배가 중심을 잃고 침몰할 확률이 거의 90퍼센트에 육박해. 그래서 경험 많은 선

---

92) 뱃머리를 풍랑 쪽으로 향하게 하여 조타가 가능한 최소의 속력으로 전진하는 방법.

93) 황천에서 사용할 수 있는 조선법의 하나이며 풍랑을 선미 사면으로 받으며 파도에 쫓기는 자세로 항주하는 방법이다.

94) 선박이 파도를 선미로 받으며 항주할 때 선체 중앙이 파도의 마루나 파도의 오르막 파면에 위치함으로 급격한 선수 동요로 선체가 파도와 평형하게 놓이는 현상.

장님도 일찌감치 피항을 선택한 것이다. 삼각파도에 걸린 배는 믹서에 넣은 과일 조각이라고 생각하면 된다. 희망봉 앞에서 삼각파도에 걸렸다가 침몰한 대항해시대 범선이 300척도 넘는다는 기록이 있어. 옛날 뱃사람들이 삼각파도에 걸려 죽음의 문턱을 서성거리다가 육지가 보이니 희망이란 지명을 왜 안 썼겠나. 아무튼, 너는 귀중한 경험을 하는 거다."

그런데 삼각파도보다 더 무서운 것은 사각파도였다. 사각파도는 방향이 없었다. 그러니 어느 방향으로 뱃머리를 잡아야 할지를 몰랐다. 역사 이래 사각파도가 있다는 것도 근래에 발견이 되었다. 사각파도에 들어간 배들이 모두 침몰하였기 때문에 사각파도가 있는 줄도 몰랐다가 인공위성의 발달로 그 실체가 사진에 담기게 되었던 것이다. 바다가 두부의 모판이라면 사각파도는 파도가 사각으로 반듯하게 잘라놓은 두부처럼 보이는데 지금까지 사각파도에 휩쓸렸다가 탈출한 배는 한 척도 보고되지 않고 있었다.

제505행복호는 저기압 중심을 피하려고 일찌감치 피항 항로를 선택했다. 그렇지만 악마의 바다라는 명칭답게 이름값을 톡톡히 하고 있었다. 날이 어두워지자 비바람은 더욱 거칠어졌다. 방향도 없이 몰려드는 비바람은 백상아리가 딱딱거리며 이빨을 갈아대는 파열음처럼 해면을 날카롭게 훑어갔다. 갑판은 현문을 넘어온 바닷물로 넘쳐났다.

황대복 선장의 선택은 탁월했다. 그러나 바다 상황이 기상도에서 예상한 세기를 빗나가고 있었다. 전혀 예기치 못한 일이었다. 바다에서 폭풍을 방해할 것은 아무것도 없었다. 세상이 온통 파도 속이었다. 만선의 희망은 이제 먼 이야기였다. 죽고 사는 문제가 코앞이었다. 황대복 선장은 선장 의자에 앉지도 못한 채 뱃머리에 눈길을 고정했다.

기묵은 벌떡 몸을 일으키며 눈을 떴다. 누군가가 자신의 어깨를 심하게 흔들고 있었다. 나빠지는 날씨에 잔뜩 겁을 먹은 곰이었다. 평소 기묵은 곰의 분위기에서 두려움보다 어떤 외로움 같은 것을 자주 느껴왔었다. 하지만 곰 역시 기묵만큼 1갑원과 친했던 까닭에 1갑원 종철 씨의 수장 사건으로 정신적 충격을 받은 것이 분명했다.

그 일 이후 곰은 유독 기묵에게 의지했다. 기묵은 곰의 신뢰감이 고마울 뿐이었다. 이날 밤도 마찬가지일 터였다. 곰이 기묵에게 하고 싶은 말이라는 것이 수장한 1갑원과 관계가 있는 것인지 어떤지는 알 수 없는 일이었지만 기묵을 찾아온 동기가 어떤 것이든, 그리고 곰의 이야기가 어떤 것이 되었든, 이때만은 기묵으로서도 곰을 다른 날처럼 마음 편히 맞이할 수가 없었다. 폭풍을 피해 피항 중인 급박한 상황이었다.

"무슨 일이야?"

"배도 많이 흔들리고 마음도 무겁고 해서요."

곰은 머리를 긁적거리며 선실 바닥에 퍼질러 앉았다. 그러면서 기어들어가는 목소리로 말했다.

"1갑원 생각이 많이 납니다. 그놈의 술만 아니었어도 우리 인연이 이토록 허무하게 끝나지는 않았을 터인데 말입니다. 정신을 차리고 보니 뱃놈 일이라는 것이 허무하기 그지없어요."

"나도 네 마음과 같아, 그러니 너무 슬퍼하지 마. 종철 씨가 그렇게 될 줄 누가 알았겠나? 그건 신의 영역이야. 그냥 해신이 배가 고파 밥숟가락을 들었는데 불행하게도 밥그릇 안에 1갑원이 있었던 거지. 그러고 보면 나나 너나 종철 씨하고 아주 친했는데…. 부산 토박이라고."

"그러게요."

그런 와중에서도 바다는 미쳐 날뛰는 야생마처럼 변해갔다. 화이트아웃과 블랙아웃이 번갈아 발생했다. 브리지에서 내려다 보이는 바다의 원근감이 사라졌다. 브리지 선회창도 쏟아지는 빗물과 퍼붓는 파도를 걷어내기엔 역부족인지 윙윙거리는 소음을 내며 돌아가다 서기를 반복했다. 1등항해사는 조타륜을 껴안듯 상체를 앞으로 기울인 자세로 시야를 확보하느라 안간힘을 썼다.

"이러다 조난하겠는 걸!"

파도가 브리지 유리창을 때리고 지나갈 때마다 어깨를 움찔거리던 1등항해사가 신음처럼 내뱉었다. 그건 두려움이자 고통이었다. 기압이 뚝뚝 떨어졌다. 시간당 6밀리바였다. 기압이 떨어지는 속도로 판단하면 저기압은 기상예보보다 훨씬 위력이 강력했다.

풍향풍속계의 풍속이 20미터/SEC, 30미터/SEC, 40미터/SEC까지 올라갔다. 성난 포세이돈처럼 해일 같은 파도가 뱃머리를 덮쳤다. 바다는 그야말로 아수라장이 되어버렸다. 파도에 뱃머리를 세우느라 제505행복호 항해사관과 기관사관은 안간힘을 쏟아붓고 있었다. 만에 하나 파도에 뱃머리를 빼앗긴다면 다같이 수장된 1갑원을 따라가야 할 판이었다.

밤이 되자 다시 폭풍이 광분하기 시작했다. 인도양 바다가 살아서 꿈틀거리는 것 같았다. 바람에 파도가 날리면서 음산한 소리를 내며 뱃머리에서부터 선미까지 물바다를 만들고 있었다.

선원들은 누가 먼저랄 것도 없이 약속이나 한 듯 선실에서 중심을 잡으려 허우적거렸다. 그러나 바람은 힘을 더해가며 몰려오고 있었다. 7미터 8미터 9미터…. 파도 역시 계속해서 키를 키우고 있었다. 폭풍은 마치 살아있는 생명체처럼 집요하게 제505행복호를 압박했다. 뱃머리가 빠져나갈 곳은 한 군데도 없었다.

마침내 10미터 높이의 파도가 제505행복호를 강타했다. 전장 55미터를 넘어가는 배가 이리저리 파도에 미끄러지며 엿가락처럼 휘어졌다. 상상도 할 수 없는 일이었다. 10미터! 말로는 도저히 표현할 수 없는 파도였다. 바다 전체가 커다란 벽이 되어 밀려왔다. 엔진을 풀 속도로 하여도 파도의 힘 때문에 배는 제자리에서 부르르 떨기만 했고 선원들은 선실에 머리를 묻고 바들바들 떨었다. 그래도 황대복 선장은 표정 하나 변하지 않았다. 아무리 바다가 발광을 한다 해도 끄떡없다는 당당함이 어금니를 앙다문 표정에서 묻어났다.

먼 옛날 그린란드를 찾아 얼음 바다에서 블리자드[95]를 헤치던 바이킹의 왕 붉은 수염 에리크[96]의 표정이 그러하였을까. 황대복 선장에 대한 무한 신뢰는 브리지 당직자들에게 믿음을 주었고 두려움 속에서도 침착함을 유지할 수 있게 했다. 그때 10미터가 넘어 보이는 거대한 물 덩어리가 악마의 망토처럼 뱃머리를 덮쳤다.

"꽈르릉."

기압계 지침이 987밀리바에서 멈추었다. 제505행복호는 마침내 폭풍의 눈에 든 것이다. 바람과 파도가 일순간에 조용해졌고 고요가 찾아왔다. 눈이 부시도록 푸른 하늘이 보이며 구름조차 보이지 않았다. 폭풍의 눈에 들어가면 어떻다고 말만 들었지, 직접 경험할 줄은 몰랐다. 그렇다고 안심하기는 일렀다. 폭풍의 후면이 다가오기 때문이다. 대부분 난파는 태풍의 후면에서 발생했다. 바람이 북서풍으로 바뀌며 또다시 파도 조각이 쇠망치처럼 브리지 유리창을 두드렸다. 유리창 위에다 안전 유리창을 이중으로 붙여놓았지만 언제 부서질지 몰랐다. 강한 파도와 바람에 유리창 자체가 브리지 안으로 불룩

95) 남극 빙판에서 불어오는 맹렬한 강풍을 뜻한다.
96) 초기 바이킹 시대의 개척자.

하게 밀려들었기 때문이다.

제505행복호는 크레타섬[97]의 왕 미노스가 만들어 놓은 미궁 속에서 미노타우로스[98]에게 쫓기는 아테네 시민들이 탄 마차였다. 산더미 같은 파도가 좌현 선실 벽을 때리고 동시에 선미 갑판에 물폭탄을 쏟아부었다. 미처 고정하지 못한 선내 기물들이 이리저리 우르르 몰려다니고 주방에선 식사조차 준비하지 못했다. 식사가 끊어지자 선원들은 궁여지책으로 생라면을 씹어먹거나 물로 허기를 때웠다. 연거푸 뱃전을 강타하는 파도소리가 지옥문이 열리는 소리처럼 수밀로 봉한 선내에서 공명을 일으키며 울려 퍼졌다.

파도와 바람은 사흘 동안 몰아쳤다. 그러는 동안 황대복 선장과 1등항해사는 조타기와 텔레그래프[99]에 붙어서 감항성을 유지하려고 사투를 벌였다. 능숙하게 파도에 뱃머리를 세웠다가 파도 골을 따라 항해하는 기술은 황대복 선장과 1등항해사 그들밖에 없었다.

당직 시간이 되어도 기묵이 할 수 있는 일이란 아무것도 없었다. 그저 브리지 유리창을 덮치는 산더미 같은 파도에 두 눈을 질끈 감는 일이 전부였다. 기묵은 생각했다. 폭풍이 사람을 괴롭히는 것이 해신의 심술은 아니겠지. 자신의 기를 꺾어서 고분고분하게 만들려는 것일까? 아니야, 아닐 거야. 바다도 내

97) 지중해 동부, 에게해 남부에 있는 그리스령 섬. 크리티 섬이라고도 한다.
98) 그리스 신화에 나오는 반인반우의 괴물.
99) 선박의 속력을 조정하기 위해서 기관실과 신호를 주고받는 장치.

가 풋내기인 것을 알고 그러는 건 정말 아니겠지. 기껏 이 정도에 내가 고분고분해질 거라곤 믿지 않을 거야. 그래, 어차피 시간이 흘러가면 폭풍은 사라지고 파도도 힘을 잃을 거야. 당황하지 말자. 두려운 모습을 지워버리고 차분한 모습만 보여줘야 해. 기묵에게는 두 다리에 힘껏 힘을 주며 바다를 노려보는 것만이 할 수 있는 일의 전부였다.

바람과 파도는 삼일 밤과 낮을 몰아친 후 거짓말처럼 사라졌다. 그렇다고 해서 상황이 아주 좋아진 것은 아니었다. 황대복 선장은 상황을 완전히 파악하기 전까지 긴장을 늦추면 안 된다고 말했다. 바람이 잦아들었지만, 뒤따라오는 파도는 여전했고 삼각파도마저 사라지지 않고 있었다. 정신을 겨우 수습한 2등항해사와 3등항해사가 조타에 가세했다.

다시 하루가 지나갔다. 황대복 선장이 안도의 숨을 내쉬었다. 폭풍 속 브리지에서의 무지막지했던 기묵의 긴장감도 조금씩 풀려가던 그때, 수평선 멀리 거뭇거뭇하게 육지가 그 모습을 드러내기 시작했다.

기묵은 황대복 선장이 브리지에 있다는 사실마저 잊은 채 소리쳤다.

"야, 희망봉이다!"

하지만 그곳은 희망봉이 아니라 포트엘리자베스[100]였다.

---

100) 남아프리카공화국 이스턴 케이프주에 있는 도시.

케이프타운

30마일, 10마일, 7마일.

기묵은 브리지 유리창을 열고 수평선 너머를 바라보았다. 갯내에 뒤섞인 바람이 후끈하게 뺨을 스쳤다. 땅 냄새와 함께 불어오는 바람이 풍향기를 펄럭이게 했다. 풍향기가 펄럭이며 내는 소리는 세렝게티공원[101]의 누 떼가 초원을 달리는 소리처럼 들렸다. 바람에서 누우 떼의 배설물 냄새가 맡아졌다. 그렇게 폭풍이 사라지니 살 것 같았다. 뱃사람이라면 피해 가지 못할 폭풍이겠지만 다행히 바람이 잦아들었다.

항해하다 보면 가끔 수평선에 올망졸망 늘어선 구름을 육지로 착각할 때가 있지만 분명히 육지였다. 기묵은 자신도 모르게 낮게 소리를 질렀다. 오랜 항해 끝에, 폭풍 끝에 육지가 보였다.

1등항해사는 서둘러 황대복 선장에게 보고했다. 육지가 확인된다는 보고에 휴식을 취하던 황대복 선장이 브리지에 나타났다. 선장 의자를 찾아 앉는 황대복 선장은 황천 피항에서 기력을 모두 소진한 탓인지 다른 사람처럼 보였다. 구부정한 허리와 힘없이 늘어뜨린 팔은 유달리 튀어나온 광대뼈는 폭풍 속에서 조타를 지휘하던 황대복 선장이 맞나 싶을 정도로 안쓰러웠다. 얼마나 마음을 옥죄었을지 얼굴만 봐도 알 것 같았다.

도망 갈 꿈도 꾸지마! 폭풍 안에서 악마가 외쳤다. 그러나 황대복 선장과 1등항해사는 필사적이었다. 폭풍의 마수로부터

101) 아프리카 탄자니아에 있는 국립공원.

선원들을 지켜야 할 책임과 의무가 그들의 어깨 위에 있었다. 히부 투를 할 것인가, 아니면 폭풍과 정면 승부를 내야 할 것인가. 기묵은 몰려오는 파도를 묵묵히 바라보고 있던 황대복 선장의 얼굴을 보았다. 늙고 주름진 얼굴에서 흐른 땀이 짧은 목선을 타고 흘러내렸다. 바다에서 만난 불운도 그것이 자신의 운명이라면 아름다울 수 있는 것. 자연 앞에서 인간은 그저 작은 하나의 점 같은 것. 버둥거린다고 피해질 일이 아니었다. 움켜쥔 눈물이 자신의 불행이라면 버려야 할 것이다. 무너져 가는 창백한 나의 영혼이여! 폭풍 속의 악마여! 오늘만큼은 내가 승리자다. 기묵은 황대복 선장의 옆모습을 곁눈질하며 마음속으로 외쳤다.

제505행복호가 육지와 가까워지자 바람은 힘을 잃어버리고 선들바람으로 바뀌었다. 육지의 윤곽들이 더욱 뚜렷해졌고 싱가포르항을 떠난 뒤 잊어버렸던 열대지방 특유의 향기가 코끝에서 감돌았다.

윙브리지로 나선 통신장은 카메라 줌으로 해안선 풍경을 끌어당기느라 부산했다. 육지가 보인다는 소식이 선내를 한 바퀴 돌자, 1갑원의 죽음에 낙담하고 있던 선원들도 하나둘 갑판으로 얼굴을 내밀었다. 선원들 무리에 섞여 있던 곰이 기묵을 발견하곤 엄지손가락을 치켜세웠다. 다랑어연승선에 승선하기 전까지 영도 중리라는 섬에 갇혀 살아왔다고 투덜거렸던 곰이었지만, 긴 항해 끝에 보이는 섬은 곰에게도 반가운 모양이었다.

"3마일 연안까지 붙어 항해하자."

황대복 선장은 1등항해사에게 연안으로 근접할 것을 지시했다. 모잠비크해역에서부터 흘러내려오는 아굴라스해류에 편승하자는 의미였다.

아굴라스해류는 유속이 3노트에 이르는 강한 해류였다. 아프리카 동부 해안과 마다가스카르의 중간에서 남아프리카 최남단 방향으로 흐르는 해류였다. 한국에서 미국으로 가는 비행기가 제트기류를 타고 날듯이 바다에서는 항해하는 곳의 해류를 이용했는데 우리도 아굴라스해류를 이용하자는 황대복 선장의 지시였다.

황대복 선장의 지시를 받은 1등항해사가 기묵에게 눈짓으로 신호를 보냈다.

"연안 3마일, 떨어져서 항해하겠습니다."

기묵은 1등항해사에게 훈련받은 대로 큰소리로 황대복 선장의 지시를 복창했다. 흐트러짐 없는 브리지 당직자로서의 태도였다. 표정이 없는 황대복 선장 얼굴에 놀랍게도 엷은 미소가 스쳐 갔다. 기묵이 1등항해사에게 제대로 일을 배우고 있다는 의미였다.

아굴라스해류에 편승한 제505행복호는 빠르게 남아프리카 해안으로 접근했다. 해안선과 근접한 연안은 요동치며 난장을 부렸던 파도가 이미 힘을 잃어 잔잔한 너울로 변해 있었다. 바다는 페르시아 융단처럼 부드러웠다. 그러나 해안선은 상상하던 아프리카 풍경과는 너무 달랐다. 그야말로 단조롭고 황량하다는 표현이 딱 들어맞았다. 바다에서 바라보는 육지는 아프리카나 아메리카나 부산항이나 멀리서 보는 윤곽은 비슷했다.

어느 틈엔가 부비새가 배꽁무니를 따라왔다. 뱃전 주변을 빙빙 돌다 배에서 가장 높은 곳인 마스트 끝에 앉았다 날았다를 반복했다. 마치 우크라이나 저격병이 러시아군을 노리고 마이크로스코프 조준경의 눈금을 이리저리 돌려 조정하듯이. 깃의 끝이 희고 발이 붉은 것으로 보아 붉은발부비새였다. 새가 배를 따라오는 이유는 배와 그 배를 타고 있는 뱃사람들이 좋아서가 아니다. 배가 항해를 하면 주변의 날치가 배의 진동에 놀라 수면 밖으로 날아오른다. 부비새는 그때를 노리는 것이다. 전장 속의 스나이퍼 총알처럼 상대방의 목숨을 저격해 자신의 목숨을 이어가려는 몸짓이자 바다 위를 오래도록 헤매지 않고도 쉽게 먹이를 구하는 생존의 방식이다. 흔히들 답답한 인간을 새대가리라고 하지만, 그 말은 틀린 말이다.

황대복 선장은 기묵에게 저곳이 포트엘리자베스라며 손짓으로 해안선을 가리켰다. 포트엘리자베스는 아프리카 최남단 제일 동편에 있는 남아프리카공화국의 항구도시였다.

범선 항해 시절 적도 무역풍을 타고 모잠비크해협을 지나려던 배들이 운수 사납게도 저기압과 우연히 만나면 그들의 불시착 기항지로 발달한 항이었다. 포트엘리자베스 해역은 근처 수역에서 처음으로 살아있는 화석 물고기 실러캔스[102]가 발견되었으며, 백상아리 집단 보호구역이기도 하다. 백상아리란 놈은 상어 중에서도 가장 덩치가 크고 성질도 난폭하여 범고래도 공격하는 바다의 폭군이라고 1등항해사가 알려주었다.

제505행복호가 해안선으로 접근하자 사물의 윤곽이 확연하게 드러났다. 산등성이에 있는 나무들이라든가 갯바위에 둥지를 틀고 먹이 사냥에 나선 바닷새, 사바나를 질주하는 수컷 사자의 갈기 같은 파도의 흰 물거품. 그렇게 제505행복호는 해안선을 따라 더반을 지나고 이틀을 더 항해했다. 그러자 바다는 거짓말같이 호수로 변했다.

선원들이 하나둘 선수 갑판으로 모여들었다. 기묵도 아프리카 풍광을 감상하기 위해 당직을 끝내자마자 선수 갑판으로 발걸음을 옮겼다. 그때 좌현 선수 방향에서 돌고래가 높이 솟구쳤다. 깜짝 놀라서 선수 갑판 손 레일에 허리까지 걸친 기묵의 등줄기가 서늘해졌는데 뒤이어 브리칭하는 고래가 보였다. 선원들은 "와와" 하며 감탄의 함성을 질렀는데 기묵이 판단하기에 도약의 높이와 몸체가 TV에서 보던 고래보다는 낮았다. 다시 살펴보니 달리는 배 주변으로 상어가 떼로 몰려와 빙글빙글 돌고 있었다.

죠스도 아닌 것이 죠스처럼 대략 2미터가 넘어 보였다. 지난밤에 먹다가 남겨둔 물개가 생각나는가 보았다. 상어는 후각이

102) 약 3억 7,500만 년 전인 고생기 데본기부터 약 6천 6백만 년 전인 백악기 후기까지 공룡과 함께 살았던 어류인데 1938년 아프리카 연안에서 발견되었다.

뛰어난 물고기였다. 수백 미터가 떨어진 거리에서도 피 냄새를 맡는다고 했다. 가슴에 매달려 있던 허기가, 싱싱한 피 냄새에 이끌려 이빨과 한통속이 된 거칠한 몸이, 어느 기운 없는 선원의 허벅지라도 물어뜯고 싶은 모양이었다. 밥그릇이 비었다는 분노의 폭발일 것이다. 흐미, 기묵은 자신이 두려움으로 떨고 있다는 것을 느꼈다. 안전한 갑판에서 상어를 바라보고만 있어도 오금이 저려오고 생오줌까지 마려웠다. 뱃전과 가장 근접했던 상어가 수면으로 떠올라 물거품을 만들었다. 그나저나 상어는 어떻게 알았을까. 치질에 걸려 끙끙대던 선원 하나가 오늘 낮에 피똥 싼 것을.

그러는 동안 우현 선수 앞에서 물개 한 마리가 갑자기 4~5미터 허공으로 날아올랐다. 그리고 고래의 분기공 대신 핏빛 물보라가 일어났다. 곧이어 슬로비디오처럼 삼각형으로 생긴 머리가 천천히 수면을 뚫고 나타났다. 마치 핵잠수함이 부상하듯 해면으로 떠오르며 물개를 씹어 흔드는, 드라큘라 이빨 같은 송곳니와 허공을 향하여 공중제비를 하며 몸을 뒤틀 때마다 번쩍이는 흰 뱃구레! 백상아리였다. 그렇게 시작된 백상아리의 먹이 사냥은 제505행복호가 그 수역을 벗어날 때까지 계속되었다.

백상아리들은 수면에서 놀고 있는 물개 밑으로 접근해서 수직으로 상승하며 거대한 덩치로 목표한 물개를 해면에서 허공으로 높이 띄웠다. 백상아리는 졸지에 공격당한 물개가 허공으로 떠올랐다가 물로 떨어질 때의 충격으로 정신이 없을 때 허리를 공격한다고 했다.

믿어지지 않겠지만 석유가 발견되기 전 유럽에서는 물개, 바다사자, 바다표범 등을 사냥해 기름을 축출했다. 그것으로 산업혁명으로 인해 필요한 조명용 기름이나 기계의 윤활유로 썼다. 그들은 해안에 서식하는 물개의 씨를 말리면서 그린란드와 남극까지 진출했다. 물개사냥의 도구는 작살이 아니라 야구방망이 같은 몽둥이였다. 물개를 발견하면 달려가 머리를 겨눠 한 방만 후려치면 그만이었다. 머리에 가해지는 충격에 수생 포유류가 약하다는 것을 백상아리가 어떻게 알았을까. 뭇 생명을 먹여 살리는 자연의 조화와 섭리는 오묘하기만 했다.

기묵은 백상아리의 사냥 장면에 압도당해 벌어진 입을 다물지 못했다. 야생에서의 살육 장면에 등허리로 땀이 솟는 걸 느끼면서도 백상아리를 찾기 위해 두리번거렸다. 만약 주리를 쥐어짜듯이 덤벼들던 삼각파도에서 제505행복호가 난파라도 당했더라면, 선원들이 백상아리의 식사가 될 뻔했다는 생각이 들자 소름이 쫙 돋았다. 그런데도 전 세계에서 백상아리의 먹이 사냥을 보기 위해 포트엘리자베스로 사람들이 몰려들었다.

백상아리가 나타나면 마스트 위를 날고 있는 갈매기조차 울지 않았다. 날개를 지니고 허공 위를 날고 있지만 조심해야 한다는 것을 본능적으로 알았다. 물개뿐만 아니라 물 위에 앉아 있는 갈매기를 포함해 바닷새까지 여차하면 백상아리의 먹잇감이 되었다.

"희망봉이다!"

갑자기 황대복 선장의 목소리가 앰프에서 쩌렁쩌렁하게 울려 퍼졌다. 기묵은 선원들과 함께 백상아리의 사냥 모습에 대해 쉴 새 없이 떠들고 있었고 선원들은 물개와 바닷새와 사자와 아프리카의 검은 미녀들에 관해서도 이야기를 하던 중이었다. 그때 들려온 외침은 침착하고 엄숙한 황대복 선장의 목소리와는 달랐기에 조금은 우스꽝스럽게 들렸다.

기묵은 시선을 황대복 선장이 가리키는 손끝으로 옮겼다. 그곳에는 해안선을 따라 들쭉날쭉 솟아있는 바위산들이 즐비했다. 산이라기보다는 수직의 절벽에 가까웠다.

"아, 희망봉!"

기묵은 아, 하는 감탄사를 연신 터트렸다. 희망봉이 뱃사람들 사이에서 회자되는 것은 웅대한 풍경 때문만은 아니었다. 희망봉은 남아프리카 최남단에 위치하여 대서양에서 인도양으로 혹은 인도양에서 대서양으로 가는 항해에 지쳐 있는 뱃사람들의 이정표였고 마음의 등대였다. 희망봉은 안개에 싸여 있어서 더욱 신비롭게 보였다. 뱃전에 모여 있던 선원들은 "와!"하고 함성을 질렀는데 그 중에서도 갑판원 만석 씨의 목소리가 제일 크게 들렸다.

만석 씨는 다랑어연승선에서 떼돈을 벌 수 있다는 소문만 믿고 황소까지 판 사나이였다. 자잘하게 잡힌 눈가의 주름때문에 나이보다 더 늙어 보이는 만석 씨는 부산 변두리 기장에서 논농사를 짓던 소작농이었다. 지구의 기상이변으로 해마다 홍수가 나 추수 직전에 벼 이삭은 장마에 쓸려가고 살림살이는 쪼들려만 갔다. 앞날이 막막했다.

술로 하루하루를 보내는 날이 늘어났고 술에 취한 날은 아내에게 손찌검까지 했다. 폭행을 참다못한 만석 씨의 부인은 야반도주를 했고 아버지의 난폭한 행동에 질린 남매도 엄마를 찾아 떠나갔다. 인생에 절망하고 있을 때 뜬금없이 바다로 나가고 싶다는 생각이 들었다.

원양어선을 타면 외국 구경도 실컷 한다, 계약을 마치면 집 칸이나 장만한다는 이야기에 솔깃하여 남아있던 자신의 전 재산과 같은 황소를 팔아 승선 브로커에게 찔러주는 우여곡절 끝에 제505행복호에 승선했다.

만석 씨는 막상 다랑어연승선을 타고 보니 오히려 농사를 짓던 시간이 그리워죽겠다고 했다. 암모니아 폭발로 같은 처지에 있던 조기장이 거의 죽을 뻔 했고 마음으로 의지하던 종철 씨마저 수중고혼이 되어버렸으니, 바다가 징글징글해졌다는 것이었다. 풋내기 선원인 만석 씨가 기장을 그리워하는 것은 당연했다.

만석 씨는 농사꾼에 걸맞지 않게 쉽게 흥분하면서 기상천외한 욕을 입에 달고 살았는데 모두 배를 타면서 배운 욕설이라고 했다. 어떤 욕은 뜻조차 모호했는데 듣다 보면 저절로 선원들의 웃음보를 터트리게 했다. 만석 씨는 1갑원 염습에도 참석했듯이 제법 인정미가 있는 사내였다. 무엇이나 앞뒤 재지 않고 떠벌리기를 좋아하던 만석 씨가 이런저런 일을 당하고, 또 마음 졸여가며 배를 타던 중에 희망봉이란 육지가 보이니 감개무량할 수밖에 없었다. 기묵도 만석 씨와 같은 마음이었다. 희망봉은 승선을 결정하기 전날 밤 꿈꾸었던 대항해 시절의 범선을 지휘하던 선장의 얼굴과 겹쳐졌다. 기묵의 눈앞에 상상의 장면이 이어졌다.

범선은 포르투갈 리스본 항구를 벗어났다. 그리고 지브롤터 해협[103]을 빠져나온 지 3년이 흘렀다. 그동안 남인도제도라 부르는 바하마 군도를 거쳐 남미 대서양 쪽 연안을 타고 남위 56도에 있는 말비나스섬[104]에서 식수를 가득 채웠다. 기묵과 동료들은 괴혈병에 시달리며 인도양 남빙양을 횡단했다. 마침내 오스트레일리아 타스만 섬에 상륙하여 음식물과 식수를 보충하고 오스트레일리아 동부 태평양 그레이트 배리어 리프를 통과하여 파푸아뉴기니섬에 상륙했다. 그곳에서 원주민과의 전투 그리고 말라리아로 많은 선원들을 잃었다. 그러나 외교적인 교역, 혹은 무력적인 해적질로 선창에는 진귀한 상품과 보물로 채워졌다. 기묵과 동료들은 인도네시아 바타비아 항구를 떠나 희망봉을 마지막으로 상아해안만 들리면 고향으로 돌아갈수

103) 지중해와 대서양을 연결하는 해협.

104) 영국에서는 포클랜드라고 부르는 말비나스는 아르헨티나에서 동쪽으로 480킬로미터 떨어진 곳의 군도이다.

있었다.

"형, 무슨 생각을 그렇게 골똘히 하는 거유?"

당직을 끝낸 곰이 다가와 상상 속을 헤매고 있던 기묵의 등을 소리나게 쳤다.

"예쁜 금발 머리 아가씨가 손 흔드는 것이라도 보이나요?"

곰의 엉뚱한 질문에 기묵은 멋쩍게 웃으며 말했다.

"재미있는 상상을 하느라고…. 곰아, 저곳이 희망봉이란다."

"희망봉!"

곰은 영도 촌놈이 출세했다고 흥분했다. 희망봉은 교과서에나 나오는 말인 줄만 알았지 직접 볼 줄 몰랐다며 여기는 아프리카니까 금발 머리는 없겠다고 아쉬워했다.

곰은 한창 피가 끓어오르는 혈기 왕성한 청년이었다. 여자에게 관심이 쏠리는 것은 당연했지만 금발 머리 아가씨가 없다고 하는 것은 곰이 모르고 하는 소리였다. 아프리카라고 모두 흑인만 있는 곳은 아니었다. 남아프리카공화국에는 줄루족과 코자족, 노던수두족, 서든수두족 등 11개 부족이 있었고 케이프타운을 포함한 해안 도시에는 칼라피플이라고 부르는 혼혈과 백인들이 살고 있었다. 백인들도 영국인, 네덜란드인, 독일인, 스페인인, 프랑스인들이 있었고 그 이외에도 인도인, 무슬림 등 이곳저곳에서 흘러들어온 여러 인종이 사는 다문화 도시였다.

제505행복호는 희망봉을 통과했다. 그리고는 계속해서 남아프리카 연안을 따라 북으로 정침했다. 그러는 동안 어구를 제작하던 선원들의 손도 점점 빨라져 이제는 어구 작업의 막바지 단계였다. 오늘 할 일은 플라스틱 부이에 씌울 망을 뜨는 작업이었다. 이 작업이 끝나면 곧바로 황대복 선장이 조업을 시작해도 무리 없이 투승이 가능했다.

선원들은 망을 씌운 부이를 선미 투승창고로 옮기기 좋도록 갑판 왼편에 설치된 컨베이어벨트 주변으로 쌓아 놓고 있었다. 기묵은 차곡차곡 쌓은 직경 300미리 플라스틱 부이가 욕망이 배설한 알 같다는 생각이 들었다. 입에서 카악 하고 뱉어내거나 똥침으로 쑥 뽑아낸 우리들의 욕망. 끝없이 상대방의 것을 가로채서 자신의 주머니를 채워야 한다는 일방적 맹세로 부화하는 알. 갑판에 쌓인 노란색 부이들은 황대복 선장이 목표한 수심을 유지하기 위한 도구이지만 어떻든 만선을 핑계로 파도 위에 수도 없이 까놓는 욕망의 알 같다는 생각이 들었다. 그리고 희망봉을 통과하면서 기묵이 가졌던 의문은 인도양 항로로 볼 때는 지리적 위치상으로 희망봉에 항구가 있어야 했는데 희망봉을 통과하고 나서도 맞바람을 맞으며 북으로 올라가서 케이프타운이란 곳에 항구를 건설한 이유가 뭘까 하는 점이었다.

"너는 진짜로 선장이 될 놈이구나!"

1등항해사는 그런 것에 의문을 품는 기묵을 놀라운 눈길로 바라보며 말했다.

"지금은 원심분리를 이용한 조수기가 있어 항해 중에도 바닷물을 청수로 만들어 마실 수가 있지만 범선 항해 시절, 잡용수는 빗물을 받아 충당했지만 문제는 선원들이 마실 깨끗한 식수였어. 음식이야 상륙하여 이것저것 사냥하면 목숨을 이어갈 수 있지만 깨끗한 식수, 그것은 아무 곳에서나 구할 수 없었어. 대항해 시절의 항해는 지리적 위치의 선점이 중요했기에 범선들은 물을 찾아 항구를 건설했어. 기억을 떠올려보면 모든 항구도시는 강을 끼고 있거나 풍부한 수원을 지니고 있어."

1등항해사는 세계지도까지 펴가면서 기묵에게 설명을 해주었다. 기묵은 1등항해사가 가리키는 손길을 따라가면서 고개만 끄덕였다.

케이프타운 입항 하루 전날이었다. 이날은 아침부터 구름이 잔뜩 낀 하늘이 오후 들어서자 굵은 빗방울까지 뿌리기 시작했다. 하늘이 환해오는가 싶어 내다보면 수평선에 몰려 있던 적란운이 몰려와서는 아가리를 쫙 벌리고 장대비를 쏟아냈다. 그러나 다음 날은 비가 그친 맑은 하늘이었고 제505행복호는 케이프타운항에 무사히 도착했다. 여기까지 오는 동안은 폭풍이 몰아치고 삼각파도가 밀려오는 고통스러운 항해였지만 그동안의 노력으로 어구 제작을 모두 마쳤으므로 케이프타운항에서 필요한 서류작업을 끝내고 바다에서 낚싯줄만 풀면 되었다.

"1등항해사, 오후 작업은 오프 해…. 맥주도 박스 째 내려주고…."

황대복 선장도 기분이 살짝 들떠 있었다. 하기야 선장도 사람인 이상 왜 마음의 부침이 없었겠는가. 황대복 선장은 뱃사람이란 자존감으로 충만한 사람이다. 그런데도 자신이 지휘하는 배에서 환자가 발생했고 또 1갑원은 수장까지 하지 않았던가. 그런 고난 끝에 케이프타운에 입항하는 것이다. 표현은 안 했지만 만감이 교차할 것이다.

황대복 선장의 지시에 선원들은 윙브리지 아래 그늘에 모여 맥주잔을 돌렸다. 선원들이 기다리던 입항항의 휴식이었다. 이 시간만큼은 하던 일에서 모두 손을 놓고 자기만의 자유를 누리는 시간이기도 하였다. 하루에도 몇 번씩 마주치는 선원들이라 한자리에 둘러앉아 얘기를 나누다 보면 새삼 정이 가고 친구처럼 정겹게 느껴졌다. 아침 작업시간에 제때 참석하지 못해 한바탕 욕지거리를 먹었던 만석 씨와 갑판장도 어느 틈에 화해했는지 형님 동생까지 해가며 그동안의 앙금을 풀고 있었다.

선원들은 서너 명씩 무리를 지어서 이쪽에서 한마디 하면 저쪽에서 와하하 하며 웃고, 저쪽에서 한마디 하면 이쪽에서 낄낄대며 정신이 없는데 문득 갑판장이 말했다.

“다들 조용히 좀 해봐. 출항 전에 만석 씨와 노래주점에 갈 기회가 있었는데 만석 씨가 노래로 여러 아가씨를 죽이더구만. 오랜만에 시간이 났는데 만석 씨 노래 한번 들어보는 건 어때? 전국노래자랑 부산편에 나가서 송해 영감도 만나고 상금도 탄 실력이라는데.”

갑판장이 선원들로부터 박수를 유도했다. 그러자 이에 호응하듯 선원들의 박수와 환호성이 여기저기 터져 나왔다. 만석 씨는 쑥스러워하면서도 싫지 않은 듯 일어섰다. 호기심으로 가득한 선원들은 만석 씨의 입이 열리기만을 기다리며 숨을 죽였다.

만석 씨가 큥큥거리며 목청을 가다듬자 때를 맞추어 쏟아지는 스콜의 굵어진 빗소리가 배경음악처럼 들려왔다. 이윽고 만석 씨의 입에서 노래가 나오기 시작했다. 백설희의 ＜봄날은 간다＞였다.

연분홍 치마가 봄바람에…

별다른 기교도 부리지 않은 노래가 제505행복호 건현을 타고 바다로 흘러드는 빗소리처럼 선원들의 가슴을 적셨다. 만석 씨의 목소리는 망망대해에 홀로 떠다니는 모자반의 쓸쓸함 같았다. 그래서 노래는 더욱 처량하게 들렸다.

노래가 끝나자 주위가 숙연했다. 모두 꿈결에라도 빠진 듯 몽롱한 눈빛을 수평선에 붙들어 매고 움직일 줄 몰랐다. 갑판장이 브라보를 연발하며 손뼉을 쳤다. 그제서야 선원들도 손바닥이 아프도록 손뼉을 쳤다.

기묵은 당직을 끝내고 침실에 누웠으나 자꾸만 만석 씨의 노랫소리가 떠올라 잠을 이룰 수 없었다.

믈라카해협을 벗어나 인도양을 횡단한 제505행복호에서의 승선 생활은, 바다에서 살아가는 방법을 찾고 느낄 수 있었던 신선한 항해였다. '까짓거, 바다에서 한 번 살아보는 거다. 어디서 어떻게 산들 인생이란 비슷한 것이 아니겠나. 아무튼, 아버지, 어머니, 마침내 남아프리카공화국에 도착했습니다. 모두 부모님이 지켜주신 덕분입니다. 이제부터 시작입니다.'

"아들아, 힘내라."

아버지는 기묵이 힘들고 두려움에 떨 때마다 꿈속에 나타나 힘을 내라며 용기를 주곤 하였다. '저도 잘 해내고 싶어요, 아버지, 어머니, 어기를 마칠 때까지… 아버지, 어머니… 절 지켜주세요…' 그런 생각을 하다가 설핏 잠이 든 것 같은데 우르릉거리는 양묘기 소리에 놀라 눈을 떴다.

날이 밝아오자 선원들은 눈에 띄게 긴장을 하고 있었다. 여섯 시도 되기 전에 벌써 서둘러 갑판으로 나온 기묵은 그때부터 오로지 입항만을 기다리고 있었다. 다른 일은 아무것도 손에 잡히지 않는 듯 쉴 새 없이 오른쪽 현 갑판을 왔다 갔다 했다. 시간이 흐를수록 기묵의 움직임에는 긴장감이 짙어져 갔고, 선원들도 덩달아 흥분기를 감추지 못하는 얼굴이었다.

이른 아침이었지만 벌써 태양의 열기가 갑판을 덮쳐왔다. 뜨거운 햇살이 석기시대에 수렵을 나온 선사인들의 돌화살촉처럼 쏟아져내렸다. 기묵은 그 살의의 돌화살촉을 피해 갑판을 어슬렁거리며 삶이란 그런 것이 아닐까 생각했다. 햇살이 스며들어 살갗을 빨갛게 태워도 심장은 언제나 뛰고 있다는 것, '인생에 쫄지마!'라고 스스로 격려하면서 등뼈를 곧추세우고 똥꼬 끝에 힘을 넣어 부풀리는 것이 아닐까 싶었다. 태양이 좀 더 떠오르자 수십 겹의 햇살이 키 큰 초목처럼 흔들리는 평원에서 코나팔을 킁킁 불어대는 것 같았다. 매머드를 쓰러뜨리려 안달난 선사인 무리들이 들고 있는 길고 붉은 창처럼 태양은 뜨거운 열기로 기묵의 미간에 가는 주름을 만들었다.

갑판에는 벌써 선원들이 안벽에 계류할 정박용 밧줄을 준비하고 있는 것이 보였다. 부산항을 출항하며 꽁꽁 묶어 두었던 것들이다. 또 일부 선원들은 접안 현에 부착할 타이어펜더[105]를 선교의 컴퍼스 데크에서 선미 데크로 옮기느라 부산했다. 기묵의 발걸음이 빨라졌다. 그러면서 머릿속은 지금부터 케이프타운에서 해야 할 일들을 점검하기 시작했다.

케이프타운 항구, 그곳엔 무역풍을 돛폭에 가득 담고 인도양으로 떠난 후 돌아오지 않는 뱃사람을 위해서 조종을 울리는 여인들과 대서양으로부터 막 도착한 뱃사람을 욕정으로 이끌어 주기 위해 알몸의 여인들이 기다리고 있을 것 같았다. 누가 그랬던가? 뱃사람은 입항하는 날이 명절이고 생일이라고. 기묵 역시 뱃사람이기에 가슴 설레기는 여느 선원들과 같았다.

기묵은 해기사면허증을 취득하고 임명받은 항해 사관이 아니므로 선박의 입출항 때에는 브리지에 근무하지 못했다. 그 자리는 3등항해사 자리였다. 그렇지만 1등항해사와 함께 항해 당직을 섰던 그였다. 그러기에 병아리가 암탉을 졸졸 따라다니듯이 선수에서 입항 준비에 열중하고 있는 1등항해사 뒤를 쫓

105) 선박이 안벽과 접선할 때 선체를 보호하기 위한 완충재.

아가면 되었다.

입출항 때의 1등항해사 책임 부서는 선수 갑판이다. 기묵의 발걸음이 자연스럽게 뱃머리 쪽으로 향했다. 기묵은 그때 뱃머리 앞에 이스터섬의 모아이처럼 떡하니 버티고 있는 산을 보았다. 그런데 산의 모습이 보통 산과는 달랐다. 봉우리가 칠부 능선쯤에서 탁자처럼 평평하게 잘려져 있었다. 그 유명하다는 테이블마운틴이었다.

미나미 참다랑어

남아프리카공화국은 아프리카대륙 최남단에 있는 나라이다. 1488년 포르투갈 항해사였던 바톨로메우 디아스가 희망봉을 발견하면서부터 시선을 끌기 시작했다. 케이프타운은 테이블마운틴을 배경으로 테이블만에 면하는 천연의 양항이었다. 남아프리카공화국 의회의 소재지로서 행정부가 있는 프리토리아와 더불어 수도의 지위도 나누어 맡고 있었다.

1652년 네덜란드 이주자들의 케이프타운 상륙으로 남아공 역사가 시작되었다. 같은 해, 수에즈운하가 폐쇄되자 희망봉을 돌아서 유럽이나 인도로 가는 중간 기항지로 비약적인 발전을 했다. 주민 삼분의 일이 백인이며 유럽풍의 대도시와 비슷한 이곳 날씨는 남서부 대서양 연안을 흐르는 벵겔라해류[106]의 영향으로 온대 지중해성 기후로 남극 관측의 보급창이기도 했다.

남위 5도 아적도해류 분계지역에서 남극으로부터 흘러온 차가운 바닷물의 용승이 생기고 열대 수렴대인 남위 10~30도와 남극 수렴대인 남위 50~55도에서는 해수의 침강이 일어났다. 해수의 용승과 침강의 중간 해역에 황금어장이 있었다. 그곳 어장에서 고가인 참다랑어를 잡았는데, 남아프리카 남단 남인도양 해황이라는 것이 여간 불량하지 않았다.

미나미 어장은 남아공으로부터 서남쪽 240도 방향으로 약 2,590㎞(1,400Nm) 떨어진 트리스탄 앤 고흐Tristan & Gough섬 부근에서 대부분 이루어졌다. 관찰된 어종은 남방참다랑어, 새

106) 아프리카 남서해안을 따라 북쪽으로 올라가는 해류.

다래, 흰꼬리타락치, 붉평치, 버터플라이 킹피쉬Butterfly King-fish와 청새리상어, 청상아리, 비악상어로 모두 8종에 불과했다. 태평양이나 인도양처럼 다양한 새치류는 전혀 관찰되지 않았다.

기묵이 남방참다랑어에 대한 정보를 조사하면서 특이했던 점은 조사가 진행될수록 남방참다랑어의 평균체중이 눈에 띄게 늘어났다는 점인데 4, 5월의 평균무게가 각각 44.18, 48.52㎏이었던 것이 6월 평균 66.71㎏, 7월 평균 68.26㎏으로 변화를 보였다. 그러나 7월 말경에는 무게가 급격하게 줄어들면서 그 이후에는 어장이 사라졌다. 그러면 일본배들은 인도양이나 대서양으로 흩어져서 다음 해를 기다렸다.

태평양에서 오랜 경험을 가진 황대복 선장도 겪어보지 못한 상황이라 의아해했다. 일본선의 어획 기록을 검토하다 보면 7월 23일까지만 해도 7월의 평균 무게는 80㎏을 넘었지만, 그 이후부터 급변했다. 황대복 선장은 이들이 어디에서부터 먹이활동을 하며 트리스탄 앤 고흐섬 부근으로 이동하는지는 알 수 없으나 이는 마치 봄, 여름철 동지나 해역 아래에서 출발한 어린 참다랑어들이 겨울철에 일본 북쪽의 아오모리현에 성체가 되어 출현하는 것과 유사하다는 생각을 했다. 그리고 관찰된 개체에서 무게 40~153㎏의 성체들 중 암컷 생식소가 태평양에서 어획하는 눈다랑어나 황다랑어에 비해 상대적으로 크기가 매우 작았고 완숙단계로 볼만한 개체는 전혀 보이지 않았다. 어쩌면 완숙단계의 성체들은 비시즌에 출현할지도 모를 일이지만 해역의 정보를 4~8월 기록만 확보했으므로 추측에는 한계가 있었다.

해당 해역에서는 포유류의 출현 기록도 있었다. 정보에 보면 범고래, 돌고래류, 펭귄류 등이 있었으나 직접 목격한 것은 돌고래뿐이었다. 해당 어장에서 관찰된 대부분의 상어는 청새리상어였으며 길이가 대략 150㎝이하의 어린 개체들이었다.

제505행복호는 정비된 항만시설과 농수산물 가공공업이 발달한 케이프타운을 미나미조업의 보급기지로 삼았다. 그곳에서 제505행복호는 출항을 기다리며 한 달을 머물렀다. 막상 기지 항이라고는 했지만, 시험조업을 핑계로 한국 국적 원양어선이 처음 입항하는 곳이었다. 갖추어야 할 서류도 많았고 행정적인 절차도 복잡하고 늦었다.

케이프타운은 희망봉이라든가 테이블마운틴 등 세계적으로 이름난 관광지가 많았지만 제505행복호 선원들에겐 꿈 같은 이야기였다. 선원들은 출항을 기다리며 교대로 상륙을 했는데 상륙비로 받은 미화 50불은 그곳까지 가는 교통비로도 모자랄 판이었다.

선원들이 교통비를 절약하기 위해 걸어서 갈 수 있는 곳은 워터프론트였다. 케이프타운 현지인들에겐 수변공원쯤 되는 곳이었지만 제505행복호 선원들에게는 별천지였다. 쥐꼬리만한 상륙비로 그곳 카페에서 커피를 마시거나 펍에서 티본 스테이크에 감자튀김으로 지역 맥주를 홀짝거리다 보면 허겁지겁 당직 시간에 쫓겨서 들어오기 일쑤였다.

기묵에게는 출항이 다가와서야 외출 기회가 생겼다. 마침 곰도 당직 시간이 아니어서 함께 외출했다. 육지에 닿았다고는 하나 포트 안에서만 있었을 뿐 막상 외출한다고 하니 마음이 설레는 것은 다른 선원들과 마찬가지였다. 둘은 케이프타운 포트, 정문을 나와서 워터프론트를 향해 천천히 걷기 시작했다.

유럽풍이 물씬 풍기는 빌딩들 사이로 이름 모를 가로수가 조화를 이루고 있었고 곳곳에 작은 공원 같은 곳이 마련되어 있어 도시 전체가 잘 꾸며진 공원 같았다. 그래서인지 산책을 하거나 조깅을 하는 사람들을 자주 만날 수 있었다.

워터프론트 입구 쪽에 자리잡은 깁슨 레스토랑 야외에서 저녁 식사를 겸한 티본 스테이크와 맥주를 주문했다. 어둠이 내리고 있었고 실내에는 로컬밴드인 사파리 사운드밴드가 흥겨운 림보 리듬의 코코넛을 연주하고 있었다. 전자 건반 소리와 봉고 소리가 여성 보컬의 흥겨운 음색과 혼합되어 레스토랑 안을 들뜨게 했다.

"형, 오늘은 좀 늦게 들어가자."

곰이 갑자기 목소리를 낮추어 말했다.

"왜?"

"저 여자들이 우리에게 관심이 있는가 봐요. 우리를 자꾸만 훔쳐보는데?"

곰은 무슨 느낌을 받았는지 옆 테이블에서 소곤거리고 있는 여자들을 향해 천연덕스럽게 손짓까지 해 보이며 말했다.

"합석해 볼게!"

곰이 기묵의 어깨를 툭툭 치며 일어났다. 기묵은 그녀들의 테이블로 걸어가는 곰의 뒷모습을 보며 혀를 찼다. 하긴 곰은 젊음을 주체할 수 없는 청년이었고 바다에서 막 육지에 닿은 뱃사람이기도 했다. 여자에게 끌리는 것은 자연스러운 일이었다. 하지만 치한으로 몰리지 않을까 걱정도 되었다.

"형, 저번에 싱가포르에서 쓰고 남은 돈 가지고 있지요?"

옆 테이블에서 한참 동안 수작을 부리다 돌아온 곰이 그에게 물었다.

"형, 여자들이 홍콩에서 여행을 왔고 경비가 떨어져서 도움이 필요하다는데 미화 100불만 주면 잠도 잘 것 같아. 어때 합석할까?"

"무슨 말이야?"

"여행을 왔다는 것은 거짓말 같고 이곳에서 죽치며 여행객을 유혹하는 여자들 같은데…."

기묵은 곰의 말에 고개를 끄덕였다. 이제 외출을 끝내고 배로 돌아가면 출항이고 그들의 운명은 파도 앞에 놓이게 되는데 언제 다시 육지로 돌아올지 장담할 수 없었다. 술을 마시든 카지노를 가든 뱃사람이 출항 전에 주머니를 탈탈 비우는 심정을 알 것 같기도 했다.

그녀들은 성격이 밝고 쾌활했다. 백화점 점원으로 일했다는 그녀들은 서로 친구인데 전업을 위해 직장을 그만두고 쉬는 동안 배낭 도보여행 중이며, 사흘 후에 나미비아 쪽으로 이동할 계획이라고 했다. 남아프리카에서 한국 사람은 처음 만났다고 했다. 제니라는 기묵의 파트너는 뜨거운 입김을 쏟아부으며 연신 건배를 외쳤다.

곰은 정말로 끈질기게 술잔을 부딪쳤다. 곰은 점점 술에 취해가고 있었고, 여자들은 원하기만 한다면 언제라도 함께 어디로든 갈 수 있을 것처럼 잘 통했다.

기묵도 곰처럼 술에 취하고 싶었고 그들 속으로 아무 스스럼 없이 함께 섞여들기를 원했다. 금방 바다에서 육지로 입항한 뱃사람이 아니라, 온갖 인간적인 욕망이 되살아난 남자로서 여자와 만나고 싶었다. 그것은 어쩌면 외로움으로부터 멀리 멀어지기 위해 바다를 벗어나고 싶어 하는 늙은 수부의 간절함 같은 것이기도 했다.

기묵은 오랫동안 잊고 있었던 여성의 관능적인 입김에도 그다지 욕정의 불길이 타오르지 않았다. 아무튼, 그날 밤 곰과 기묵은 비상금까지 탈탈 털었고 만취한 상태에서 여성들과 어울렸다. 그리고 제니는 기묵이 태어나서 처음으로 관계를 한 아프리카 여성이 되었고 기묵의 순정을 받은 첫 외국 여성이 되었다. 그날 이후 이틀이 더 지나서야 제505행복호는 남인도양

어장을 향하여 케이프타운 항구를 벗어났다.

북반구의 3월은 겨울을 벗어나 봄으로 접어드는 시기였지만 남반구에서는 여름을 지나서 겨울로 가는 길목이었다. 나침반을 남서로 향한 제505행복호 뱃머리는 연거푸 몰아치는 파도로 갑판이 마를 시간이 없었다. 그렇다고 속도를 늦출 수가 없었다. 전속 전진이었다. 이미 미나미 어장은 시작되었고 일주일 정도 달려가면 곧바로 투승을 해야 했다.

“이거 심상치 않은데….”

풍향은 남서풍이었고 풍속이 초속 30미터퍼세크를 넘나들었다. 뱃머리로 파도를 부수며 달리고 있는 제505행복호는 그야말로 롤러코스터나 마찬가지였다.

뱃머리 앞에서 거대한 물덩이가 몰려왔다. 배는 부력을 잃지 않으려고 파도를 타고 끝없이 허공으로 솟구쳐올랐다. 조타기를 잡고 있던 기묵의 눈이 저절로 감기며 입이 앙다물어졌다. 그리고는 뱃머리와 파도 끝이 서로 충돌했다.

‘콰콰콰콰 쾅!’

그 순간 천둥 같은 소리가 들려왔다.

“죄지은 자는 내 앞으로 나와 벌을 받아라!”

기묵은 이게 무슨 황당한 상황인가 싶어 감고 있던 눈을 가늘게 뜨고 주변을 둘러보았지만 보이는 건 뱃머리에서 부서진 파도 조각들이 브리지 유리창을 뒤덮고 있는 풍경뿐이었다. 실습항해사 생활 3개월만에 마스트에 앉아 물똥 싸는 부비새들의 수다와 만석 씨가 가끔 질러대는 괴성의 의미를 알아냈다고 해서 이제는 하늘의 소리까지 알아듣는 걸까. 작화증환자가 아니고서야 하늘의 소리를 듣다니…. 기묵은 조타륜을 잡고 있던 손아귀에 힘을 더하며 가만히 귀를 기울였다. 수평선 어디선가 아아크빛 번개가 번쩍거렸고 천둥소리가 허공을 찢었다. 바다 생활을 오래 한 뱃사람들은 대부분 정신이 살짝 맛이 간다고 했다. 그 정도가 되어야 하늘의 소리도 들을 수 있다는 거였다. 아무래도 그렇지 벌써부터 그런 뱃사람들을 닮으면 안 되었다. 당분간 목숨을 파도 위에 놓고 살아가야 하는 기묵은 무엇이든 조심스러웠다.

황대복 선장의 근심이 다시금 깊어졌다. 통신장이 가져온 기상도를 확인하고 나서부터였다. 바다에서 잔뼈가 굵어진 뱃사람이었지만 지구의 이상기후로 급변하는 바다 날씨는 도대체 감을 잡을 수 없었다. 그러나 바닷새들이 갑자기 사라지며 폭풍의 기습을 알리는 통에 황대복 선장은 이미 어렴풋하게나마 예상은 하고 있었다. 그리고 이 기분 나쁜 소식이 갑판을 온통 휩쓸고 지나가자 풋내기 선원들은 겁을 먹고 두려움에 질린 얼굴을 펴지 못했다. 인도양에서 폭풍에 호되게 당한 트라우마가 있었기 때문이었다. 그러나 황대복 선장은 노련한 선장답게 황천에 대처하는 방법을 알고 있었다.

선원들이 그런 황대복 선장의 마음까지 이해할 수는 없었다. 선원들은 원양어선 갑판에서 노동력을 제공하고 그것에 대한 대가를 받는 단순한 사람들이었다. 단순하게 자신의 몸뚱이를 노동력으로 제공하는 사람과, 스물다섯 명이나 되는 선원의 목숨을 담보로 거친 바다를 헤쳐나가는 사람이 똑같을 수는 없었다. 선원들은 바람이 불면 부는가 보다, 파도가 치면 파도가 치는가 보다, 라며 생각하는 사람들이었다. 그런 선원들이 폭풍 소식에 동요하는 것을 나무랄 수는 없는 일이었다.

황대복 선장은 바람이 얼마 동안이나 불어올 것이며 파도는 또 얼마나 높아질 것인가 생각했다. 그리고 1등항해사와 갑판장에게 폭풍 대비를 철저하게 하라고 지시를 내렸는데 그러면서도 어구정비 작업의 중지는 지시하지 않았다. 물론 선원들도 작업의 중지는 바라지 않았다. 일단 뱃사람이 되고 바다로 나오면 목숨은 자신의 것이 아니었다. 모든 것은 바다의 규칙대로 운명대로 흘러갔기 때문이다. 선원들은 폭풍 속에서도 어장에서 사용할 어구를 만들며 평소와 다름없이 일과에 매달렸다.

조류방향이 동남에서 동북 사이를 오간다고 알려진 미나미 어장에서 조류의 세기는 시간당 최소 71.2m(0.04Nm)에서 최대 1,699.1m(0.92Nm)로 기록되어 있고 그처럼 강한 조류를 타고 조업을 하는 다랑어연승선 작업 방식에는 크게 라인홀러 Line Hauler 방식과 스풀Spool 방식이 있었다. 두 방식의 차이는 투·양승 시 모릿줄 엉킴이 많거나 적음의 차이였고 또 작업에 종사하는 선원의 숫자에서 차이가 났는데, 다랑어어선에서 사용하는 어구는 선박의 경비절감에 중요한 부분을 차지했다. 스풀 방식이 작업의 효율적인 면에서는 나았지만, 대부분의 다랑어연승선은 선박 건조시 라인홀러 방식이 적용되었기에 교체시 발생되는 비용으로 보면 라인홀러 방식이 보편적이었다. 당연히 제505행복호도 같은 구조였다. 그리고 모든 어구가 라인홀러 방식에 맞도록 설계되어 있었다.

다랑어연승선 갑판에는 메인라인을 인양하는 라인홀러 말고도 아릿줄을 수납하는 브랜치라인홀러Branchline Hauler가 일반적으로 2대가 설치되어 있었지만 제505행복호에는 3대가 설치되어 있었다. 황천을 대비한 조업 어구였는데 해양기상이 나쁜 바다에서 낚싯줄을 더 빨리 감아들이려는 방편이었다.

어구는 크게 모릿줄, 아릿줄, 부표줄, 부표 등으로 구성되었다. 투승을 시작하면 첫 번째 부이에 라디오부이를 투입하고 약 50m의 모릿줄 투입 후 일정한 간격으로 모릿줄에 연결된 아릿줄을 투입하며 투승 말미에는 노르웨이부이와 라디오부표가 투입되고 투승이 종료된다. 투승 중 30개의 부표마다(가용 라디오부표의 수에 따라 달라짐) 라디오부표를 같이 투입했으며, 부표 5개 또는 10개마다 야간 식별용 라이트가 장착된 부표가 투입되었다.

제505행복호에서 사용 가능한 모릿줄의 총 길이는 약 25만m정도였고 실제 하루 평균 120㎞를 사용할 계획이었다. 1 바스켓Basket 당 모릿줄의 길이는 456m이며 약 5.5초 간격으로 길이 42m의 아릿줄이 총 11절이 투입되었고 1 바스켓 끝에 부표줄 길이가 16m로 만들어졌다. 워터라이트Water Light는 1 바스켓 당 6개로 3, 4, 5, 7, 8, 9번째에 부착되었고 모든 아릿줄 끝단에는 약 40㎝길이의 와이어에 낚시 바늘을 연결하였는데 이는 상어로 인한 낚싯줄 끊김을 방지함이기도 하지만 상어를 어획하기 위한 장치이기도 했다.

제505행복호가 목줄을 와이어로 쓰면 120호 경심을 썼을 때보다 목표어획물의 이탈을 확연히 줄일 수 있기 때문이기도 했다. 하지만 그와 반대로 상어류 및 해양포유류가 걸렸을 때는 자력으로 이탈이 어렵다는 단점도 있었다. 따라서 갑판에 올리기 힘들 정도의 큰 개체는 부득이 와이어 위의 경심을 잘라 방류를 하지만 중 · 소 크기의 개체는 모두 갑판에 올린 후 낚시를 빼내야 했는데 이때 힘이 빠진 개체들은 비교적 얌전하여 큰 부상 없이 낚시를 뺄 수 있지만 그렇지 않으면 갑판에 올려진 물고기들의 발버둥으로 선원들이 다치는 안전사고가 발생할 수도 있었다.

제505행복호가 잡아야 할 목표종인 참다랑어의 어획 최소수심은 평균 81.8m, 최대수심은 평균 190.9m로 조사되었는데 남대서양은 태평양, 인도양과는 달리 부표 줄의 길이가 16m로 약 50%정도 짧았고 바스켓 당 투입되는 아릿줄 수도 11절로 약 50%정도 적게 투입되었다. 이는 바스켓 당 아릿줄 수가 17~22절로 1일 평균 120~150개의 바스켓이 투입되는 태평양, 인도양에 비해 아릿줄 등의 무게를 분산시켜 최대수심이 약 100~150m 낮게 침강되도록 만들어 참다랑어 회유 수심으로 낚시를 유도하는 방법이었다. 그리고 아릿줄에는 두 가지 방식이 적용되었는데 워터라이트 장착 유무로 구분되었다.

목표종인 남방참다랑어의 변환계수는 평균 1.15였고, 버터플라이 킹피쉬의 변환계수는 평균 1.60으로 조사되어 있었다. 어획물의 처리방법은 남방참다랑어는 RGG, 버터플라이 킹피쉬와 붉평치는 RHG, 새다래와 흰꼬리타락치는 RWW로 각각 처리되는데 어획물 처리 과정은 신속하게 이뤄졌으며 즉살 후 곧바로 약 3분 정도 피뽑기를 한 후 약 5분간 꼬리, 아가미, 내장 및 불필요한 부분을 제거했다. 처리한 어획물은 해수로 내·외부를 씻은 다음 급냉실로 입고 되었다. −60도 이상의 초저온에서 평균 33시간의 급속냉동이 완료되면 청수로 얼음옷을 얇게 입히는 글레이징Glazing 작업 후 −60도 이상인 어창에서 냉동 보관하였다.

붉은 노을이 기묵의 가슴을 꿰뚫고 있었다. 그렇게 관통당한 기묵에게서 흘러나온 핏물이 바다를 적시고 끝내는 붉게 물든 하늘 아래로 번져갔다. 노을은 태양이 지나가고 나면 다가오는 어둠의 그림자 밑에서 울부짖는 불이었다. 오늘의 노을은 순정의 시절 물방울무늬 원피스에 가려졌던 첫사랑처럼 쉬이 잊기 어려울 것이다. 그리고 그 노을 속에서 쉼없이 밀려오고 밀려가는 파도들….

케이프타운을 출항한 제505행복호는 쉬지 않고 남진했다. 회유 해면을 찾아가는 고래처럼 노을이 졌고 다시 노을이 지는 틈으로 구름이 지나가고 폭풍이 지나갔다. 작업 준비를 마친 선원들은 노래를 부르거나 비디오테이프를 돌려보거나 잠을 자며 꿈을 꾸었다.

갑판은 작업등 불빛 대신 별빛으로 반짝거렸고 파도로 가득했던 현문 앞에는 꽃대를 밀어올리는 소금꽃들이 그 자리를 메웠다. 가끔 돌개바람이 뱃머리에 부딪쳐 선들선들 흩어지곤 했는데 그때마다 배는 한 번씩 덜거덕거리며 몸을 떨었다.

마침내 용골 끝에서 배를 밀던 속도가 천천히 줄어들었다. 그곳은 언제나 시퍼런 곳, 폭풍이 떼거리로 몰려다니는 남쪽의 끝이었다.

남대서양 및 남태평양의 남위 40도 이남에서 서식하는 남방참다랑어는 원양산 다랑어 중에서도 가장 고가에 거래되는 어종이었다. 이런 이유로 일본은 1950~60년대부터 미나미 어장 개척을 통해 독점적인 경제적 이득을 취했다. 이 당시 별다른 규제가 없었던 이유로 무분별한 남획이 이어져 한때 남방참다랑어의 개체수가 90%정도까지 사라지는 위기를 겪었다. 이에 호주와 뉴질랜드가 국제해양법재판소에 일본을 제소하는 사건으로 인하여 비로소 남방참다랑어 자원의 보존관리 및 적정이용을 목적으로 하는 '남방참다랑어 보존위원회 CCSBT(The Commission for the Conservation of Southern Bluefin Tuna)'

가 1994년 5월 설립되었고 2012년 8월에 국제협약이 발효되어 현재는 한국, 호주, 뉴질랜드, 일본 등의 회원국들이 이 협약을 준수하고 있다. 따라서 해당 수역에서 상업적 어로행위를 영위하기 위해서는 일정 기간 옵서버를 승선시켜 협약 내용의 이행 여부를 관찰하도록 하고 있지만 제505행복호가 출어했던 당시에는 일본 다랑어연승선을 위한 전용어장이었고 바다였다.

그런 이유로 미나미 어장에 대한 직접적인 체험 없이 출어한 제505행복호는 목시에 의해 일본 조업선들을 찾아내고 그 주변에서 작업을 시작해야 했다. 그리고 일본배가 조업하는 어장을 찾아내기 위해서는 무엇보다 날씨가 좋아야 하는데 조업 첫날부터 바다가 그르릉거리며 제505행복호를 맞았다.

바닷일은 선원들이 바라는 생각처럼 쉬울 수는 없었다. 좋건 궂건 황대복 선장의 지시에는 말이 없는 선원들이라 바닷물이 폭포수처럼 갑판으로 넘쳐들어와 자신들의 몸뚱이를 적셔도 별다른 반응을 나타내 보이지 않았다. 황대복 선장은 작업을 마칠 것을 지시하고 선원들을 식당으로 불러 모았다. 선원들은 황대복 선장의 지시에 무슨 일인가 싶어 1등항해사가 정한 시각에 말없이 식당으로 모여들었다.

"앞으로 미나미 어장에서 조업을 해나가는 데 있어서 모든 작업은 선장이 지시하고 책임도 질 것입니다. 갑판장은 모든 것을 의논해야 할 것은 물론 나에게 하나도 빼놓지 말고 보고 해야 합니다. 악천후 속에서 작업이 진행되므로 여러분 자신도 안전 사항에 대해 미리 대비해야 합니다. 작업 중에는 항상 안전모와 라이프재킷을 착용하고 안전 고리는 무조건 고정해야 합니다."

선원들은 황대복 선장이 떠들거나 말거나 무거운 침묵을 지키고 앉아 있었다.

"아무쪼록 여러분은 안전을 위하여, 그리고 제505행복호 만선을 위하여 황천조업을 준비해주기를 부탁합니다."

황대복 선장은 며칠 전보다 더 수척해 보였다. 눈에는 생기조차 보이지 않았다. 계속되는 악천후에 그렇기도 했겠지만 눈에 보이지는 않아도 한 번도 조업하지 않은 어장에서 이루어야 할 만선에 대한 압박감 때문일 터였다. 기묵은 머릿속에 그런 생각이 스치자 황대복 선장의 손을 꼭 잡아 주고 싶을 만큼 연민이 밀려왔다. 황대복 선장이 장황한 연설을 마치고 자리에 앉자 선원들은 모두 가늘게 한숨을 내쉬었다. 이야기의 뜻을 잘 알아들었다는 의미였다.

제505행복호가 도착한 미나미 어장에는 마스트의 중허리만큼 부풀어오른 파도가 항상 갑판을 기웃거리고 있었다. 미나미 해역은 열대 해역에서나 경험할 폭풍우가 시야를 어지럽히고 도대체 어디서 발원한 것인지를 알 수 없는 해명이 꼬리에 꼬리를 물고 고막을 두들겨대는 악천후가 반복되는 바다였다. 파도가 덮쳐올 때 제대로 대처하지 못하면 쓸려나가는 파도에 휩

쓸려 바다로 추락할 수도 있었다. 이틀 전만 해도 함께 조업하던 제702행복호에서 선원실종사고가 발생했다. 미처 대비하지 못한 선원 3명이 한꺼번에 파도 속으로 사라졌다. 수온이 연평균 10.3도인 바다였다. 누군가 바다로 추락한다면 5분 안에 저체온증으로 인해 그대로 바다 밑으로 가라앉는 곳이었다.

그래도 때가 되면 달이 구름 속에서 얼굴을 내밀곤 했다. 뱃전으로부터 날아오는 파도 조각을 피하려 고개를 푹 숙이며 낚싯줄을 당기던 만석 씨가 달을 보며 말했다.

"달이다!"

송도 아랫길 술집에 숨겨둔 애인의 이름이 달이었던가 보았다. 그 순간 기묵의 눈앞에서 출렁거리는 바다가 싹 사라지며 머릿속에 배경음악BGM이 깔리듯 노랫소리가 들려왔다.

"조용히 타오르는 저 언덕길에 살며시 떠오르는 너의 모습, 영상 속에 스며드는 너를 찾아서 작은 들길을 걸어갑니다. 저 황혼에 어리는 저 들녘에 어리는 얼룩진 나의 얼굴 어둠 속에 물들면 숙여진 꽃잎처럼 너의 영상 사라지고 쓸쓸한 언덕길에 찬바람만 남아있네."

기묵이 기억하는 가사가 정확한지는 모르겠으나 김재성과 안혜경이 부른 <영상>이란 노래였다. 송도에서 감천으로 돌아가는 혈청소 길 한 켠에서 기묵과 기묵의 친구 서넛이 둘러앉아 기타를 치며 노래를 불렀었다. 그날도 오늘처럼 달빛이 처연한 날이었다. 바다는 참으로 신비로운 곳이었다. 매일매일

새로웠다.

"피해!"

파도가 갑판으로 밀려들었다. 선원들은 안전 고리의 스내퍼를 피항 존에 건다고 허둥거렸다. 기묵은 재빨리 아릿줄을 사리고 있던 한 선원을 껴안았다. 미처 안전 고리에 스내퍼를 채우지 못한 선원이 기묵에게 안겨 입꼬리를 올리며 엄지손가락을 치켜들었다. 고맙다는 인사였다.

해양의 기상이라는 것이 위도가 높아질수록 거기에 비례하여 더욱 극성스러워진다는 것은 익히 알려진 사실이지만, 남인도양이야말로 선원들의 밥그릇을 내동댕이치는 것으로는 성이 차지 않는 바다였다. 열두 개 태양과 열두 개 달마저 시퍼런 파도로 죽음을 확인시켜주는 현장이었다. 도대체 고가의 어종들은 무슨 깡다구로, 죽음도 삶도 아닌 경계의 라인을 타고 회유하는지 알 수 없었다.

미나미 어장으로 출어하자마자 들려온 정보였다. 일본 국적 다랑어연승선 한 척이 파도를 잘못 올라타 조난을 당했다고 했다. 또 리베리아 선적 유조선 하그는 파도 더미를 이틀 동안이나 넘다가 더 견디지 못하고 호깅[107)]으로 허리가 분질러졌다고 했다. 두 동강이 난 엔진룸 쪽 선미부는 침몰하고 선수부만 고개를 내민 채 붉은바다거북이마냥 황천 바다를 떠다니고 있

107) 선체가 파도 하중이나 불균형의 적재하중을 받아 선체의 중앙부가 솟아오르게 변동되는 상체를 말하고 바다에서 선박이 두 동강이 나는 원인이 되기도 한다.

으니 조심하라는 케이프타운 기상청의 통보를 받기도 했다. 그랬었다. 선원들이야 정보를 알 수 있는 방법이 없어 두려움이 생기지 않았지만 어찌 보면 브리지 근무자이기도 한 기묵에게는 무거운 짐이 되는 소식이었다.

재계약

갑판장이 조장인 투승조는 선장의 지휘하에 낚싯줄을 던지는 일이 주요한 임무였지만 투승작업이 끝나면 어창으로 이동해서 전날 잡아 냉동한 어획물을 급냉실에서 꺼내 어창에 적재하는 작업도 했다. 그러다가 낚싯줄을 수납하는 양승작업에 참여해 마지막 연승이 올라오기 30바스켓 전에 잠시 눈을 붙이다가 양승이 끝나면 다시 투승작업에 참여하는 힘든 일이었다. 하루 평균 수면시간이 6시간에 불과했지만 젊기에 견뎌낼 수 있는 일이었다. 기묵은 제505행복호 조업이 시작되자 황대복 선장의 특명으로 투승조에 배치되었다.

다시 투승이 시작되었다. 투승을 지휘하는 일은 갑판장이 했다. 다랑어연승선에서 갑판장을 하려면 승선경력이 10년은 넘어야 했다. 그야말로 마구로배에서 뼈가 야물어야 하는 경력이었다. 그리고 갑판장을 도와서 투승에 참여하는 투승조 선원들도 마구로배만 4~5항차를 승선해야지만 되는, 그만큼 그 배의 정예 인력들이었다. 당연히 양승에 참여하는 양승조 선원보다 급여도 높았다. 아무튼, 한 번 투승으로 2,500개 정도의 낚시가 바다로 뿌려지는데 마치 톱니바퀴가 서로 맞물려 돌아가듯 빈틈이 없었다. 그러면서 커피도 마시고 점심밥도 교대로 챙겨 먹고 똥도 싸고 할 일은 다 했다. 며칠 동안 앙살을 부리던 날씨가 고요해졌다. 오랜만에 드러난 하늘의 낯빛도 푸르고 파도 높이도 2미터 이하로 수그러들었다. 표층 수온도 적당했고 천둥과 번개는 수평선 멀리 가버렸다.

투승조에 기묵을 배치한 것에는 황대복 선장의 의도가 다분하게 숨어 있었다. 기묵을 진짜 뱃놈으로 만들기 위한 계획이었다. 사실 다랑어연승선을 제대로 알려면 투승조에서 투승 부이부터 옮겨야 했다.

다랑어연승선에서의 어로작업은 투승부터 하는데 투승작업에는 자동투승기를 통하여 발출되는 모릿줄에 아릿줄 스내퍼를 거는 일, 아릿줄에 달린 낚시가 엉키지 않도록 바닷물에 던지는 일, 투승 컨베이어로 이동되는 아릿줄의 낚시에 미끼를 끼는 일, 투승 컨베이어에 투승번호대로 아릿줄을 올려놓는 일, 선미 창고에 쌓인 부이와 아릿줄을 투승 순번에 맞추어 찾아내는 일을 했다. 그리고 실습항해사로서 제일 중요한 일인 투승에 관련된 정보를 취합하고 기록하는 일을 했다. 그에 따라 제505행복호 투승작업에 관련된 정보를 살펴보면 다음과 같았다.

조업기간 동안 투승선속은 평균 9.3knot(범위 8.5~10.5knot)였다. 투승길이는 평균 125.7km(범위 95.8~136.8km)로 바스켓의 갯수는 평균 276개(범위 210~300개)였으며 모릿줄의 신축율은 평균 73.9%(범위 69.3~82.3%)였다. 이 때 투승기 속도는 평균 6.5m/s(범위 6.5m/s) RPM은 평균 520rpm(범위 510~530rpm)으로 어획수심은 최소평균 81.8m(범위 80.1~84.8m) 최대평균 190.9m(범위 183.6~208.9m)로 낚시가 침강하였다.

그리고 양승작업에 관한 사항은 양승방향은 정 투승에 의한 양승이었으며 1일 평균 투승시간은 평균 05시 12분(범위 01시 45분~09시 28분)이 소용되었고 투승종료 후 양승시작 전까지의 어구침적시간은 평균 3시간 52분(범위 2시간 54분간~6시간 58분간)이 걸렸다. 1일 평균 양승시간은 평균 14시 26분(범위 11시 54분~17시 21분)이 소모되었고, 1일 총 조업시간은 평균 22시간 24분간(범위 18시간 34분~28시간 30분간) 정도였다.

참다랑어조업에 사용된 미끼는 3종으로 오징어 160,476미, 정어리 80,238미, 갈고등어 53,492미로 총 294,206미가 사용되었고 사용량이 가장 많았던 미끼는 오징어 54.55%, 정어리 27.27%, 갈고등어 18.18%로 조사되었다. 오징어는 박스 당 65~75미(19~21㎝)로 약 10kg, 정어리는 박스 당 60~70미(20~22㎝)로 약 10kg, 갈고등어는 박스 당 55~90미(21~30㎝)로 약 10㎏정도였다. 투승 후 양승 중 미끼의 생존율(낚시에 붙어있는 것)이 가장 높은 종은 오징어, 갈고등어, 정어리 순이었다.

파도가 다시 몰려왔다. 파도는 네셔널지오그래픽에서나 보던 남극의 눈폭풍처럼 양승을 하고 있는 현문 앞에서 허옇게 부서져 내렸다. 제505행복호는 두려움이 없는 타이가 숲의 호랑이처럼 파도를 뱃머리로 꾹꾹 찍어 눌렀다. 파도는 알지 못할 것이다. 이미 그 물결 속에는 물짐승이 되어버린 기묵의 깡다구도 철렁거리고 있다는 것을. 그렇게 바다로부터 달아나지 못하는 운명의 발자국들이 저벅거린다는 것을.

갑판장이야 몸에 붙은 일상이겠지만 조금만 실수해도 투승 사고로 발전할 수 있었기에 투승 때만 되면 기묵의 신경줄은 팽팽하게 당겨지곤 했다. 그러다가 투승이 끝나면 잠깐 눈을 붙이고 나와서 선원들과 함께 참다랑어가 물고 있는 아릿줄을 당겼다. 기묵은 참다랑어 외에도 처리장을 도와서 가오리, 상어, 거북이 따위를 뱃전으로 끌어당기고, 잡은 참다랑어 배를 가르고 세척했다. 또 어획물을 급냉실로 이송시키고, 냉동된 어획물을 어창에다 적재했다. 모든 작업이 힘들었지만 젊었기에 감당할 수 있는 일이었다. 기묵은 세상일이 뜻대로만 되지 않는다는 것을 초등학교에 들어갈 무렵부터 알고는 있었지만, 자신의 실수에 대한 체벌로 갑판장에게 발길질까지 당했다. 그런 날이면 체인로커[108)]나, 어구 창고 같은 곳에서 혼자 울음을 삼켜야 했다.

그러는 동안에도 남인도양에는 해가 뜨고 졌으며 바람이 불고 파도가 일어났다가 사라졌다.

투승이 끝나면 낚시가 원했던 수심까지 가라앉기를 기다리다가 다시 낚싯줄을 거둬들이는 양승작업이 시작되었다. 양승작업에는 투승작업에 참여하지 않았던 선원들이 참여하면서 투승을 했던 선원들에게는 몇 시간의 수면시간이 주어졌다. 기

---

108) 선박의 앞부분에 있는 창고로 앙카 체인을 적재하는 곳.

묵에게는 무엇보다 달콤한 시간이었지만 다른 투승조 선원보다 1시간 정도 빨리 일어나 양승조 작업에 참여했다. 그런 일들은 누가 시켜서라기보다 기묵이 생각하기에 그래야 할 것 같았다. 그래야만 함께 출발한 선원들 틈에서 작업을 빨리 몸에 익혀 선두에 설 수가 있었다. 기묵은 선장을 목표로 실습항해사의 일을 겸직하고 있었다. 선장이 되기 위해서는 마구로배의 일을 하나라도 놓쳐서는 안 되었다.

양승작업에는 12명의 선원이 참여했다. 낚싯줄을 당기거나 둥그렇게 사리는 사람, 라이트부이를 옮기고 어획한 다랑어를 급살 처리하는 선원들 등등이다. 모두 자신이 담당할 몫에 따라 역할에 충실했다. 노동의 삶을 생의 근간으로 삼고 살아가는 사람들이다. 갑판에는 처리 중인 다랑어들이 보였다. 모두 참다랑어인데 이놈들의 습성은 패거리였다. 고만고만한 놈들끼리 몰려다녔다. 마치 등교를 서두르다 멈춰선 언덕길 스쿨버스 안의 초등학생처럼. 그래서 영어로는 떼거리로 몰려다니는 물고기를 스쿨피쉬라고 했다. 밤새도록 끊이지 않고 처리를 기다리는 참다랑어가 처리장 앞에 줄을 섰다. 갑판을 떠도는 신선한 생선 비린내가 광안리 중국집 삼천각의 해물누룽지탕냄새처럼 구수했다. 오줌을 누고 고추도 못 보았던 지난 밤. 렛고에다를 줍던 기묵마저 바빴다. 만선의 날이었다. 그렇게 만선이 계속 이어지며 배 밑바닥의 연료는 줄어드는 대신 어창이 가득 채워졌다.

어창을 모두 채워 넣은 제505행복호는 케이프타운항으로 돌아가지 않고 인도양에 있는 모리셔스섬 포트루이스로 입항을 하였다. 그랬다. 1갑원을 수장시킨 레이온섬과 붙어 있던 섬, 그 섬이었다. 다시 남인도양에서 참다랑어 어기가 시작될 때까지 이번에는 인도양 전역을 무대로 다랑어를 쫓을 제505행복호의 두 번째 기지였다.

기묵에게 오늘은 어제였다. 어장이 인도양 전역으로 확대되었고 목표종도 눈다랑어와 황다랑어로 바뀌었지만, 기묵에게 변한 것은 하나도 없었다. 다만 낚시를 던지는 해역이 어제와 다를 뿐이었다.

남반구에서 겨울이 끝나가고 있었고 모리셔스 포트루이스에도 가을이 찾아왔다. 황갈색으로 변한 산등성이를 배경으로 한 척의 다랑어연승선이 포트루이스 항구를 빠져나오고 있었다. 남인도양에서 참다랑어조업을 마치고 어창을 비우기 위해서 잠시 입항하였다가 인도네시아 자바 수역으로 출항하는 제505행복호였다.

출항하는 제505행복호 항로 곁에는 크고 작은 등부표와 함께 여러 척의 다랑어연승선이 정박해 있었다. 기묵은 배와 배끼리 부딪힐까 봐 두근거리는 심장을 애써 가라앉혔다.

남인도양 조업시 중국 배들은 몇 번의 적수 끝에 찾아 놓은 어장에 이중 삼중으로 투승을 했고 또 겹쳐진 연승은 막무가내로 잘라버렸다. 그 덕분으로 산더미 같은 파도에게 뱃머리를 빼앗기고 부이줄을 찾기 위해서 얼마나 많이 목숨을 걸었던가. 그리고 그동안 잃어버린 낚시만 해도 얼마나 되는가, 그 경비는 또 얼마인가. 기묵이 중국 다랑어연승선만 보면 피가 끓어오르는 이유였다.

중국 국적의 다랑어연승선 선장들은 인도양에서 전해 내려오는 뱃사람들 간의 관습에는 도통 관심이 없었다. 오로지 자신들의 어획에만 광분해 있었다. 공산주의를 표방하고 공동의 이익을 추구한다는 중국이 그런 짓거리를 서슴없이 저지르는 것을 보면 내적으로는 이미 자본주의에 깊이 물들어 있는 모양이었다.

"자, 이제부터 달려볼까! 기묵아, 엔진을 전속 알피엠으로 올려."

"풀 어헤드 써."

기묵은 황대복 선장의 지시대로 제505행복호의 항해속력을 올렸다. 첫 조업 위치로 결정한 인도양에 면한 인도네시아 자바 어장까지는 모리셔스에서 보름 이상 북동쪽으로 이동하는 먼 거리였는데 도착하기도 전에 황대복 선장의 마음에는 투승할 선위가 이미 결정되어 있어 한 시간이라도 빨리 자신이 선택한 어장에서 어황을 확인해보고 싶은 마음이 간절했기 때문이었다.

점점 짙어지는 어둠 속 포트루이스항의 마지막 출항 등부표 불빛이, 사랑을 마치고 기묵을 처연하게 바라보던 제니의 눈빛처럼 빛나기 시작했다. 제니는 케이프타운에서 만나 밤을 꼬박 새웠던 원나이트의 상대였다.

"가끔 네게 전화해도 돼?"

제니는 기묵과 헤어지기 직전에 공허한 목소리로 말했다. 기묵은 제니의 말을 떠올리며 그 불타던 밤의 풍경을 그려보았다. 그때 기묵은 제니의 말을 흘려들으며 바다를 떠올렸다. 바다의 어디로 전화를 할 것인가. 기묵은 문득 제니가 보고 싶었다. 만약 제니가 포트루이스에 있었다면 얼마나 좋을까. 하지만 제니가 지금 있는 곳도, 어느 곳을 떠도는지도 기묵은 알지 못했다. 어디서 어떻게 살아갈까, 궁금했다. 원나이트 상대였지만 기묵은 자신의 첫 순정을 가져간 제니가 그립다는 생각이 들었다.

기묵이 지나간 일로 잠시 추억에 빠져 있는 사이, 제505행복호는 포트루이스의 출항항로에서 마지막 등부표를 통과했다. 이제부터는 작업할 선위까지 직항하면 되었다. 며칠 전 지나간 사이클론 탓인가, 모리셔스의 외해는 산호초로 보호되고 있는 내해와는 달리 파도가 거칠었다. 제505행복호가 뱃머리로 밀려드는 파도를 타고 솟구쳤다가 다시 미끄러지듯 파도 위를 달려내려갈 때는 발꿈치를 구르듯 우르르거리는 소리를 냈다. 그리고 그 소리들은 동심원을 그리며 바다의 중심으로 퍼져 나갔다.

재505행복호가 향하는 어장은 인도양을 마주하고 있는 자바 어장이었다. 목표종으로 하는 어종도 참다랑어에서 눈다랑어와 황다랑어로 바뀌었다. 그러기 위해서는 그동안 사용했던 어구부터 조정해야 했고 무엇보다 먼저 해야 할 일이 목표종이 회유하는 수심을 타격할 수 있도록 아릿줄의 길이를 더 깊이 하는 일이었다. 이 밖에도 부이줄 조정, 미끼의 선별 등과 안전사고를 대비하여 선원들의 대피 숙지 훈련, 선내 소화 훈련, 조난 퇴선 훈련 등을 해야만 했다.

기묵은 항로가 제 자리로 들어서자 자동조타장치를 작동시켰다. 그리고 브리지 유리창 밖으로 얼굴을 내밀었다. 기묵은 인도양 공기를 모두 들이키듯 크게 팔을 벌리고 숨을 들이쉬며 콧구멍을 벌름거렸다. 먼바다에서는 눈다랑어 등지느러미 같은 비릿한 바람이 불어왔다. 항해등 불빛에 하얀 거품의 파도가 드문드문 보이는 인도양에 겨울이 끝나가고 있었다. 눈다랑어가 자바 어장으로 돌아오는 시즌이었다. 산란하기 위해서였는데 이때 어획되는 눈다랑어는 크기도 크기지만 비만도가 높아서 고가로 거래가 되었다. 황대복 선장이 노리는 대물들이었다.

이번에 기묵은 양승조로 배치 받았다. 훌륭한 항해사가 되기 위해서는 갑판장보다 뛰어나야 한다는 황대복 선장의 신념이 또다시 적용된 까닭이었다. 기묵도 그런 황대복 선장의 지론에 적극적으로 찬성했다. 다랑어연승선의 갑판은 거친 곳이었다. 무슨 일이 어떻게 진행되는지 모른다면 스스로를 지켜낼 수 없었다. 갑판에서 일어나는 일이라면 모든 것을 숙지하고 있어야만 했고 자신의 몸으로 직접 겪는 체험보다 더 빨리 깨달을 수 있는 건 없었다.

양승조는 양승키를 잡는 1등항해사의 지휘로 작업이 진행되는데, 작업시간 동안 자신을 내려다보는 1등항해사의 눈길은 기묵의 입장에서는 든든한 후원군이나 마찬가지였다.

양승조는 양승조와 처리조로 나누어져 있었고 투승조가 마지막으로 던진 낚싯줄에 묶어둔 부이를 걷어올리면서부터 작업이 시작되었다. 양승조는 말 그대로 모릿줄을 걷어올리고 모릿줄에 달린 아릿줄에서 참다랑어를 뱃전 안으로 수납하는 일을 했다. 이게 또 만만치 않은 일이었지만, 다행히 작업의 많은 부분이 자동화되어 있었다. 그런 까닭으로 부이줄을 손으로 당기는 일 외에 선원들이 육체적으로 크게 힘쓸 일은 없었다. 기묵은 모릿줄이 엉키지 않게 선미 수납창고로 이동시키는 일을 하거나 아릿줄을 브런치 에이스에서 꼬임 없이 벗겨내는 일, 그리고 다음 투승을 대비하기 위하여 수납한 부이들을 선미 투승대 쪽으로서 쌓아 놓는 일들을 했다.

다랑어연승선에서 어획된 다랑어를 상품으로 처리하자면 여러 장비가 동원되었다. 처리용 칼이 여러 자루나 되었고 도끼나 망치 그리고 요구라고 하는 쇠갈구리 등등 일반인의 눈에는 모두 흉기로 느껴지는 장비였다. 만에 하나 선원들 간에 감정이라도 쌓이면 걷잡을 수 없는 폭력사건으로 발전할 수도 있었기에 기묵에게 맡겨진 임무에는 그러한 일들이 발생하지 않도록 감시하고 관리하는 책임도 있었다.

기묵은 다랑어연승선의 신참 선원으로 돌아갔다. 기묵은 아릿줄을 줍는 일부터 하기 시작했다. 아릿줄을 줍는다는 의미는 투승이나 양승 중 바닷물 속의 알 수 없는 조건에 의해서 아릿줄이 꼬이거나 똘똘 말린 것을 딸딸이라고 했는데 그것을 본래의 낚싯줄로 환원시키는 일을 의미했다.

기묵은 양승조에서 제일 나이가 어렸다. 기관실의 곰을 제외하면 모두 형님뻘의 선원들이었지만 체력적으로 별로 걱정을 하지 않았다. 노동이라면 중학교 때부터 자갈치시장 바닥에서 해왔던 일이고 어차피 배워야 할 일이라면 철저하게 배워야 했다. 그런 까닭에 시간이 나면 나이 든 양승조원의 다른 일까지 도와가며 갑판 일을 익혔다.

"너는 서울역 지게꾼을 해도 지장이 없겠다."

선원들은 기묵을 보면 감탄과 칭찬을 아끼지 않았다. 하루하루 되풀이되는 뱃일로 뱃사람의 생활이 육화되면서 타고난 근면한 성격이 되살아났다.

기묵은 1등항해사가 위치를 측정하기 위해 썬사이팅[109]이나, 스타사이팅을 할 때면 톱브리지로 달려가 스톱워치를 들고 "마크"를 외쳤다. 1등항해사와 천측이 끝나면 선원들과 함께

109) 육분의를 사용하며 천체의 고도를 관측하는 행위로 태양의 고도는 썬사이팅, 항해용 별자리 관측은 스타사이팅이라고 한다.

또다시 파도 속에서 뒹굴었다. 그렇게 기묵은 제505행복호 브리지와 갑판에서, 없어서는 안 될 뱃사람으로 변해갔다. 그러는 동안 제505행복호는 외판에 붉은 소금꽃을 피워내며 남인도양으로 또는 인도양 전역과 모잠비크해협 이곳저곳에서 참다랑어와 다랑어를 쫓으며 낚시를 던졌고 만선을 이뤄냈다.

제505행복호 황대복 선장은 진짜 뱃사람이었다. 황대복 선장이 만선을 쫓을 때는 바다의 세계를 아직 잘 모르는 기묵이 느끼기에도 바다와 다랑어잡이에 미친 사람처럼 보였다.

황대복 선장에게는 특이한 점이 있었는데 투승도 하기 전 브리지를 어느 산속의 법당으로 만드는 일이었다. 브리지는 경전의 독송으로 가득 메워졌다. 만선을 바라는 황대복 선장의 염원이 너무나 절절했던 것인데 관자재보살 행심반야 바라밀다시 색즉시공 공즉시색 불생불멸 불구부정~ 아제 아제 바라아제 바라승아제 모지 사바하, 아제 아제 바라아제 모지 사바하~ 끊임없이 이어지는 염불소리는 반야심경이었다. 그런데 반야심경은 큰 지혜로 깨달음을 얻고 부처의 세계로 들어간다는 것으로 기묵은 이해하고 있었다.

하지만 투승을 하면서 만선을 바라는 마음은 물고기를 수없이 척살하겠다는 것인데, 그렇다면 수리수리 마하수리 수수리 사바하 나무 사만다 못다남 옴 도로 도로 지미 사바하~ 같은 천수다라니경의 진언이 투승에 더 적합하지 않은지 황대복 선장에게 물어보려다 말았다. 믿고 의지하는 게 종교가 아닌가.

그리고 본인이 그걸로 위로를 받으면 그만이었다. 그리고 또 하나 황대복 선장은 투승이 시작되면 습관처럼 담배부터 피워 물었는데 담뱃불은 투승이 끝날 때까지 꺼지지 않았다. 그러면서도 어군탐지기에서 눈을 떼지 않았다. 어군탐지기 200에서 500미터 사이에는 수온약층의 붉은 띠가 나타났는데 황대복 선장은 수온약층 형태를 하나하나 분석해가며 그때마다 투승이 되는 낚싯줄의 깊이를 맞추기 위해서 제505행복호 속력을 올리기도 하고 내리기도 했다.

흔히 참치라고 하는 다랑어에는 여러 종이 있는데 참다랑어, 눈다랑어, 황다랑어, 가다랑어, 날개다랑어 등이 상품으로 유통되고 있었다. 그런데 다랑어라고 해서 같은 수심에서 살지 않는다. 황다랑어는 200미터, 눈다랑어는 300미터, 참다랑어는 100미터로 주요 서식 수심이 다른데 미끼가 달린 낚시를 이런 수심에 적절히 투승하는 것도 선장이 지닌 능력이었다. 보편적으로 원양 다랑어연승선 선장들은 자신이 원하는 수심에 설치하기 위해서 투승 속력을 조정하는 방법을 선호했다.

투승 속력이 빠르면 모릿줄의 장력으로 낚싯줄이 낮은 수심으로 뜨고, 속력을 느리게 하면 모릿줄에 장력이 걸리지 않아 깊게 가라앉게 된다. 또 그런 방법도 성이 차지 않으면 투승조에 일일이 지시를 하면서 투승하는 부이의 투하 시간을 조절하여 낚시의 침잠 수심을 조절하곤 했다. 이런 것 외에도 아릿줄의 구성에서 목줄을 늘였다가 줄이고 미끼도 샤치라고 부르는 이빨고래류의 피해를 막기 위해서 오징어만 끼우다가 전갱이로 전량 교체하기도 했다.

사실 황대복 선장은 입만 열고 지시만 하면 되었지만, 선원들로서는 선장의 요구에 따라 몸뚱이를 움직여야 하니 여간 성가신 일이 아니었다. 그러나 황대복 선장이 그런 난리를 친 다음 날은 어획이 좋았기에 누구 하나 불만을 제시할 수 없었다. 그러는 동안 24개월이란 시간이 쏜살같이 흘러갔고 제505행복호에서의 승선계약 기간이 끝나갈 때가 되었다.

어느 날 기묵에게 1등항해사가 특별한 제의를 하나 했다. 이미 1등항해사는 다음 시즌 제505행복호 선장으로 발령을 받은 상태였다.

"기묵아! 내가 다음 주면 선원 구성을 위해서 귀국을 하는데 네가 말뚝을 박아주면, 2등항해사 직급을 비워 놓을까 하는데 네 생각은 어떠냐? 본사의 제505행복호 담당인 수산과장이 대학 동기인데 그러니까 네가 해기사면허가 없더라도 2등항해사 직무를 수행하는 데 아무런 문제가 없다고 이미 확답을 받아 놓았다."

하지만 기묵은 1등항해사의 승선 권유를 그 자리에서 곧바로 결정할 수 없었다. 먼저 지금까지 마음으로 서로 의지하며 지내온 곰의 의견도 들어보고 부모님과도 상의해야 했다.

"생각을 좀 해보겠습니다."

"출국하기 전날까지 확답을 주고 실습기관사도 재계약을 할 것인지 의중을 알아봐."

기묵은 어기 종료를 하면 실습 딱지를 떼어낼 수 있었고 다음에 승선하는 다랑어연승선엔 통신장으로 승선할 자격이 있었다. 그러면 동아수산이 보유하고 있는 선박에서 통신장 진급에는 문제가 없었다. 이미 회사에서는 기묵을 제505행복에 승선시킬 때부터 자체 통신장 인력을 키우려는 목적이 있었기 때문이었다.

기묵의 고민이 깊어졌다. 통신장이란 직책은 평생 통신장으로서 끝이었다. 선박 안에서는 선장을 보좌하는 1등항해사보다 권력이 없는 직책이었다. 하지만 2등항해사로 근무한다면 미래에 선장을 할 수 있는 길로 입문하는 것이나 마찬가지였다. 다랑어연승선 선장이란 원양어선의 왕이었으며 바다를 주유하는 왕국의 제왕으로 선원의 신분으로서는 감히 넘보지 못하는 자리였다.

기묵은 제505행복호 승선을 결정하는 날, 꿈속에서 자신이 마스터가 되어 있던 걸 떠올렸다. 더욱이 지금은 특례보충역 기간 중이었다. 마치려면 2년이란 기간이 더 남아있었다. 기묵은 재승선에 대하여 곰과 의논했다. 곰도 기묵과 마찬가지로 특례보충역의 혜택을 받는 중이었다. 기묵은 곰의 침실로 갔다. 곰은 누워서 텔레비전을 시청하고 있었다. 곰이 기묵을 바라보며 웃었다. 기묵의 얼굴을 보고 그렇게 환하게 웃는 것은 처음이었다. 곰은 소문을 들어서 이미 기묵이 재계약한다는 것을 알고 있었고 자신도 결정을 내리고선 기묵을 기다리고 있던 차였다.

"형이 박는다면 나도 박지 뭐. 우리 마음을 강하게 먹읍시다."

기묵은 곰이 타주는 믹스커피를 마시다가 곰의 박는다는 말에 뜬금없이 여자 생각이 났다. 믹스커피에서 진한 여자 향기가 났다. 지금쯤이면 자기 나라로 돌아갔을 제니를 떠올리며 아프리카의 밤을 생각한다는 것은 얼마나 낭만적인가. 기묵의 입가에서 피식거리며 바람 빠지는 소리가 났다.

"후회 안 하겠어?"

"제505행복호처럼 좋은 곳이 어디 있는데. 삼시 세끼 쌀밥 주제, 담배 공짜로 주제, 입항하면 금발들과 놀라고 상륙비 지급하지. 형도 계시지. 제505행복호는 파라다이스요. 형이나 후회하지 마."

자신을 기다리는 곳도 없고 다시 영도에 갇히면 주먹만 쓸 것 같아 골치 아프다는 곰의 핑계가 기묵은 고마웠다. 기묵도 실습기관사 곰과 함께 말뚝을 박겠다고 1등항해사에게 말했다.

"기묵아, 나를 믿어주어서 고맙다."

기묵과 곰의 각오를 들은 1등항해사는 자기를 믿어주어서 고맙다며 며칠 후 선원 구성을 위해 한국으로 귀국했다.

1등항해사가 선원 구성을 위해 계약종료 한 항차를 남기고 먼저 귀국을 하자 제505행복호 항해 사관 조직에 변화가 생겼다. 2등항해사가 1등항해사로, 3등항해사가 2등항해사로 진급되었다. 그리고 공석이 된 3등항해사 직책에 기묵이 추천되었다.

1항차에 불과한 짧은 3등항해사 직무는 어렵지 않았다. 차기 선장으로 승선할 1등항해사에게 배운 항해 당직의 연속이었다. 기묵은 항해과를 나온 항해사들에 비해 학문적인 논리는 떨어질지 몰라도 뱃놈이 지녀야 할 지도력과 추진력은 진급한 1등항해사보다 뛰어나다는 평가를 황대복 선장으로부터 받고 있었기 때문이었다.

제505행복호는 어창을 가득 채우고 무사히 케이프타운에 입항했다. 부두에는 1등항해사에서 선장으로 진급한 맹광식 선장이 다음 시즌을 꾸려갈 선원들과 부두에서 기다리고 있었다. 제505행복호 선발대는 하역을 마치고 인수인계를 끝냈다. 기묵은 맹광식 선장과 함께 공항까지 나가서 한국으로 돌아가는 황대복 선장과 만석 씨와도 이별했다.

귀국하는 황대복 선장을 배웅하고 공항에서 돌아오는 길에 폭포수 같은 빗줄기가 쏟아졌다. 지구의 이상기후 탓으로 남아프리카에도 폭우가 쏟아진다고 다들 걱정이 많았지만 기묵의 답답한 마음들을 씻어내리기에 스콜만 한 빗줄기는 또 없었다. 기묵은 '실습통신사로 시작해서 선장을 하겠다는 꿈을 이룰 수 있을까? 맹광식 선장이 뒤를 봐주겠다고 약속은 했지만, 한국사회의 고래 심줄같이 질긴 지연과 학연을 넘어설 수 있을까?'

라는 생각에 빠져들었다. 그랬다. 하지만 한계는 극복하라고 있는 것이었다.

기묵은 다음 출어 시즌을 준비하며 오랜만에 부모님과 통화했다. 안부 인사가 끝나자 계약을 연장해서 더 있다가 귀국하겠다고 말씀드렸다. 기묵의 부모님은 섭섭해 했지만, 이젠 너도 사회인이니 알아서 판단하지 않겠냐며 격려해 주었다. 그리고 또 하나 무엇보다 반가운 소식은 미국의 큰누님과 연락이 닿았다는 것이었다. 지금은 알래스카 코디액에서 킴벌리 남이라는 가스 스테이션을 운영하는데 매형 매튜는 오지 택시 운전도 겸해서 수입이 쏠쏠하다는 소식이었다. 부모님께 용돈으로 쓰라고 달러까지 보내준다고 했다.

그린란드 그리고 피격

세월은 쏜살처럼 지나갔다. 1등항해사 시절 참다랑어 시험 조업부터 조사해 놓은 어장정보로 맹광식 선장은 많은 어획고를 달성했다. 어획량이 늘어나자 제505행복호를 승선하며 개설하였던 기묵의 은행계좌에도 돈이 쌓여갔다.

황대복 선장이 지휘하던 제505행복호에서 발생했던 암모니아 폭발과 같은 큰 사건과 사고는 발생하지 않았다. 하지만 자잘한 안전사고로 기묵은 2등항해사 직책을 수행하며 주눅이 들기도 했다. 기묵이 양승을 하는 책임 당직 시간에 선원이 낚싯줄에 코를 꿰인다든가, 초기를 한 번에 잡지 못해 모릿줄이 스크루로 흘러들어가서 잠수작업을 한다든가, 다 잡아올린 참다랑어를 현문에서 떨어뜨린 일 등이었다. 기묵은 고비 때마다 특유의 침착함과 겸손함으로 일들을 처리해 나갔다. 그런 까닭으로 차세대 선장감이다, 아주 유능한 항해사란 소문이 동아수산 소속의 선단 배로 퍼져 나갔다. 기묵이란 이름은 본사에 있는 여직원들까지 기억했고 모두 기묵이 가진 근면함을 칭찬했다.

기묵이 맹광식 선장과 함께했던 조업에서는 기억에 남을 경력을 더했는데 북대서양 그린란드 해역에서 참다랑어를 잡았을 때 일이다. 남인도양 미나미 어장에서 그린란드 해역의 조업이라니 뜻밖이었다.

참다랑어란 놈은 지구상 여러 곳에서 어획되고 있었는데 우리나라 주변만 해도 쓰가루해협에서 잡히는 태평양산 참다랑어가 있고 페루 앞바다, 지중해 리비아 연안, 호주 남단 등등 여러 곳에서 어획되고 있었다.

북대서양에는 다랑어를 관리하는 국제기구가 있었는데 그 기구에서 우리나라의 시험조업과 참다랑어 이동 경로를 연구하기 위해서 전자태그를 붙이는 연구에 참여를 권했고 미나미 조업장에서 월등한 어획 성적을 기록하고 있던 맹광식 선장 앞으로 임무가 배정되었다. 사실 그린란드 참다랑어 조업은 위험이 많이 따르는 조업이었다. 세계에서 바다가 제일 난폭하다는 북서대서양 해역이고 철수 타이밍을 놓치게 되면 떠다니는 유빙으로 난파에까지 이르는 바다였다. 하지만 어가로 환산하면 선원들의 경제적 수익에 커다란 플러스 요인이 되었기에 다랑어를 잡는 뱃놈이라면 한 번쯤은 가보고 싶어하는 곳이기도 했다. 사실 기묵도 소문만 들었지 막상 그린란드 해역까지 출어할지는 예상하지 못했다.

북대서양의 날씨는 예로부터 험하다고 이름난 곳이었다. 미나미라고 하는 남인도양 파도보다 더하면 더했지 모자람이 없는 바다였다. 역사 이래로 수없이 많은 배가 난파했고 수많은 뱃사람이 수중고혼이 되어 떠도는 곳이 북대서양이었다. 그런데 아이러니하게도 그곳 바다에 300~500킬로그램이나 되는 거대 참다랑어가 회유를 하고 있었다. 한마디로 눈이 휘둥그레질만한 바다의 괴물이기도 했다.

그린란드 해역으로 가는 항해는 멀었다. 케이프타운을 떠난 제505행복호는 뱃머리를 북으로 하여 아프리카 연안을 따라 북상했다. 중간 기항지로 되어 있는 다카르항에 입항하기 위해서였다. 기묵에게는 한국을 떠나와 벌써 세 번째 입항하는 외국 항이었다. 다카르항 입항은 그린란드 어장까지 갔다가 되돌아올 연료를 보충하기 위해서였는데 선원들이 기대하는 외출은 꿈도 꿀 수 없었다. 때마침 아프리카 전역에 에볼라바이러스가 유행하고 있었고 다카르가 있는 세네갈은 그 중심에 있는 나라였다. 회사에서도 현지인과의 접촉을 경고하며 선원들의 외출 자제를 지시했다. 선원들은 상륙할 수 없다는 지시에 내심 섭섭하기는 했어도 혹시라도 외출했다가 에볼라바이러스라도 배 안으로 묻혀오면 배 안에서만 갇혀 살아가는 선원들은 모두 죽은 목숨이 되기에 무엇보다 조심할 수밖에 없었다.

제505행복호는 연료 보충이 끝나자 바로 출항했다. 그리고는 그린란드 해역을 향하여 대서양을 전속으로 전진했다. 겨울이 막 지난 봄철의 북대서양 바다는 안개의 바다였다. 수평선을 바라보면 어디가 하늘이고 어디가 바다인지 분간조차 어려웠다. 지독한 안개였다. 항해는 전적으로 알파레이더에 의지했다. 바다에는 짙은 안개주의보와 함께 유빙주의보도 함께 발령되어 있었다. 기묵은 당직 시간이 되면 누구보다 긴장한 채 짙은 안개 속에서 뱃머리를 살피기에 여념이 없었다.

며칠째 제505행복호는 안개의 바다를 달리고 있었다. 투승할 예상지역에 도착하기 전이었고 다카르에서 출발한 지 정확히 보름이 지난 후였다. 제505행복호가 투승수역으로 접어들고 높아진 파도로 선체의 롤링이 심해지자 맹광식 선장이 피곤해 보이는 얼굴로 나타나 입을 열었다.

"2등항해사, 무슨 바다가 이렇게 음산하냐?"

"안개가 너무 짙어서 그런 것 같습니다. 이런 속력으로 앞으로 한 시간은 더 달려야 도착할 것 같습니다."

기묵은 자동조타를 풀고 수동조타로 레버를 옮겼다. 기묵은 조타륜을 움켜잡았다.

맹광식 선장은 퀭한 눈으로 기묵을 쳐다보며 기묵이 분쇄해 놓은 원두커피를 손수 드립으로 내렸다. 그리고는 입김이 나도록 후후 불어가며 커피를 마셨다. 브리지 유리창에 하얀 김이 서렸다. 맹광식 선장은 추레한 운동복 바지를 입고 있어서인지 더 추워 보였다. 커피를 바닥까지 들이킨 후에야 맹광식 선장은 지시를 내렸다.

"투승을 준비해보자."

맹광식 선장이 무덤덤하게 지시했지만, 자신도 처음 작업하는 어장이라 긴장한 표정이 역력했다. 그러나 북대서양 참다랑어라고 해서 참다랑어를 어획하는 방법이 크게 다르진 않았다. 다만 어획물의 덩치를 고려해서 낚시와 낚시 간격을 50미터로 하여 1바스켓에 5개의 낚시 구성이었으며, 낚인 참다랑어를 쉽게 끌어올리기 위해 미사일의 사이즈를 키우고 전기충격기의 전류가 더 많이 흐르게끔 크고 튼튼하게 제작하였다. 그리고 호이스트 작동 여부를 점검하여 어획물을 안전하게 갑판으로 끌어들일 수 있도록 했다.

"부이 렛고."

맹광식 선장의 투승 지휘 아래 그린란드 해역에서 조업이 시작되었다. 제505행복호에게 배당된 TAC는 50톤이었고 두 마리는 1개에 800만원이 넘는 전자태그를 심어서 방류하는 임무도 함께 부과되어 있었다. 어획량이 50톤이라고는 하나 참다랑어 한 마리 평균 무게가 300킬로그램 정도였다. 마릿수로 환산하면 160마리 정도만 어획하면 끝나는 일이므로 빠르면 열흘, 늦어도 보름이면 작업이 종료되는 조업이었다.

작업은 미나미 어장에서의 조업과 같았으나 어획되는 참다랑어 크기가 달랐다. 참다랑어는 첫날부터 낚싯줄에 물려왔다. 되돔을 끝낸 제505행복호가 모릿줄을 감아들이자마자 아릿줄이 V자로 팽팽하게 물속으로 처박혔다. 그러자 라인홀러가 부하를 받아서 끙끙거리기 시작했다. 양승을 준비하고 있던 선원들이 일순 긴장하기 시작했다.

"와, 저 정도 장력이면 300킬로그램 돼지하고 맞먹는 힘인데!"

라인 홀러를 잡고 있던 1갑원이 돼지라고 한 어종은 선원들이 예명으로 부르는 황새치인데 큰놈은 50킬로그램에 달하는 것도 어획이 되었다. 아무튼 1갑원의 목소리에도 긴장감이 가득했다.

"미사일을 쏴!"

양승키를 잡은 그의 곁에서 맹광식 선장이 아릿줄에 미사일을 넣을 것을 지시했다. 미사일은 타란툴라 발을 닮은 강철 집게발이었는데 아릿줄을 따라 흘려보내면 낚시에 물린 어획물이 주둥이를 꽉 조여 잡게 되어 있었다. 그때 미사일과 연결된 로프를 끌어당기면 되었다. 그러면 어획물을 뱃전으로 끌어당길 때 아릿줄 목줄이 끊어져도 달아날 기회가 사라지는 것이었다. 미사일이란 애칭도 어획물의 주둥이에 가서 꽂히면 그대로 모든 것이 끝난다는 의미일 것이다. 아무튼, 그렇게 하여 갑판으로 끌어올린 참다랑어는 400킬로그램이 넘는 놈이었다. 선장을 비롯한 다랑어연승선 승선 경력이 10년이 넘는다던 1갑원도 벌어진 입을 다물지 못했다.

북대서양이 마각을 드러낸 것은 제505행복호가 투승을 시작하고 열흘째 되던 날이었다.

투승한 연승의 3분의 2정도를 수납하고 전자태그 부착 임무에서 마지막 한 마리까지 전자태그를 실시하고 막 방류를 끝냈을 때였다.

"양승 절단하고 A-7 부이 2개 채워. 피항이다."

주낙 절단을 지시하는 맹광식 선장의 목소리가 은연중에 떨리고 있었다. 겁을 잔뜩 먹은 목소리였다. 그럴 만도 했다.

사흘 동안 바람이 꼬리에 꼬리를 물고 불어왔다. 북대서양의 북서풍이었다. 파도를 뱃머리로 받고 양승을 하는 동안 나침반은 끝없이 이어지는 횡요로 흔들렸다. 바다는 조릿대가 흔들리며 돌을 골라내듯 짧았던 정박의 추억을 씻어내고 마음의 두려움들을 부추겼다. 물의 감옥이었다. 뱃전을 쿵쿵 울리며 강철 심장의 뱃사람을 무력하게 만드는 마법 같은 풍랑이 언제 멈출지 아는 사람은 한 사람도 없었다. 그저 낚싯줄을 당겨 올리며 앞으로 나아가라는 바다의 노래라고 기묵은 생각했다. 현문을 넘쳐들어온 차가운 바닷물이 기묵의 몸을 베고 가는 시퍼런 칼날이 되고 베어진 상처로 스며든 바닷물에 마음이 소금호수를 이루어도 기묵은 바다로 나온 것을 절대로 후회하지 않았다. 외로움도 두려움도 무작정 돌파해야 하는 그린란드의 참다랑어 조업. 기묵은 자신의 영혼이 강해지길 마음속으로 빌고 또 빌었다.

그러던 어느 날, 양승작업 중에 메인 엔진의 터빈이 고장났다. 메인 엔진의 터빈은 주기관의 힘을 더해주는 장치였는데 터빈에 이상이 있으면 엔진에서 출력이 나오지 않았다. 이미 북대서양 전역에 폭풍주의보가 발령되었고 제505행복호가 있는 수역에는 폭풍 파고를 10미터까지 예보하고 있었다. 터빈 없이는 조용한 날씨에도 항해조차 어려운데 폭풍이 몰려오는 시점에서 엔진을 사용할 수 없는 조난은 그대로 사망이었다. 아무튼 이런 위기 상황일수록 냉정한 선장의 판단력이 필요했다.

맹광식 선장은 작업을 중지하고 터빈을 교체할 것을 지시했다. 터빈 없이 피항하다 엔진 고장이 나면 살아날 방법이 없었다. 어구를 잃더라도 빨리 터빈을 교체하여 메인 엔진이 제힘을 발휘해야만 했다.

터빈을 교체하려면 기관실 사관들이 필사적으로 매달려도 다섯 시간이 더 걸렸다. 그것도 아무 탈 없이 교체가 끝났을 때가 그랬다. 맹광식 선장에게는 그 시간 동안 배를 표류시키면서도 살아남는 일이 문제였다. 이미 바다는 수평선으로부터 몰려온 폭풍이 허연 이빨을 내보이며 제505행복호를 물어뜯고 있었다.

"선장님 이런 방법은 어떻습니까? 씨앙카를 만드는 겁니다."

"씨앙카라니?"

씨앙카라는 개념을 생각해 낸 것은 일본의 어구 학자들이었다. 그들은 오징어채낚기선들이 배의 흐름을 해류와 같은 속력과 방향으로 표류시키는 방법으로 씨앙카를 만들어냈다. 그 결과로 오징어채낚기선에서 수직으로 내린 낚싯줄이 서로 엉키지 않는 방법을 찾아내었고 기계 로봇이 자동으로 낚시질을 할 수 있는 조상기란 기계도 발명했다.

일본학자들이 발명한 씨앙카는 낙하산의 구조를 가진 물닻을 배의 선수에서 물속으로 집어넣는 방법이었다. 그러면 낙하산 안에 물이 가득 차며 저항을 하게 되고 배는 저항에 뱃머리를 매단 채 끌려가게 되는데 해류의 방향과 같은 방향이었다. 그런데 이럴 때는 바다의 기상이 평온한 때였고 기상이 나빠지면 배는 바람이나 파도에 의해 압류되게 된다. 그러면 저항 때문에 자연히 뱃머리가 바람이나 파도가 몰려오는 방향으로 서 있게 되는 것이다. 그렇게 되면 배의 조선에서 가장 위험한 형태로 판단하는 브로칭 투를 피하게 된다. 그러나 제505행복호는 다랑어연승선이었고 몇천만 원이나 하는 씨앙카를 싣고 다닐 이유가 없었다.

"응급으로 씨앙카를 만들면 됩니다."

기묵은 황대복 선장과 마다가스카르해협에서 황천을 만나고 나서 만약 다시 이런 폭풍을 만났을 때 조난상황이 발달하면 어떻게 할 것인가에 대하여 생각해 놓았던 것이 있었는데 그것이 씨앙카였고 씨앙카 제작에 대하여서도 구상해 놓은 것이 있었다.

"어떻게?"

"무링라인과 타이어펜더, 그리고 싣고 있는 부이를 이용하면 됩니다. 제가 한번 해보겠습니다."

기묵은 맹광식 선장의 동의도 미처 받지 않고 갑판장과 함께 선수 갑판으로 뛰어갔다. 그리고 갑판장에게는 선교 데크에 적재되어 있는 타이어펜더를 모두 가져오라고 했다. 제505행복호 타이어펜더는 타이어를 2개씩 결박한 펜더가 모두 8개가 있었다. 기묵은 무링라인의 끝을 제1마스트 기둥에 묶도록 했다. 그리고 다른 끝은 자유로운 저항을 만들기 위하여 타이어펜더 중심에 뚫려 있는 구멍으로 통과시키고 끝을 샤클로 무링라인 원줄에다 채웠다. 그래야만 타이어펜더를 바닷물로 집어 넣을 때 하나하나씩 이동하기가 쉬웠다. 기묵은 1갑원에게는 선미 창고에 수납된 투승용 부이를 선수 갑판으로 가져올 것을 명령했다.

이미 바다는 미쳐 날뛰기 시작했다. 바람의 세기가 15미터 퍼세크가 넘어가고 있었고 파도도 4미터를 넘었다. 제505행복호는 폭풍에 브로칭 투가 된 채 좌우 롤링의 각이 15도를 넘어서 건현의 끝이 해수면에 닿고 있었다. 기묵은 배의 롤링과는 상관없이 이곳저곳으로 날라다니듯 뛰어다녔다. 육지에서만 살아온 누군가 그 모습을 보았다면 아수라의 현신이라고 할 정도였다.

기묵은 타이어펜더를 매단 무링라인을 바닷물 속으로 밀어 넣었다. 그리고 각종 부이에 올가미를 만들어 무링라인에 둘렀다. 부이들은 무링라인을 따라 무링라인의 끝에 매단 타이어펜더까지 흘러가서는 타이어펜더와 엉켜서 커다란 덩어리를 이루었다. 기묵은 제505행복호가 가지고 있던 투승부이와 초기용 노루웨이부이까지 모두 흘려보냈다.

멀리서 본다면 마치 버뮤다해역을 떠도는 사르가소 더미같이 투승부이와 한 덩어리가 되어버린 타이어펜더는 부양력을 가지며 폭풍에 떠밀려 표류하고 있는 제505행복호의 씨앙카가 되어서 파주력을 가지고 뱃머리를 폭풍의 방향으로 세워주었다. 물론 완벽하게 히부 투가 되지는 않았지만 적어도 제505행복호가 파도에 브로칭 투가 되는 것은 막아주었다. 기묵이 갑판에서 파도와 사투하며 파주력을 유지하려고 애를 쓰는 동안 마침내 쿠쿵거리는 소리와 함께 메인엔진 기관음이 기관실에서 살아났다.

엔진이 살아나자 맹광식 선장은 엔진의 힘을 빌려 전진한 뒤에 메인라인이 장력을 잃자 온갖 부유물이 부착되어 씨앙카 역할을 하던 무링라인을 절단했다. 그리고는 뒤도 돌아보지 않고 다카르를 향해 뱃머리를 고정했다. 물론 피항 항해술의 하나인 스커딩이었다.

뱃머리가 기울 때마다 몸의 중심이 흐트러지며 마음도 흔들렸다. 청춘이 빠져나간 늙은 선원들의 얼굴에는 피곤이 가득했다. 난파를 생각했던 선원들 몇몇은 선실 바닥에 얼굴을 묻고 울기도 했다. 육신의 이곳저곳에 신신파스를 바르고 스커딩에 이리저리 흔들리던 뱃머리처럼 와르르 무너지며 부서지던 선원들의 눈물. 선원들의 눈물에 같이 젖어들던 기묵이 바다에 무릎을 꿇었던가. 두 손을 마주 잡고 해신에게 목숨을 구명했던가. 부켄빌라의 꽃잎이라면 더 좋았을 마스트 위에서 빛나던 건 그린란드의 태양이었을까. 삐걱거리던 뼈다귀로 바리케이드를 치던 그 무정한 것들. 파도 파도 파도들….

기묵이 선실 현창의 암막 커튼을 들추자 바다가 일출로 온통 붉었다. 기묵은 막 잠에서 일어나 비몽사몽이었기에 잠시 자신이 있는 곳이 꿈속에서 지나온 안드로메다인 줄 알았다. 그것은 그동안 난바다에서 겪었던 피로감의 후유증이었다. 앰프를 통하여 맹광식 선장이 입항 준비를 지시하는 소리가 들렸다. 그제서야 기묵은 여전히 자신이 그린란드 바다에 있다는 현실로 돌아왔다. 선실 현창 밖에서는 파도가 마치 푸른 풍선이 부푸는 것처럼 커졌다가 이지러지기를 반복했다. 파도를 벗어난 알몸의 물알갱이가 기묵의 쓸쓸함을 덮어버리는 듯 선실 현창에 매달려 발갛게 빛났고 수평선에서는 해가 떠오르고 있었다. 기묵은 쭉 기지개를 켜며 다시 시작이라 생각했다.

그린란드 참다랑어어장에서 돌아오자 황대복 선장 때와 마찬가지로 1등항해사가 맹광식 선장으로부터 제505행복호 어장도를 물려받으며 선장으로 발령이 났다. 선장으로 발령받은 강운희 선장은 맹광식 선장처럼 기묵에게 다음 어기 1등항해사로 승선을 타진해왔다. 그럴 만도 했다. 제505행복호는 전 세계 바다에서 악천후로 이름난 두 곳의 바다에서 조업하는 배였다. 무엇보다 경험이 필요한 곳이었는데 이미 두 어기나 그런 바다에서 경험을 쌓은 기묵만 한 항해사를 구할 수 없었기 때문이었다.

"다음 시즌엔 차기 선장에 적극적으로 추천해 주겠소. 그리고 덧붙여서 출어준비를 하는 한 달은 장기 근무 포상으로 한국 휴가의 보너스도 주선하겠소."

후임 선장으로 발령받은 강운희 선장은 기묵에게 재계약의 대가로 차기 선장 의자를 제시했다. 휴가 기간 동안 해기사면

허를 취득하면 1등항해사로서 결격 사항도 해결될 것이 아니냐며 자신과 함께 승선하기를 권유했다. 어획 성적이 월등했던 맹광식 선장이 어기를 마치면 본사의 수산과장으로 육상에서 근무하게 되었다면서 기묵이 1등항해사 승선을 결정하게 되면 차기 제505행복호 선장으로 자신부터 앞장서서 추천하겠다고 약속했다.

기묵은 부산항을 떠나 오랜 시간을 바다에서 보냈다. 지금부터 3년만 더 제505행복호에서 근무하면 선장 자리는 기묵의 것이었다. 기묵으로서는 놓치고 싶지 않은 기회였다. 재승선을 함께했던 곰에게 어쩔 거냐고 물었다.

"나는 바다에서의 평화와 자유로움을 소중하게 여깁니다."

곰은 자기가 누리고 있는 행복에 비견할만 한 것은 세상엔 없다고 했다. 자기만큼 많은 것을 누리는 운 좋은 영도 놈도 다시 없을 거라며 형만 좋다면 재계약할 것이라고 했다.

"형, 이곳 바다가 나는 체질에 딱 맞는 것 같아. 제505행복호를 떠나서 한국으로 들어가도 결국에는 또 배를 타야 하는데 1등기관사로 승진시켜준다고 하니까 형이 선장이 될 때까지 이 배에서 말뚝을 박을 겁니다. 아니 제505행복호 기관장이 될 때까지 한 번 개겨보렵니다. 또 재계약을 하면 강운희 선장이 선원 구성하러 갈 때 한국에 갔다 올 수 있도록 휴가도 준다니까, 꿩 먹고 알 먹고 잖아요."

"그럼 됐다. 다음 어기에 너는 기관장을 하고 나는 선장을 하며 폼 나게 설쳐보자."

기묵은 아무리 생각해도 곰이 고마웠다. 생각하면 생각할수록 전생의 끈이 풀어져 이승에서 서로에게 맞닿은 것만 같았다.

아무튼, 그날은 맹광식 선장과의 마지막 항차 출항 전날이었다. 한국으로 귀국하는 강운희 선장과 휴가를 나가는 곰을 위한 송별 회식이 있었다. 어기 종료를 위한 만찬 회식이었기에 맹광식 선장은 케이프타운에서 제일 유명한 고급 레스토랑에다 자리를 마련했다. 케이프타운에 기지를 두고 매 항차 들락날락했지만 비싼 음식값으로 침만 삼키고 지나다녔던 고급 레스토랑이었다.

식사는 완벽했다. 아프리카 전통의 다양한 조리법과 맛의 독특한 조화로 만들어진 현지 음식이 줄지어 나왔다. 생선이나 닭고기, 양고기, 돼지고기 등은 본래 전통 아프리카 요리에선 사용하지 않는 재료들이다. 토착민의 지역 특유음식으로는 사냥으로 잡은 영양이나 타조 같은 동물, 새, 메뚜기, 개미, 마숀자로 불리는 모파니 나무에서 자라는 커다란 애벌레를 요리재료로 썼다. 테이블에 오른 옥수숫가루를 냄비에 넣은 다음 물을 붓고 익을 때까지 저어주면서 조리한 팝과 브라이, 뽀이끼, 바부티는 환상적인 맛이었다.

공식적인 회식 자리를 마치자 일행과 헤어진 기묵과 곰은 케이프타운 밤거리를 휘저으며 술집에서 또 다른 술집을 찾아다니며 술을 마셨다. 서로의 잔이 깨어질 때까지 부딪치며 취해 갔다. 그러다가 어느 순간 정신이 들었다. 곰이 질러대는 고함 소리 때문이었다.

리도클럽이었다. 리도클럽은 현지인이 즐겨 찾는 술집으로 한국 선원들은 가지 않는 곳인데 이날 따라 술이 너무 취해 있었다.

"형, 미안해. 내가 먼저 한국으로 돌아가서…. 휴가라고 하지만 미안한 것은 사실이야. 형, 내가 흥분한 것은 아니야. 그냥 형에게 미안할 뿐이지. 내 마음 이해하겠지."

"알았어. 다 이해하고 남으니 정신 좀 차려 봐. 너 술이 많이 취했어."

"형, 진짜 나 술 취하지 않았다니까요."

곰은 폭음해서인지 아무 곳이나 침을 뱉었다. 그리고는 손가락을 폈다 접었다 하며 팔꿈치를 발작적으로 움직이다 옆 테이블 위의 술병과 술잔을 쓰러뜨리고 말았다. 술병을 주우려던 곰은 중심을 잃고 의자에 걸려서 넘어졌다. 엉금엉금 기듯이 겨우 일어난 곰은 자신도 놀랐다는 듯 창백한 얼굴로 말했다.

"형, 미안해."

"그러지 마. 어쩔 수 없다는 걸 나도 잘 알잖아."

흑인 특유의 체취가 코를 찌르는 가운데 메케한 마리화나 연기로 가득 찬 술집이었다. 그들이 앉은 테이블 맞은편엔 흑인 몇 명이 앉아 있었는데 기묵은 어둠 속에서 자신들을 힐끔거리는 시선이 무척이나 불편했다. 기묵이 느끼기에 흑인들의 시선은 강렬했고 그것은 마치 백인에 대한 적의와도 같았다.

케이프타운은 세계에서도 유일하게 유색인에 대해 인종차별정책을 쓰는 나라였다. 대중교통인 버스도 백인과 유색인의 자리가 구별되어 있었으니 식당이나 술집은 말할 것도 없었다.

케이프타운에 최초로 정착한 사람들은 보어인으로 알려진 네덜란드인으로 그 후손이 현재 케이프타운의 백인이었다. 남아공에서 컬러피플은 동아프리카와 중앙아프리카에서 들어온 노예였고 희망봉 주변에 살던 원주민인 코이산족, 또 다른 원주민인 아프리카 흑인, 유럽과 아시아인 등과 혼혈된 후손들을 말했다. 동양인은 '옐로'라고 하며 낮추어 봤지만 백인들 구역 출입은 자유로웠다. 그리고 흑인들 구역에도 비교적 출입이 자유로웠다. 그렇지만 한밤중에, 더구나 흑인들로 북적대는 술집은 위험했다. 두 달 전엔 일본 선원이 흑인들에게 테러를 당하여 사망한 사건도 발생했다.

기묵은 만취한 곰의 어깨를 부축해서 술집을 나왔다. 기묵은 택시를 찾으려고 주변을 두리번거렸다. 그때 술집에서 보았던 흑인 네 명도 술집을 나서는 것이 보였다. 그들의 빠른 행동에 기묵은 반사적으로 이상한 생각이 들었다. 기묵은 발걸음을 재촉했다.

그날 밤은 가랑비가 내려 우산도 없이 비까지 맞는 쓸쓸한 귀갓길이었다. 택시를 타기 위해 큰길로 나가는 도중에 작은 공원을 지나야 했는데 사고가 난 것은 그 공원이었다. 공원에는 아무도 없었고 술에 만취된 곰은 정신을 잃고 걸음조차 옮겨 놓기 어려워했다. 흑인들이 기묵을 지나쳐서 두어 걸음 앞서갔다. 기묵은 레게 음악에 맞추어 씰룩거리는 그들의 불량스런 발걸음이 두려웠다. 아닐 거야, 괜한 노파심이야. 기묵은 자신의 촉을 스스로 부정하며 머리를 도리질쳤지만 앞서가던 흑인들은 곰과 그를 향하여 돌아섰다.

흑인들은 다짜고짜 지갑을 내놓으라고 기묵과 곰을 둘러싸며 협박했다. 기묵은 잠시 망설였다. 차라리 주머니에 있던 지갑을 던져 놓고 살려달라고 했어야 했다. 흑인들도 그러기를 바라고 있었는지도 몰랐다. 그러면 상황은 그것으로 종료되었을지도 모른다. 곰은 한국으로 휴가를 나가고 기묵은 케이프타운에 머물면서 출항을 준비하면 되었다.

"이 개새끼들이…."

곰이 술에 취해 정신없이 주먹을 휘둘렀다. 팽팽한 긴장감이 일었다. 덩치가 산 같은 곰이 달려들자 흑인들의 얼굴빛이 순식간에 달라졌다. 기묵은 상대방의 검은 얼굴 때문에 더 그렇게 느껴졌다. 위협을 느낀 흑인들이 주춤주춤 뒤로 물러나며 저희끼리 뭐라고 수군거리더니 그중 하나가 허리춤에서 뭔가를 꺼내 들었다.

권총이었다.

"팍 큐, 유."

거칠게 내뱉는 소리와 함께 쾅, 쾅 하는 총소리가 울렸다. '악' 하는 외마디 소리를 지르며 곰이 길바닥에 풀썩 쓰러졌다. 기묵 역시 뜨끔 하는 통증이 어깨에서 느껴졌다. 기묵은 기운이 빠져나가는 것을 붙잡으려고 안간힘을 썼다. 비명을 지르고 싶었지만, 혀가 굳은 탓에 비명조차 지를 수 없었다. 문득 시간이라는 것도 상황에 따라 흐르지 않을 수 있다는 생각이 들었다.

기묵은 쓰러진 곰을 내버려두고 뛰었다. 뒤에서 연달아 총소리가 쾅, 쾅, 쾅 울렸다. 뜨거운 것이 기묵의 어깨를 타고 흘러내렸다.

혼란의 벼랑

기묵은 제505행복호에서 하선했다. 그 길로 한국행 비행기에 올라 부산으로 돌아왔다. 하지만 귀국은 기묵에게 아무런 위로가 되어주지 못했다. 케이프타운을 벗어나면 잊어버릴 것 같았던 피격의 트라우마는 깊고도 어두웠다.

곰과의 추억들이 눈만 감으면 떠올랐다. 싱가포르에서, 케이프타운 워터프론트에서, 시체를 안치했던 차가운 영안실에서…. 그뿐만이 아니었다. 곰이 총을 맞고 쓰러지던 순간이 너무나 뚜렷해서 머릿속에서 지워지질 않았다. 그것은 기묵이 도저히 벗어날 수 없는 굴레였고 죽을 때까지 짊어지고 가야 할 멍에였다.

기묵은 자신의 사람을 죽게 만들었다는, 어쩌면 그것은 자책이기도 했고 미안함이기도 했다. 기요틴이 등을 훑는 것 같은 서늘함이기도 했다. 따지고 보면 수평선을 경계로 자신은 빼앗는 자의 편에 선 것이었다. 바다는 그때의 일을 모두 기억할 것이었다. 한때는 바다를 곰과 나눠가졌으나 이제는 산자의 뻔뻔함으로 그 자리를 메우고 있었다. 곰이 죽음의 영원으로 사라지는 줄 알면서도 등을 돌렸다. 처음에는 그 상황에서 자신이 살 수 있는 유일한 길이었고 해신에게 기묵이 신탁받은 길이라고 생각했지만 시간이 가면 갈수록 기묵의 마음에 자꾸만 시퍼렇게 멍이 들었다. 우울과 자책 사이에서 자꾸자꾸 흔들리는 것이었다.

그래서였을 것이다. 기묵은 곰과의 기억을 지워내기 위해서 술을 마시기 시작했다. 식사도 제대로 하지 않고 마시는 술을 몸이 감당해내지 못했다. 이미 정신이 망가져 심약해진 탓이기도 했다. 기묵은 술자리에서 주변 사람들보다 먼저 취했고 친구들에게 주사까지 부렸다.

술은 기묵에게 고통을 달래는 수단이었고 고통으로부터 달아날 수 있는 비상구였다. 잠이 들면 악몽에 시달렸다. 모든 게 엉망이 되었다. 기묵의 삶은 빌려 입은 타인의 옷처럼 일상을 겉돌기만 했다. 도저히 헤어나올 수 없는 개미지옥의 모래 늪과도 같은 하루하루였다.

"형처럼 살고 싶었어! 형처럼 살고 싶었다고…."

눈만 감으면 곰이 찾아왔다. 오늘은 끝장을 내고 말겠다는 발악 같아 보였다. 도무지 종잡을 수 없었다. 곰의 눈빛은 차가웠다. 곰은 어째서 혼자만 도망쳤냐고 기묵의 비정함을 탓했다. 왜 도와주지 않았느냐고 기묵을 그악스럽게 다그쳤다. 그때는 위험을 직시한 기묵의 몸이 본능적으로 달렸을 것이었다. 확실한 것은, 아주 생각 없이 무의식적으로 무작정 달린 것이었다. 두려움 앞에서 동물적 본능이 그리 만들었을 것이리라. 무엇에 그토록 두려움을 먹고 도망을 쳤을까. 곰의 환영은 사라지지 않고 종일 기묵의 주위를 유령처럼 배회했다. 기묵은 점점 사람들을 만나는 것조차 싫었다.

케이프타운에서 피격이 발생했던 그날 밤, 기묵이 피범벅인 채 부두로 돌아오자 제505행복호에는 비상이 걸렸다. 기묵의 자초지종을 전해 들은 기지장이 대사관에 곰의 신병확보를 의뢰했다. 오후 늦게 현지 경찰로부터 연락을 받았다. 새벽 순찰 중 총상을 입은 동양인을 발견했으며 발견 당시 총상으로 인한 심장파열과 과다출혈로 사망해 있었다고 했다. 인적사항이 틀림없는 곰이었다.

기묵은 경찰이 인도하는 길을 따라 안치실로 들어섰다. 의사와 경찰로 보이는 백인과 흑인도 안치실에서 기묵을 기다리고 있었다. 곰은 메모리얼병원의 냉동 캡슐에 안치되어 있었다.

기묵은 형광등 불빛의 짙은 음영 아래 누워있는 곰을 보았다. 기묵은 자신도 모르게 무의식적으로 사체에서 두어 걸음 물러났다.

기묵은 오열을 감추려고 입술을 깨물었으나 허사였다.

"곰아, 형이 왔다. 눈 좀 떠봐라!"

기묵의 모든 말들이 곰에게 무슨 소용이랴. 영안실엔 기묵의 쉬어가는 목소리만 공허하게 울려 퍼졌다. 그때 갑자기 머리끝이 쭈뼛거리는 전율이 기묵의 온몸을 휘감아 왔다. 기묵의 입술은 바싹바싹 타들어 갔고 목구멍은 거칠게 갈라졌다. '형은 비겁자야!' 화난 듯한 곰의 얼굴은 그렇게 소리치고 있었다. '형은 배신자야!' 곰은 기묵을 배신자라 몰아치고 있었다. 믿고 의지하던 형이 자기를 버리고 도망을 갔으니 당연히 화가 났을 것이다.

"곰아! 곰아! 곰아!"

어디선가 총소리가 들려오는 것 같았다. 그의 눈앞에서 맥없이 쓰러지던 곰의 모습이 떠올랐다. 무엇보다 그를 가슴 아프게 한 것은 꽉 닫은 입술에 어려 있는 원망이었다. 그의 입은 금방이라도 자신을 향해 살려달라며 소리칠 것 같았다.

"용서해라, 용서해라."

기묵은 용서하란 말밖엔 다른 말은 할 수 없었다.

"2등기관사."

맹광식 선장의 목소리는 의외로 차분했다. 쏟아지려는 눈물을 억지로 참고 있는지 눈자위가 벌겋게 충혈되어 있었다. 며칠 후 자신과 함께 한국으로 휴가를 나갈 2등기관사였다. 운명의 장난이 너무나 가혹했다. 기묵에게는 그것이 더욱 가슴을 찢는 고문이 되었다. 침묵이 이어졌다. 마치 그것만이 지금 할 수 있는 유일한 위로인 것처럼. 누군가는 먼저 말을 꺼내야만 했다.

두 사람의 눈길이 똑같이 곰의 얼굴을 향해 있었지만, 기묵은 할 말이 없었다. 무슨 말로 곰을 위로해야 한단 말인가. 도망가지 말았어야 했다. 도망만은 말았어야 했다. 총알을 가슴에 맞았더라도 곰과 함께 싸웠어야 했다. 흑인들을 물리치고 쓰러진 곰을 병원으로 옮겼어야 했다. 하지만 자신만 살자고 도망을 간 것이 아닌가. 위험과 맞닥뜨린 본능이 기묵을 무작정 달리게 했다. 기묵은 싸늘하게 식어버린 곰의 손을 잡고 용서를 빌었다. 곰의 신원을 확인하고 안치된 냉동 캡슐 문을 닫을 때 곰과 함께했던 5년의 추억이, 곰과 함께 차곡차곡 쌓아 올렸던 꿈이 한꺼번에 무너져내리는 소리가 들렸다.

맹광식 선장은 영안실을 벗어나자마자 담배를 한 대 꺼내 물었다. 1등항해사에서 제505행복 선장으로 임명된 날로부터 담배를 끊었던 터였다. 두 어기나 함께 생활했지만, 기묵이 그날같이 맹광식 선장의 슬픈 모습을 보긴 처음이었다.

기묵 또한 피해자였다. 총상으로 쇄골뼈 주변에 외상을 입었다. 운명이 한 사람은 삶의 길로, 다른 한 사람은 죽음의 길로 이끌었다. 곰과 피를 나눈 형제는 아니지만, 고향 동생으로, 사회 친구로 서로를 격려하고 기대면서 남인도양의 파도밭을 헤쳐 왔다. 왜 도망을 갔던가 후회가 앞섰지만, 이제는 영원히 돌아갈 수 없는 시간이 되었다.

기묵은 영안실에서 돌아오자 앓아누웠다. 고열로 의식이 가물가물한데도 곰의 눈빛만큼은 선명했다. 곰의 얼굴이 보이지 않을 때는 비몽사몽으로 꿈을 꾸었다. 황천항해 중인 범선의 부러진 돛대가 기묵의 복부를 찌르고 내장이 꾸물꾸물 삐져나왔다. 흘러나온 시뻘건 피가 아굴라스해류의 강한 조류와 섞이며 삼각파도로 변해서 기묵을 덮쳤다.

배반자라며 기묵을 원망하는 파도소리가 이명처럼 들려왔다. '너는 배신자다. 배신자다!' 그 소리는 마치 깊은 산 속의 메아리처럼 되돌아와 기묵의 꿈속을 가득 메웠다. 그때마다 눈송이처럼 날리는 심해의 마린 스노우가 끝없이 기묵의 어깨에서 휘날렸다. 아니, 마린 스노우가 아니었다. 배신자란 비수, 배반자란 죄책감이 고통의 무저갱 속으로 끊임없이 기묵을 몰아넣었다.

모리셔스 해상에서 수장한 종철 씨와는 달리 곰의 가족들은 운구를 원했다. 곰이 다시는 돌아가고 싶지 않다고 했던 부산의 영도였다. 그러나 유족이 원하는 이상 곰을 부산으로 보내야만 했다. 그렇게 곰은 영도로 돌아갔다. 그리고 영락공원에 묻혔다. 기묵은 곰을 한국으로 보내고 나자마자 케이프타운을 떠나기로 마음먹었다.

인간에겐 망각이라는 기억제거 장치가 작동하고 있다. 망각은 고통이나 아픔 등을 시간에다 희석하거나 소멸시킨다. 그러나 망각으로도 지우지 못하는 것들에 의해 인간은 오히려 더 강해지며 자유인으로 거듭나기도 하겠지만, 망각이란 장치로 자신을 위장한다 해도 기묵은 배반자라고 가슴에 찍힌 낙인을 아무 일도 아닌 것처럼 지울 자신이 없었다. 기묵은 케이프타운에서 영원히 벗어나고 싶었다. 아니 망각이란 기억장치로 아예 소멸시켜버리고 싶었다. 기묵은 귀국을 허락하지 않는 맹광식 선장에게 외상후증후군을 다스리기 위해서라도 귀국을 해야 한다고 억지를 부렸다.

기묵은 곰의 피격 사건으로 앞으로 영원히 뱃사람으로 다시 돌아갈 수 없을지 모른다는 생각이 들었다. 당연하게 엉덩이만 걸치면 되는 선장 자리는 참담하게 깨어졌다. 그러나 아무런 미련이 생기지 않았다. 한 시간이라도 빨리 케이프타운을 벗어나고 싶었고 마침내 한국행 비행기의 트랩을 올랐다.

D · F말란 공항을 이륙한 비행기가 인도양 상공으로 접어들었다. 창밖으로 바라보이는 것은 뜨문뜨문한 뭉게구름과 푸른 물색의 파도뿐이었다.

파도에는 마법이 깃들어 있었다. 푸른 빛은 뱃사람들의 슬픔이었다. 기묵은 비행기 아래로 내려다 보이는 파도로 빨려 들어갔다. 슬픔은 순정하다는 것. 출항 전 만찬을 하며 서로의 어깨 위에 올려놓았던 손. 함께 크게 웃었던 웃음소리. 기묵은 정신을 놓은 채 자신과 멀어지는 바다의 모습을 바라보았다.

대지는 아프리카의 불볕더위로 뜨겁게 달아올랐겠지만, 비행기 실내는 소름이 돋을 정도로 추웠다. 기묵은 무릎담요를 어깨까지 끌어 올린 채 곰과 함께 했던 시간을 회상했다. 영도 중리와 태종대를 이야기하며 허허거리던 웃음소리를. 기관장에게 호통을 듣고 하소연하던 곰의 얼굴을. 먼저 휴가를 가게 되어서 진짜 미안하다며 아쉬워하던 표정을. 기묵은 곰이 죽은 날로부터 수많은 곰의 이미지를 죽을 때까지 간직하고 살아가야 한다는 생각에 절망했다.

인간에게 닥쳐올 불행과 다가올 미래를 예측할 능력이 있었다면 귀국 비행기 안에 기묵은 없었을 것이다. 여전히 남인도양을 자유롭게 내달리며 다랑어 떼를 쫓고 쫓을 것이다. 인간이 지닌 카르마[110)]와 다르마[111)] 앞에서 기묵은 얼마나 나약한

존재였던가.

한국으로 돌아온 후에도 기묵은 이명처럼 귀에 붙은, 살려 달라는 곰의 환청으로 괴로웠다. 어쩌면 곰의 죽음이 문제가 아니라 기묵의 문제일지도 몰랐다. 세상에 대하여 원했던 것, 삶에 대하여 열망했던 것, 죽음의 두려움 앞에 무릎 꿇은 것, 어쩌면 그런 것인지도 모를 일이었다. 동료를 버리고 도망쳤다는 비겁함은 떨쳐내기 어려운 트라우마였다. 기묵은 울화통이 터질 것 같았다. 산다는 건 정말 지랄 같다며 자신에게 시퍼런 비수라도 꽂고 싶은 심정으로 소주를 들이켰다.

기묵은 곰의 환영이 덮치지 못하는 곳으로 숨고 싶었다. 죽은 듯이 잠을 자거나 고통에서 벗어나기 위해서 술독에 빠졌다. 갈등과 혼란에 빠진 미친개였다. 가슴을 쥐어뜯으며 자신의 몸을 파먹어가는 한 마리 짐승이었다. 갑자기 소리를 지르는가 하면 옆 손님과 시비가 붙고 술집 주인의 신고로 파출소로 끌려갔다. 끌려간 파출소에서도 기물을 파괴하고 경찰의 멱살을 잡아 패대기를 치는 난동을 부렸다. 그러다가 영도 중리의 바닷가를 찾곤 했다.

중리 자갈마당에서 바라보는 노을은 남인도양에서 바라보던 불새의 알처럼 뜨거웠다. 그러면 또 곰이 생각났다. 기묵은 해변의 포장마차 술상에 등을 기대고 숨이 크게 들이켰다. 그

110) 불교에서 중생이 입과 뜻으로 짓는 선악의 소행.

111) 인도 신화에서 강조하는 주제로 자연과 사회의 조화를 이루는 질서 체계를 지키려는 행동 규범.

나른하고 고졸한 색감 속에서도 곰에 대한 미안함으로 시워 먹은 각궁처럼 목이 메었다. 바닷물에도 젖지 않는 노을은 기묵이 노려보는 과녁처럼 붉었다. 시퍼렇게 떠오르는 인도양의 파도와 시간이 지나갈수록 마음에 쌓이는 미안함들….

기묵은 술에 취해서 정신을 놓았다. 그렇게라도 하지 않으면 곰에 대한 의리가 아닌 것만 같았다. 그러나 그건 죽음에 대한 두려움으로 구차하게 연명한 자신에게 하는 변명일 뿐이었다. 스스로 학대의 채찍을 휘둘러야만 살아있다는 걸 느꼈다. 보다 못한 둘째 누나가 정신과 의사와 상담을 하라고 권하기까지 했다. 귀국해서 동아수산에서 수산과장으로 근무하고 있는 맹광식 선장에게서 빨리 승선하라는 연락이 여러 차례 왔다. 기묵은 자신이 없다며 거절했다.

“아들아, 너무 자책하지 마라. 이제 그 정도의 시간이면 죽은 친구도 용서했을 것이다.”

아버지를 병간호하시던 어머니를 잠시 쉬시라고 집으로 돌려보내고 병실에 혼자 남았을 때였다. 기묵의 아버지는 막연하게나마 자신의 죽음을 예감하고 있었다. 기묵의 아버지가 기묵을 불렀다. 자신의 곁으로 가까이 오라는 손동작이 너무나 미세해서 못 알아볼 정도였는데 때마침 기묵의 눈길이 아버지 손에 머물렀고 기묵은 신기하게도 그걸 알아보았다. 기묵은 아버지의 마르고 힘없는 손을 잡았다. 오랜 지병으로 손가락에서 살이 모두 빠져나간 손 마디뼈가 앙상하게 잡혔다. 기묵의 아버지는 잠시 숨을 고르고 나서 말했다.

“아비가 세상살이에 서툴러서 너에게 남겨줄 재산도 없다. 하지만 정신을 못 차리고 있는 너의 모습을 보니 아비의 마음은 찢어지는 것 같구나. 세상에 영원한 것은 없다. 세상의 이치는 때에 따라서 바뀌는 것이다. 돌고 돌아가면서 남에게 밟히기도 하고 남을 밟기도 하며 살아지더구나. 나침반은 너의 가슴에 있다. 과거를 되새기는 일은 인제 그 정도만 해도 될 것 같다. 다 부질없는 일이다. 너는 내 아들이다. 네가 인생을 지혜롭게 헤쳐 나갈 것이라고 믿는다.”

“아버지, 죄송해요.”

기묵의 아버지는 이미 기묵의 마음속을 꿰뚫어 보고 있다는 듯 자상한 미소를 지으며 기묵의 어깨 위로 손을 올렸다. 그리곤 기묵의 등을 토닥이며 말을 이어갔다. 아버지의 목소리가 젖어 있었다.

“편히 앉아라. 네가 무엇이라 해도 나는 다 이해한다. 세상일이란 것이 아무리 최선을 다했다고 해도 아쉽지 않은 것이 없다. 그러니까 사람이다. 자신이 원하지 않았던 일이라도 긍정적으로 받아들여라. 네가 나쁜 놈이라서 친구를 버려두고 도망간 것이 아니라는 것을 나는 믿는다.”

기묵의 아버지는 감정이 북받치는지 말을 잠시 끊고 다시 호흡을 가다듬었다. 기묵의 아버지는 애처로움이 가득한 눈으로 기묵을 바라보았다. 기묵은 아버지의 눈길을 피하고자 고개를 푹 숙였다. 그러는 사이에 기묵의 아버지는 다시 잠이 들었다.

"아버지, 저도 머릿속이 헝클어진 실타래 같아요. 그것을 잘 풀어보고도 싶은데 마음뿐이어요. 아버지, 진짜 죄송해요."

기묵이 잠든 아버지를 지켜보면서 중얼거렸다.

이틀 후 기묵의 아버지는 영원한 잠 속으로 떠났다. 그러고 보니 이틀 전 기묵의 아버지는 기묵에게 뭔가 말하려고 했던 것 같았다. 그것은 기묵 아버지의 유언이었던 셈이었다. 여전히 곰에 대한 트라우마로 세상일에 적응하지 못하고 있었지만, 기묵은 몇 번이나 영화를 되돌려보듯이 장례를 치르는 동안 아버지의 말을 곱씹어보았다. 지금 자신의 생활 태도는 아버지도 곰도 바라지 않는 삶이었다. 기묵은 자신을 친친 둘러싸고 있는 자폐의 어둠에서, 아니 자학의 굴레에서 벗어나야 할 때가 되었다는 걸 깨달았다. 그동안 기묵에게는 허무를 싣고 달리는 수레바퀴를 부수어 버릴 수 있는, 갇힌 새가 호리병을 깨버릴 수 있는 단단한 망치 같은 돌파구가 필요했는데 그 망치를 아버지가 떠나시며 마지막 선물로 남겨준 것 같았다.

아버지의 부고를 받은 큰누님이 미국에서 부랴부랴 귀국했다. 큰누님은 여전히 처녀 적 몸매와 얼굴을 간직하고 있었고 타고난 미모는 빛을 잃지 않고 있었다.

아버지 장례는 이미 끝났지만 큰누님은 삼우제라도 참석하게 되어서 마음의 짐을 덜었다고 울먹였다. 그러면서 술잔이 몇 차례 돌고 나자 큰누님은 샌프란시스코에 도착해 알래스카의 코디액에서 킴벌리 남이라는 가스 스테이션을 운영하기까지의 고생을 주저리주저리 풀어놓았다.

미국으로 가겠다며 당당하게 부모님을 설득했던 큰누님이었다. 그런 큰누님이 미국 생활의 고충을 이야기하면서 눈물을 보였다. 물끄러미 큰딸을 바라보던 어머니의 눈가에도 뿌연 안개가 피어올랐다. 명자 누나는 눈물을 감추기 위해서 등을 돌리고 콧물을 풀어냈다. 기묵은 큰누님의 등뼈를 휘게 하였을 세상의 역경이 충분히 그려졌다. 아무튼, 어려운 환경 속에서도 가스 스테이션의 주인이 되었고 생활의 기반을 잡아서 행복하게 살고 있다니 무엇보다 반가운 일이었다.

“매형은 어떻게 지내고 있어요?”

제법 오랫동안 술자리가 이어졌다. 기묵은 술을 마시지 않았지만 큰누님과 이야기를 하기 위해 자기 잔에 음료수를 채우거나 큰누님 잔에 술을 채우기도 했다.

“택시 운전을 하고 있는데 벌이가 쏠쏠해.”

마지막 개척지라는 애칭의 알래스카는 미국이 1867년 10월 러시아로부터 미화 720만 달러에 사들인 땅이었다. 많은 미국인들은 돈을 낭비한 것으로 생각해서 알래스카 구매를 주도했던 당시 국무장관 윌리엄 H 스워드의 이름을 따서 스워드의 무용지물이라고 놀렸다. 하지만 미국이 일본에 선전포고를 한 제2차 세계대전이 발발하자 알래스카는 전쟁 물류 공급 요충지로 변했다. 알래스카는 전략상의 방위 기지화와 인구증가에 힘

입어 건설업과 상공업이 주요 산업으로 부상하였는데 케치칸과 싯카에 거대한 펄프 공장이 세워지며 1959년 1월 3일 미국의 49번째 주가 되었다. 1968년 알래스카 북극해에 면하는 노스 스로프에서 추정매장량이 96억 배럴로, 알려진 대로 유전이 발견되었다. 주 정부는 원유를 대량으로 생산하기 위하여 대규모 송유관 건설 붐을 일으켰다. 자연히 경제활동은 더욱더 증가하였는데 또다시 1969년 북부에서 석유가 발견되었다. 큰누님의 말에 따르면 알래스카는 유전과 지하광물, 수산자원이 풍부해서 개발업자들이 많이 들락거리는데 눈과 얼음으로 덮인 곳에서 운전은 만만치 않을뿐더러 누가 알래스카까지 자가용을 가지고 오겠냐는 것이었다. 당연히 택시 영업이 재미가 솔솔하다고 했다.

"조카는?"

큰누님은 한국에서 임신했던 아이를 미국에서 낳았는데 딸이었고 이름은 써니라고 했다. 조카 써니는 엄마의 나라인 한국에 무척 와보고 싶어 했지만, 학기 중이라 다음에 기회를 만들기로 했다며 기묵에게 사진을 보여주었다. 엄마의 소녀 때 모습을 꼭 빼닮은 조카 써니도 미모가 대단했다.

삼우제를 끝내고 가족회의에서 비혼을 고집하고 있는 명자 누나가 어머니를 모시기로 했다. 큰누님은 오랜만에 가족과 함께하니 무척이나 기분이 좋은가 보았다. 고개를 한껏 젖혀 가며 웃음을 터뜨리는가 하면 너무나 자연스럽게 기묵에게 몸을 기대기도 하고 손을 잡기도 했다.

"동생은 영어가 좀 되니?"

큰누님이 기묵에게 영어 회화가 가능하냐고 물었다. 남아프리카공화국은 영국 식민지를 거쳤기 때문에 공용 언어가 영국식 영어였다. 유창하지는 못하지만, 그곳에서 생활한 경험이 있기에 기묵에게 일상생활 영어는 소통에 큰 불편이 없었다.

"조금…."

기묵은 큰누님의 물음에 자신도 모르게 피식 웃었다. 사실 큰누님에게 그런 말을 들으니 적잖이 자존심이 상한 것도 사실이었다. 반발심이었는지 기묵은 일부러 힘주어 말했다.

"그럼 됐네."

큰누님은 기묵에게 미국으로 돌아가기 전 자신이 가슴에 담아둔 말을 꺼냈다.

"기묵아, 네 이야기는 엄마를 통해 들었어. 물론 너의 마음을 이해 못 하는 건 아니지만 과거는 반성하라고 있는 것이지 거기에 빠져 허우적거리라고 있는 건 아니잖니? 만약에 동생이 도망을 가지 않았다고 치자, 그랬다고 해서 사고 당시 상황이 좋은 쪽으로만 발전했겠니? 그러니 이제는 너무 죄책감에 시달리지 마. 사람에겐 이성적인 논리나 합리성 같은 게 있잖아. 내가 볼 때 너는 그야말로 지옥문 앞에서 서성거리는 중이야."

큰누님은 기묵의 결정을 받아내고야 말겠다는 듯 기묵을 쏘아보며 말했다.

"앞으로 무슨 계획이라도 있는 거니?"

큰누님이 기묵의 앞날에 관하여 물었다.

"강제로 너를 끌고 가려는 것은 아니지만 미국으로 들어와. 생활환경 자체를 바꾸면 너의 생각도 그만큼 바뀔 거야. 알래스카는 자연부터 여기와는 생판 달라. 사람을 진정으로 위로하는 건 자연뿐이야. 나도 알래스카로 옮기면서 자연으로부터 힐링을 많이 받고 있어. "

"…."

"내가 미국에 들어가는 즉시 초청장을 보낼게. 미국으로 와서 가게 일이나 도와주며 마음을 추슬러봐."

문득 기묵이 큰누님의 이야기를 듣다가 고개를 쳐들자 앞쪽에서 어머니가 자신과 큰누님을 바라보고 있는 모습이 눈에 들어왔다. 명자 누나 또한 큰누님의 마음과 크게 다르지 않다는 것을 기묵은 두 사람의 표정에서 읽을 수 있었다.

큰누님은 명자 누나와는 확실히 다른 면이 있었다. 큰누님에게는 여느 남자 못지않은 강인함을 엿볼 수 있었다. 기묵은 그것이 단순히 큰누님이 미국에서 자신의 삶을 개척하며 살아온 환경적인 상황 때문에 만들어진 성격이 아니라 큰누님의 타고난 천성에서 비롯된 자존감이라는 생각이 들었다.

"기묵아, 시키는 대로 해. 안 가면 안 되지. 언니가 억지로라도 데리고 가셔야지요."

명자 누나가 큰 문제 하나를 해결한 듯 큰누님의 말을 거들었다.

기묵은 마당으로 나갔다. 시커먼 어둠 속에서 차가운 공기가 비수처럼 파고들었다. 기묵은 하늘을 향하여 최대한 숨을 깊이 마셨다가 길게 내쉬었다. 같은 동작을 여러 번 되풀이했다. 그러자 답답했던 가슴이 조금 뚫리는 것 같았다.

큰누님은 떠나면서 기묵에게 미국으로 들어와서 앞날을 같이 의논해 보자고 했다. 그렇게 큰누님이 한국을 떠나고 한 달쯤 지나서 초청장과 함께 워크 퍼밋[112)]까지 동봉한 알래스카행 항공권이 국제우편으로 도착했다.

가묵은 아무리 잠을 청해도 쉽게 잠이 들 수 없었다. 기묵이 몇 번이나 자리를 뒤척이며 돌아누웠을 때였다. 어디선가 익숙한 소리가 들려오고 있었다.

–형, 오늘은 흐린 하늘 때문에 형과 함께 바라보던 남십자성도 안 보이네요. 마치 처리갑판의 LED 작업등 아래를 어슬렁거리던 암흑의 꼬리처럼요. 낚싯줄이 끊어진 참다랑어처럼 꼬리를 들썩거리고 눈을 끔뻑거리면서 내 말이 안 들린다고 하기 없기요. 형을 따르고 형을 기억하는 내가 난감하지 않도록 비통한 울음도 울지 말기를요. 우리의 이별을요. 수컷 백상아리에게 공격을 받고 심연으로 추락하던 물개와 그 두려움들을

112) 외국인이 특정 국가에서 합법적으로 근로할 수 있도록 발급받는 근로 허가증.

이야기했던 시간을 잊지 말기를요. 그 혼돈과 폭풍 속에서 너스레를 떨었던 아우의 애증을요. 암모니아 가스가 꽉 찬 기관실을 빠져나와 형에게 안겨 펑펑 울었던 이 아우를 위해서 힘을 내세요. 제발!

기묵은 자신이 잘못 들은 환청이라고 생각했다. 그러나 소리는 점점 가까워졌고 점점 뚜렷해졌다. 기묵은 그 소리가 무슨 소리인지 분명하게 알 수 있었다. 그건 곰이 자신에게 들려주는 말이었으며 그동안 기묵이 항해했던 바다의 파도 소리였다. 기묵은 벌떡 일어나 주위를 두리번거렸다. 변한 것은 아무것도 없었다. 기묵은 침대에서 내려와 방안을 왔다 갔다 서성이며 자신의 속마음을 토해내듯 중얼거렸다.

"떠나자…."

잠을 전혀 자지 못한 탓에 물 먹은 스펀지처럼 한없이 무겁게 가라앉는 몸뚱이와는 달리 기묵의 정신은 점점 또렷해지고 있었다. 기묵의 볼을 타고 뜨거운 눈물이 주루룩 흘러내렸다. 곰과 함께했던 수많은 추억들이 떠올랐다가 천천히 희미해져 갔다.

부산남자
남기묵

1판 1쇄 펴낸날 2026년 1월 15일

지은이 이윤길
펴낸이 서정원
본문 편집 소요You
표지 디자인 윤경디자인
교정 · 교열 나여경 반민순 하동현
펴낸곳 도서출판 전망
주소 48931 부산광역시 중구 해관로 55(201호)
전화 051) 466-2006
팩스 051) 441-4445
이메일 jmw441@hanmail.net
출판등록 제1992-000005호

ISBN 978-89-7973-660-1
값 18,000원

* 이 도서는 2025년 문화체육관광부의 '중소출판사 도약부문 제작지원' 사업의 지원을 받아 제작되었습니다.